中國語言文字研究輯刊

七　編

許鋡輝 主編

第 4 冊

傳鈔古文《尚書》文字之研究（第二冊）

許舒絜 著

花木蘭文化出版社

國家圖書館出版品預行編目資料

傳鈔古文《尚書》文字之研究（第二冊）／許舒絜 著 -- 初版
-- 新北市：花木蘭文化出版社，2014〔民 103〕
目 6+244 面；21×29.7 公分
（中國語言文字研究輯刊 七編；第 4 冊）
ISBN 978-986-322-844-8（精裝）
1.尚書　　2.研究考訂
802.08　　　　　　　　　　　　　　　　　103013629

ISBN-978-986-322-844-8

9 789863 228448

中國語言文字研究輯刊

七　編　　　第四冊　　　　　ISBN：978-986-322-844-8

傳鈔古文《尚書》文字之研究（第二冊）

作　　者　許舒絜
主　　編　許錟輝
總 編 輯　杜潔祥
副總編輯　楊嘉樂
編　　輯　許郁翎
出　　版　花木蘭文化出版社
社　　長　高小娟
聯絡地址　235 新北市中和區中安街七二號十三樓
　　　　　電話：02-2923-1455／傳眞：02-2923-1452
網　　址　http://www.huamulan.tw 信箱 hml810518@gmail.com
印　　刷　普羅文化出版廣告事業
初　　版　2014 年 9 月
定　　價　七編 19 冊（精裝）新台幣 46,000 元

傳鈔古文《尚書》文字之研究（第二冊）

許舒絜 著

目

次

二、舜　典

唐石經	書古文訓	晁刻古文尚書	上圖本（八）	上圖本（影）	足利本	古梓堂	天理本	觀智院	上圖本（元）	內野本	島田本	九條本	神田本	岩崎本			敦煌本 P3315		魏石經	漢石經	戰國楚簡	舜　典
																						虞舜側微堯聞之聰明
																						將使嗣位歷試諸難作舜典
																						曰若稽古帝舜曰重華

192、華

「華」字在傳鈔古文《尚書》中有下列不同字形：

（1）［華字古文形］₁華華₂華華₃

敦煌本《經典釋文・舜典》P3315「華」字作［華古文］₁，《書古文訓》皆作［華古文］［華古文］₁，爲《說文》「華」字篆文［華古文］之隸古定，从艸［艸古文］，《說文》「［艸古文］，艸木華（花）也」象花之形，金文作［金文］命簋［金文］不指方鼎［金文］郑公華鐘［金文］克鼎［金文］華母壺，戰國加艸而成形聲字，如［戰國文］陶彙6.184［戰國文］鐵續［戰國文］考古與文物1997.1，秦簡作［秦簡文］睡虎地5.34。足利本、上圖本（影）、上圖本（八）或作華華₂形，神田本、九條本或作華華₃形，皆篆文［華古文］之隸變俗寫，形同漢代作：［漢代文］老子甲後4.24［漢代文］一號墓竹簡201［漢代文］北海相景君銘陰等形。

（2）花

上圖本（八）〈益稷〉「日月星辰山龍華蟲」「華」字作「花」花，爲俗字，《說文》「華」字段注云：「俗作花，其字起於北朝」。

（3）華

上圖本（八）「華」字或作華，乃篆文［華古文］隸變爲［華古文］華嶽廟殘碑陰之形訛，其中訛从二幺。

【傳鈔古文《尚書》「華」字構形異同表】

華	戰國楚簡	石經	敦煌本	岩崎本	神田本b	九條本	島田本b	內野本	上圖本（元）	觀智院b	天理本	古梓堂b	足利本	上圖本（影）	上圖本（八）	古文尚書晁刻	書古文訓	尚書篇目
日若稽古帝舜曰重華			［華古文］ P3315														［華古文］	舜典
日月星辰山龍華蟲													華	華	花		［華古文］	益稷
華陽黑水						［華古文b］		［華古文］									［華古文］	禹貢
至于太華						華								華			［華古文］	禹貢
至于龍門南至于華陰						華							華	華			［華古文］	禹貢
歸馬于華山之陽			華b										華	華	缺		［華古文］	武成
華夏蠻貊罔不率俾			華b										華	華	華		［華古文］	武成
黼純華玉仍几															華		［華古文］	顧命

唐石經	書古文訓	晁刻古文尚書	上圖本（八）	上圖本（影）	足利本	古梓堂	天理本	觀智院	上圖本（元）	內野本	島田本	九條本	神田本	岩崎本		敦煌本 P3315	魏石經	漢石經	戰國楚簡	舜典
叶于帝濬喆文明溫恭允塞	叶于帝洤嘉亥朙溫襲允塞	叶于帝濬哲文明緼萎允塞	怾于帝濬哲文明緼萎允塞	叶于帝濬喆文明溫襲允塞	叶于帝濬喆文明溫龍英允塞					叶于帝濬喆文明溫襲允塞						叶于帝				協于帝濬哲文明溫恭允塞

193、濬

「濬」字在傳鈔古文《尚書》有下列不同字形：

（1）濬：濬1濬2濬濬濬3濬濬濬4濬濬5

敦煌本《經典釋文・舜典》P3315「濬川」「濬」字作濬1，P3615〈禹貢〉「隨山濬川」「濬」字作濬2，皆《說文》谷部「睿」字之古文作濬「濬」訛變，下引「虞書曰睿畎澮距川」，而前於川部則引作「濬く巜距巛」，段注云：「前（川部引）爲古文尚書，此爲今文也，以『濬く』皆倉頡古文知之。」內野本、上圖本（影）「濬」字或作濬濬濬3，右从之形訛似「虍」形，足利本、上圖本（八）或作濬濬濬4，右上訛作「止」形，足利本、上圖本（影）或作濬濬5，右下俗訛作「貝」。

（2）睿：睿睿

《書古文訓》「濬」字或作睿睿，即《說文》谷部「睿」篆文睿之隸定。

（3）濬：濬濬1濬2

《書古文訓》「濬」字或作濬1，即《說文》「睿」字之或體濬或从水。足利本、上圖本（影）或少一畫作濬1，內野本或訛作濬2。

【傳鈔古文《尚書》「濬」字構形異同表】

濬	戰國楚簡	石經	敦煌本	岩崎本	神田本b	九條本	島田本b	內野本	上圖本（元）	觀智院本b	天理本	古梓堂本b	足利本	上圖本（影）	上圖本（八）	古文尚書晁刻	書古文訓	尚書篇目
濬哲文明溫恭允塞								濬					濬	濬	濬		濬	舜典
封十又二山.濬川			濬 P3315					濬					濬	濬	濬		濬	舜典
濬畎澮距川								濬					濬	濬	濬		睿	益稷
隨山濬川			濬 P3615					濬					濬	濬	濬		厹	禹貢

194、哲

「哲」字在傳鈔古文《尚書》有下列不同字形：

（1）嚞：𠱿 汗6.82 𠱿 四5.14 嚞

《汗簡》、《古文四聲韻》錄古尚書「哲」字作：𠱿 汗6.82 𠱿 四5.14，《說文》口部哲「嚞古文哲，從三吉」，《書古文訓》「哲」字多作嚞。

（2）喆：喆

《書古文訓》「哲」字或作喆，從二吉，《汗簡》、《古文四聲韻》錄有此形：喆 汗6.83 林罕集字 喆 四5.14 王庶子碑，漢碑 喆 池陽令張君殘碑 喆 張遷碑亦見，許師學仁謂「喆」當爲從三吉之古文哲「嚞」省作〔註182〕。

（3）悊：悊悊₁悊₂

敦煌本 P2643、P3767、P2748、岩崎本、九條本、上圖本（八）、《書古文訓》「哲」字或作悊悊₁，上圖本（元）或作悊₂，與口部「哲，知也」「悊哲或從心」同，源於「哲」字金文作：悊 曾伯●簠 悊 師望鼎 悊 弔家父匡 悊 克鼎 悊 王孫鐘。

「悊」字《說文》又列於心部「悊，敬也」，段注以爲「悊」字『敬』是本義，以爲『哲』是假借」。今檢《尚書》各寫本、《書古文訓》「哲」字作「悊」

〔註182〕說見：許師學仁〈釋哲〉，《古文四聲韻古文研究》，台北：文史哲出版社，1999，頁169。

字形者，辭例均作「智」解〔註183〕，用與「哲，知（智）也」無別，其作「恕」者應即「哲」字或體。許師學仁由古璽文字 **（璽彙4934）**，璽文「 命」、「言」、「上」、「行」，羅福頤釋「恕」，林素清釋爲「哲」，王人聰釋「哲」改讀爲「敬命」、「敬言」、「敬上」、「敬行」，謂「《說文》分列二部，義訓各異之『恕』字，或非出於一源，形體偶合耳，叔重分立，正存其實」〔註184〕，偏旁「言」「心」古相通，「言」「口」又相通，「恕」「哲」當是形符更替之異體字。

【傳鈔古文《尚書》「哲」字構形異同表】

哲 傳抄古尚書文字 汗6.82 四5.14	戰國楚簡	石經	敦煌本	岩崎本b	神田本b 九條本	島田本b	內野本	上圖（元）	觀智院b 天理本b	古梓堂b	足利本	上圖本（影）	上圖本（八）	古文尚書晁刻	書古文訓	尚書篇目
濬哲文明溫恭允塞							喆					喆	喆		喆	舜典
知人則哲能官人安民則惠							喆					喆	喆		喆	皋陶謨
黎民懷之能哲而惠							喆					喆	喆		喆	皋陶謨
茲惟艱哉敷求哲人							喆					喆	喆喆	喆	喆	伊訓
明哲實作則		恕 P2643	恕				喆	恕					恭		喆	說命上
弗造哲迪民康							喆					喆			喆	大誥
爽邦由哲							喆					喆	哉		恕	大誥
往敷求于殷先哲王													恕		喆	康誥
我時其惟殷先哲王德							喆					喆	喆		喆	康誥
在昔殷先哲王迪畏天							恕	喆				喆	語喆		喆	酒誥
經德秉哲							恕	喆				喆	喆		喆	酒誥

〔註183〕〈說命上〉明哲實作則、〈大誥〉爽邦由哲、〈康誥〉往敷求于殷先哲王、〈酒誥〉在昔殷先哲王迪畏天、經德秉哲、〈召誥〉茲殷多先哲王在天、自貽哲命、今天其命哲、〈無逸〉茲四人迪哲、〈呂刑〉哲人惟刑。

〔註184〕說見：許師學仁〈釋哲〉，《古文四聲韻古文研究》，台北：文史哲出版社，1999，頁169。

兹殷多先哲王在天			悊			喆	嚞	召誥
自貽哲命			悊			喆	嚞	召誥
今天其命哲			悊 喆		喆 嚞 喆	嚞	召誥
兹四人迪哲	悊 P3767 悊 P2748					喆	嚞	無逸
哲人惟刑			悊	喆		喆	悊	呂刑

195、溫

「溫」字在傳鈔古文《尚書》有下列不同字形：

（1）縕

上圖本（八）「溫」字作「縕」，其下傳作「溫恭之惪」，此借音近之「縕」爲「溫」，《玉篇》糸部「縕，於忿切，枲也，舊絮也，縣也，亂也」，應即《說文》謂亂麻之「縕」字，於云切。

【傳鈔古文《尚書》「溫」字構形異同表】

溫	戰國楚簡	石經	敦煌本	岩崎本b	神田本b	九條本	島田本b	內野本	上圖（元）	觀智院b	天理本	古梓堂b	足利本	上圖本（影）	上圖本（八）	古文尚書晁刻	書古文訓	尚書篇目
溫恭允塞															縕			舜典

196、塞

「塞」字在傳鈔古文《尚書》有下列不同字形：

（1）寒

《說文》心部「寒」字訓實也，其下引「虞書曰『剛而寒』當爲此文本字，《說文》「塞，隔也」，今本作「塞」爲「寒」之假借字。

（2）㙤塞

《書古文訓》「塞」字作㙤塞，爲《說文》土部「塞」篆文𡋄之隸古定，《說文》「塞，隔也，从土从寞寞」先代切，㙤塞係「邊塞」之字，《說文》𡇯部「寞寞，窒也，从𡉻从廾」，穌則切，寞寞方是「窒塞」之正字，源自金文作𡨄塞公孫𡩜父匜，此處以「塞」爲「寞寞」，二字音同義別，《玉篇》云寞寞今

作塞，《古文四聲韻》錄「塞」字作：𡪡四5.29古月令寒崔希裕纂古則以「寒寒」

爲「塞」。

（3）塞

上圖本（影）「塞」字作塞，宀下訛寫似「基」。

【傳鈔古文《尚書》「塞」字構形異同表】

尚書篇目	書古文訓	古文尚書晁刻	上圖本（八）	上圖本（影）	足利本	古梓堂本	天理本b	觀智院b	上圖（元）	內野本	島田本b	九條本	神田本b	岩崎本	敦煌本	石經	戰國楚簡	塞
舜典	寒			塞														溫恭允塞
皋陶謨				塞														剛而塞

舜典	戰國楚簡	漢石經	魏石經	敦煌本P3315			岩崎本	神田本	九條本	島田本	內野本	上圖本（元）	觀智院	天理本	古梓堂	足利本	上圖本（影）	上圖本（八）	晁刻古文尚書	書古文訓	唐石經
玄德升聞乃命以位											玄德升聲乃登呂位						玄德升青乃命呂位	玄德外聞乃命以位	玄德外青乃命呂位	玄悳升眷圖命呂位	玄德升聞乃命以位

197、玄

「玄」字在傳鈔古文《尚書》有下列不同字形：

（1）𤣥

《書古文訓》「玄」字作𤣥等形，即《說文》古文玄𤣥字形摹寫，源

自𤣥邾公華鐘 𤣥邾公牼鐘 𤣥曾侯乙 79𤣥楚帛書.丙 97 𤣥包山 66𤣥郭店.老甲 8𤣥郭店.

老甲 28𤣥璽彙 0748 𤣥璽彙 1969𤣥貨系 711 等。

【傳鈔古文《尚書》「玄」字構形異同表】

玄	戰國楚簡	石經	敦煌本	岩崎本	神田本b	九條本	島田本b	內野本	上圖(元)	觀智院b	天理本b	古梓堂b	足利本	上圖本(影)	上圖本(八)	古文尚書晁刻	書古文訓	尚書篇目
玄德升聞乃命以位																	〔古文〕	舜典
淮夷蠙珠暨魚厥篚玄纖縞																	〔古文〕	禹貢
包匭菁茅厥篚玄纁璣組																	〔古文〕	禹貢
禹錫玄圭告厥成功																		禹貢
惟其士女篚厥玄黃																	〔古文〕	武成
敷重筍席玄紛純漆仍几																	〔古文〕	顧命

198、升

「升」字在傳鈔古文《尚書》有下列不同字形：

（1）升：升1 非 外 外 外2 外3 升 外4

《書古文訓》「升」字或作升1，與《玉篇》卷 16「升」字作「升」同形，為《說文》篆文 之隸變，秦簡作： 睡虎地 23.4，漢代作 一號墓竹簡180 外 雒陽武庫鐘 外 武威醫簡 89 甲，敦煌本 P2643、P2516、岩崎本、上圖本（元）、古梓堂本、足利本、上圖本（影）、上圖本（八）或作 非 外 外 外2 形，右所从「十」下多一點飾筆，與吳〈谷朗碑〉作 外 谷朗碑同 〔註185〕，內野本或作 外3，「升」字形構左右析分；上圖本（元）、足利本、上圖本（影）、上圖本（八）亦或析分，作升 外4 形。

（2）陞：陞

《書古文訓》「升」字或作「陞」陞，「陞」為或體，《玉篇》卷 22「陞，式陵切，上也，進也，與升同」，「升」、「陞」音義皆同，乃累增形旁，為古今字。

（3）昇：昇1 昇2 昇3

〈書序・高宗肜日〉「有飛雉升鼎耳而雊」「升」字內野本、足利本、上圖

〔註185〕馬國權，《智永草書千字文草法解說》，香港：翰墨軒出版有限公司，1995，頁 118。

本（影）、上圖本（八）皆作「昇」昇1昇2昇3，从日从升，下所從「升」或右加飾點（昇2），或訛似「舛」（昇3）。「昇」為「升」之或體，《玉篇》卷20「昇，式陵切，或升字」。

【傳鈔古文《尚書》「升」字構形異同表】

升	戰國楚簡	石經	敦煌本	岩崎本b	九條本／神田本b	島田本b	內野本	上圖(元)	觀智院b	天理本	古梓堂b	足利本	上圖本（影）	上圖本（八）	古文尚書晁刻	書古文訓	尚書篇目
玄德升聞乃命以位													外	外	升	升	舜典
伊尹相湯伐桀升自陑			升										升	升	陞	陞	湯誓
若陟遐必自邇							外	外					外	升	陞	陞	太甲下
有飛雉升鼎耳而雊	升		水 P2643／升 P2516				昇	外					昇	昇	升	升	高宗肜日
允升于大猷						升	外						外	外	升	升	君陳
道有升降政由俗革			升			外	外						外	外	外	升	畢命
昭升于上敷聞在下						水	升	外b					外	外	升	陞	文侯之命

舜典	戰國楚簡	漢石經	魏石經	敦煌本 P3315	岩崎本	神田本	九條本	島田本	內野本	上圖本(元)	觀智院	天理本	古梓堂	足利本	上圖本（影）	上圖本（八）	晁刻古文尚書	書古文訓	唐石經
慎徽五典五典克從	〔古文字〕	眘		眘徽 … 克叨					眘徽又典又典克叨						眘徽五典 … 克叨	慎徽五典 … 克叨	愼徽五典 … 克叨	眘徽又典又典克從	慎徽五典五典克從

199、慎

「慎」字在傳鈔古文《尚書》有下列不同字形：

（1）昚：昚汗 3.34 昚四 4.18 昚魏三體 昚昚昚1昚2昚3容4昚5

《汗簡》、《古文四聲韻》錄古尚書「慎」字作：昚汗 3.34 昚四 4.18，魏三體石經〈多方〉「慎」字古文作昚，皆同於《說文》「慎」古文昚，源自昚郑公華鐘昚郭店.語叢 1.46，敦煌本 S801、P3605.3615、P2533、S2074、岩崎本、島田本、九條本或作昚昚1，《書古文訓》多作昚1，爲上述諸形之隸古定。九條本或作昚2昚3，敦煌本 S2074 或作容4，其上形訛變。《書古文訓》或作昚5，上形原隸古定爲「山」受俗書「山」、「止」相混而訛作「止」形。

（2）昚六 281 昚

《訂正六書通》錄古尚書「慎」字作：昚六 281，《書古文訓》或作昚，「口」爲昚說文古文慎所从「日」之訛變。

（3）昚昚昚

敦煌本《經典釋文·舜典》P3315「慎」字作昚，下云「古慎字」，P3752、島田本、內野本、足利本、上圖本（影）、上圖本（八）或作昚昚，「目」爲昚說文古文慎所「日」之訛變。

（4）睿

內野本、上圖本（八）〈康誥〉「克明德慎罰」「慎」字作睿，亦昚說文古文慎形訛變，其上訛增偏旁「宀」，與「睿」字形混。

（5）愼1收2

上圖本（影）〈蔡仲之命〉「克慎厥猷」之後「慎」字皆作愼1，右爲「眞」之草書，如智永草書作愼〔註186〕，唯一例外爲〈多方〉「慎厥麗乃勸」作收2，从忄从文，「文」當爲愼1之右形訛寫。

【傳鈔古文《尚書》「慎」字構形異同表】

傳抄古尚書文字 慎 昚汗3.34 昚四4.18 昚六281	戰國楚簡	石經	敦煌本	岩崎本	神田本b	九條本	島田本b	內野本	上圖（元）	觀智院b	天理本b	古梓堂b	足利本	上圖本（影）	上圖本（八）	古文尚書晁刻	書古文訓	尚書篇目
慎徽五典			昚 P3315					昚					昚	昚			昚	舜典

〔註186〕馬國權，《智永草書千字文草法解說》，香港：翰墨軒出版有限公司，1995，頁77。

句	字								篇
慎乃有位敬修其可願	杳 S801		杳		杳	杳	杳	崪	大禹謨
皋陶曰都慎厥身修			杳		杳	杳	慎	崪	皋陶謨
禹曰都帝慎乃在位			杳		杳	杳		崪	益稷
慎乃憲欽哉	杳 P3605. P3615		杳		杳	杳	杳	崪	益稷
庶土交正底慎財賦	杳 P2533	杳	杳		杳	杳	杳	崪	禹貢
弗慎厥德雖悔可追	杳 P2533 杳 P3752	杳	杳		杳	杳	杳	崪	五子之歌
慎厥終惟其始殖有禮			杳		杳	杳	杳	崪	仲虺之誥
慎乃儉德					杳	杳	睿	崪	太甲上
終始慎厥與惟明明后			杳		杳	杳	杳	崪	太甲下
慎終于始			杳		杳	杳		崪	太甲下
其難其慎惟和惟一			杳		杳	杳		崪	咸有一德
嗚呼明王慎德		杳 b	杳					崪	旅獒
舊有令聞恪慎克孝		杳 b	杳					崪	微子之命
克明德慎罰			睿			睿		崪	康誥
孺子其朋其往	P2748 多慎字作：慎 其往		慎		多慎字	多慎字			洛誥
克慎厥猷	睿 S2074	杳	杳			忱	杳	崪	蔡仲之命
慎厥初惟厥終	杳 S2074	杳	杳				杳	崪	蔡仲之命
慎厥麗乃勸	魏	杳 S2074	杳	杳			収	杳	崪	多方

罔不明德慎罰	[魏]		春	✓		慎 春	眷	多方
兼于庶言庶獄庶慎	春 S2074	春	春			春	眷	立政
欽乃攸司慎乃出令			春			慎 春	眷	周官
肅慎來賀			春			春	眷	周官
民懷其德往慎乃司			春			慎	眷	君陳
申畫郊圻慎固封守		春	春			慎	眷	畢命
惟周公克慎厥始		春	春			春	眷	畢命
交修不逮慎簡乃僚		春	春			慎 春	眷	冏命
文武克慎明德			春 春			慎 春	眷	文侯之命

200、徽

「徽」字在傳鈔古文《尚書》有下列不同字形：

（1）數：魏三體

魏三體石經〈無逸〉「即康功田功徽柔懿恭」「徽」字古文作，省「彳」，《集韻》平聲一8微韻「徽」古作「數」與此類同，又《玉篇》卷23「美」或作「媺」，徽、微、數、媺音相近同而通假，郭店楚簡「美」字作「媺」：郭店.六德38 郭店.老甲15「天下皆智（知）△之爲△（美）」。

（2）徽：1 2 3 4

敦煌本《經典釋文·舜典》P3315「徽」字作，下云「許遲反，王云美也，馬云善也」，《玉篇》「徽，美也，善也」。九條本、內野本、足利本、上圖本（影）、上圖本（八）作1 2形，敦煌本 P2748 作，左從「彳」，P3767、上圖本（八）字分別或作從「山」下之形4，以上諸形「山」「糸」之間皆少一短橫，與晉荀岳墓志陰作同形。

（3）徽 隸釋

《隸釋》錄漢石經尚書〈立政〉「予旦已受人之徽言」「徽」字作徽，《古文四聲韻》錄「微」字作四1.21 籀韻與此同形，徽爲「微」字之隸變俗寫，漢代作：老子甲85 縱橫家書196 孫臏24 漢石經.詩.式微 趙寬碑，此處

以「微」爲「徽」。

（4）微：微1微2

內野本〈無逸〉「即康功田功徽柔懿恭」「徽」字作微1，上圖本（八）〈舜典〉「慎徽五典」「徽」字作微2，上圖本（影）〈立政〉「予旦已受人之徽言」「徽」字原作微，其旁更正作微，與微2同形，微2當爲「微」字篆文隸變如微趙寬碑形而來（詳見"微"字）。微1微2皆借「微」爲「徽」。

【傳鈔古文《尚書》「徽」字構形異同表】

徽	戰國楚簡	石經	敦煌本	岩崎本	神田本b	九條本	島田本b	內野本	上圖（元）	觀智院b	天理本	古梓堂b	足利本	上圖本（影）	上圖本（八）	古文尚書晁刻	書古文訓	尚書篇目
慎徽五典			徽 P3315					徽						徽	徽	微		舜典
即康功田功徽柔懿恭	微魏		薇 P3767 徽 P2748					微						徽	微	薇		無逸
予旦已受人之徽言	徽隸釋		徽 P2630			徽		徽						徽	微	微		立政

201、五

「五」字在傳鈔古文《尚書》有下列不同字形：

（1）╳魏品式.魏三體╳1人文2

魏品式石經〈皋陶謨〉、三體石經〈無逸〉「五」字古文作╳，敦煌本 P2533 或作╳1，皆與《說文》古文作╳同形，源自戰國作：╳陶彙 3.662 ╳ 古幣 22，敦煌本《經典釋文‧舜典》P3315「修五禮」「如五器」「五」字作文2，敦煌本 P2533 又作文2，皆╳說文古文之變，字形與「又」相混。

（2）⊼上博 1 緇衣 14 ⊼郭店緇衣 27 ⊼魏品式.魏三體（篆）⊼漢石經 ⊼隸釋 ⊼⊼1 ⊼⊼2 ⊼3 ⊼4

楚簡上博 1、郭店〈緇衣〉引〈呂刑〉「惟作五虐之刑曰法」〔註187〕「五」

〔註187〕郭店〈緇衣〉26 引〈呂坓（刑）〉員：「非甬（用）㞫，折（制）以型（刑），隹作五虐之型（刑）曰㲋。」

上博〈緇衣〉14 引〈呂型（刑）〉員：「眊（苗）民非甬（用）霝（命），折（制）

字作：上博 1 緇衣 14郭店緇衣 27，魏品式石經〈皋陶謨〉、三體石經〈無逸〉「五」字篆文作，漢石經「慎徽五典」「五」字作，《隸釋》錄漢石經尚書「五」字作，《書古文訓》多作1，內野本、足利本、上圖本（八）或作1，皆《說文》篆文作之隸古定，源自甲金文作：林 1.18.2甲 561保卣何尊五祀衛鼎，戰國作：𣄦章作曾侯乙鎛中山王鼎鄂君啓舟節陶彙 5.403包山 173郭店.尊德 26 等。上圖本（影）、上圖本（八）或作2，字形筆畫變「王」字混近。

九條本、內野本、足利本、上圖本（影）、上圖本（八）「五」字或作3形，✕與上橫筆合書與「又」形混，敦煌本《經典釋文·舜典》P3315「慎徽五典」、「輯五瑞」「五」字作4，「五典」條下云「古文五字，又作」，敦煌本 S5745、S799、P3767、P2748、S2074、岩崎本、島田本、九條本、內野本、觀智院本、上圖本（元）、足利本亦或作此形4，上與「又」形混，下作一點，形近「义」字作形（參見"义"字）。

【傳鈔古文《尚書》「五」字構形異同表】

五	戰國楚簡	石經	敦煌本	岩崎本	神田本b	九條本	島田本b	內野本	上圖（元）b	觀智院b	天理本b	古梓堂b	足利本	上圖本（影）	上圖本（八）	古文尚書晁刻	書古文訓	尚書篇目
慎徽五典		漢	P3315					又									又	舜典
輯五瑞			P3315					五					王	五				舜典
修五禮			P3315					五					五	王				舜典
如五器			P3315					又					五	王				舜典
五月南巡守								五					五					舜典
五載一巡守								五					五	五				舜典
流宥五刑								五					王	五				舜典

以型（刑），隹作五（虐）之型（刑）曰法。」

今本〈緇衣〉引〈甫刑〉曰：「苗民匪用命，制以刑，惟作五虐之刑曰法。」

古文《尚書·呂刑》：「苗民弗用靈，制以刑，惟作五虐之刑曰法。」

五品不遜				五		五		五	舜典
五服三就				五			王		舜典
明于五刑		恶 S5745		五		王	王 王	五	大禹謨
惟時撫于五辰	五 魏品			五		王	王	五	皋陶謨
施于五色				五		型	王	五	益稷
惟土五色			又	又		五	王	五	禹貢
五百里甸服		又 P2533	忑 五			五	又	五	禹貢
作五子之歌		又 P2533	又			又	又	五	五子之歌
不常厥邑于今五邦			又	丛	又		丕	又	盤庚上
狎侮五常		又 S799		五			又	又	泰誓下
列爵惟五		天 S799		五			又	又	武成
汨陳其五行	又 隸釋		五 b	五				又	洪範
服念五六日				五		又		又	康誥
越五日甲寅位成				又	又			又	召誥
惟中身厥享國五十年	又 魏	又 P3767 火 P2748		柔			又	又	無逸
天惟五年須暇之子孫		又 S2074		又	五		又	五	多方
敷五典擾兆民				五	又 b		五	又	周官
弘敷五典			又	五			五	又	君牙

惟作五虐之刑曰法〔註188〕	上博 1 緇衣 14 郭店 緇衣 27		夾	正		夾	至	呂刑

202、典

「典」字在傳鈔古文《尚書》有下列不同字形：

(1) 箕：魏品式 魏三體 箕箕1 箟箟2 箕3

魏品式石經〈皋陶謨〉、三體石經〈多方〉「典」字古文分別作 魏品式 魏三體，《汗簡》、《古文四聲韻》錄古尚書「典」字作：汗 2.21 四 3.17 皆同形於《說文》古文「典」作 箕，乃源自 陳侯因育錞楚簡 包山 3 包山 11 包山 16 包山 7 望山 2 箕等形訛變〔註189〕，其上本爲綴增飾點、飾筆變而與「竹」混同，變作从竹从典。《書古文訓》多作 箕1，即 說文古文典形之隸定，岩崎本亦或作 箕1。敦煌本 P2748 或作 箟2，上圖本（元）、足利本、上圖本（影）、上圖本（八）、《書古文訓》亦或作 箟2 形，「典」所从之「丌」橫筆與其上合書作「曲」形。岩崎本、九條本或作 箕3 形，「典」變作从曲从丌。

(2) 典：典典

敦煌本 P2748、內野本、足利本、上圖本（影）、上圖本（八）「典」字或作 典典形，爲《說文》篆文 典之隸變，「典」所从之「丌」橫筆與其上合書作「曲」形，「典」字金文作： 召伯簋 召伯簋 格伯簋 格伯簋等形。

【傳鈔古文《尚書》「典」字構形異同表】

典 傳抄古尚書文字 箕 汗 2.21 箕 四 3.17	戰國楚簡	石經	敦煌本	岩崎本	神田本 b	九條本	島田本 b	內野本	上圖（元）	觀智院 b	天理本 b	古梓堂 b	足利本	上圖本（影）	上圖本（八）	古文尚書晁刻	書古文訓	尚書篇目
歷試諸難作舜典								典						典	典		箕	舜典

〔註188〕同前注。

〔註189〕參見：黃錫全，《汗簡注釋》，武漢：武漢大學出版社，1993，頁 188、胡小石，《胡小石論文集三編》，上海：上海古籍，1995，頁 441、徐在國，《隸定古文疏證》，合肥：安徽大學出版社，2002，頁 104。

例句								書古文訓	篇名
慎徽五典				典		典		箕	舜典
五典克從						典	典	箕	舜典
天敘有典	箕〔魏品〕			典		典	典	箕	皋陶謨
惟敩學半念終始典于學		箕						箕	說命下
典祀無豐于昵		箕		箕				箕	高宗肜日
不迪率典		箕						箕	西伯戡黎
自作不典式爾有厥罪小								箕	康誥
其爾典聽朕教		箕						箕	酒誥
王曰封汝典聽朕毖		箕						箕	酒誥
方來亦既用明德后式典		箕						箕	梓材
孺子來相宅其大惇典殷獻民	典 P2748							箕	洛誥
有冊有典殷革夏命	箕 P2748					箕		箕	多士
克堪用德惟典神天	箕〔魏〕	箕						箕	多方
爾乃自作不典		箕						箕	多方
敷五典擾兆民								箕	周官
爾克敬典在德						箕		箕	君陳
弗率訓典						箕		箕	畢命
乃惟由先正舊典時式						箕		箕	君牙
迪上以非先王之典						箕		箕	冏命

203、從

「從」字在傳鈔古文《尚書》有下列不同字形：

（1）从：从1 刅刅刅2 刅3 朋朋4 从从5

《書古文訓》「從」字作从1，《說文》从部「从，相聽也，从二人」。此

以「从」爲「從」，《說文》「從，隨行也」，「從」爲「从」之孳乳，「从」字甲金文作 前 7.7.4 後 1.27.2 宰㭽角 陳喜壺等。《玉篇》隸定作「从」，其下「刕」字注云「同上，篆文」。敦煌本《經典釋文‧舜典》P3315 作 2，下云「古從字」，尚書敦煌寫本（除 P2748、P2630 外）、日諸古寫本、《書古文訓》多作 2 形，內野本或作 3，皆形似二刀，P3670、P2516、上圖本（影）或作 4 形，上圖本（影）或作 ，其旁注「從」、其上更正作 ，諸形皆篆文「从」 之隸古定，漢印即作 漢印徵。《書古文訓》亦作 5，則寫作篆文字形。

　（2）從： 漢石經 1 2

　　漢石經尚書「從」字作 、尚書敦煌寫本 P2748、P2630、九條本、足利本、上圖本（影）、上圖本（八）「從」字或作 1 2，皆《說文》從部篆文「從」 之隸書，與漢代隸變作 老子甲 58 相馬經 3 上 武威簡.有司 2 同類同。甲骨文「從」字从彳作 京津 1372，金文增从止作从辵之「從」字： 遱從角 啓卣 從鼎 作從彝卣 中山王鼎 中山王兆域圖 等形，偏旁「彳」「辵」義類相通。

【傳鈔古文《尚書》「從」字構形異同表】

從	戰國楚簡	石經	敦煌本	岩崎本b	神田本b	九條本b	島田本b	內野本	上圖（元）	觀智院b	天理本b	古梓堂b	足利本	上圖本（影）	上圖本（八）	古文尚書晁刻	書古文訓	尚書篇目
五典克從			P3315					刕					刕	朋	從		刕	舜典
舍己從人								刕					刕	朋 刕	從		从	大禹謨
帝曰俾予從欲以治			S5745					刕					刕	朋	刕		刕	大禹謨
禹曰枚卜功臣惟吉之從			S801					刕					刕	朋	刕		刕	大禹謨
汝無面從退有後言								刕					刕	朋	從		刕	益稷
恆衛既從大陸既作		漢	P3615					刕					刕	朋	刕		刕	禹貢
漆沮既從灃水攸同			P3169	刕				刕					刕	刕	刕		刕	禹貢

經文	P2533 / P5557 等							唐石經	篇名
殲厥渠魁脅從罔治	刜 P2533 刜 P5557	刜	狱		刜 刜 刜			刜	胤征
朕不食言爾不從誓言		従	刜		刜 刜 刜			刜	湯誓
亦惟汝故以丕從厥志	刜 P3670 刀刀 P2643	刜	刜	刜	従 従 刜			刜	盤庚中
惟木從繩則正	刀刀 P2643 朋 P2516	刀刀	朋	刜	従 従 従			刜	說命上
貌曰恭言曰從視曰明		刜	刜					刜	洪範
天迪從子保		刜	刜		刜			刜	召誥
予齊百工伻從王于周	従 P2748		刜		従 従			刜	洛誥
率惟謀從容德	従 P2630	刜	刜		従 従 刜			刜	立政
越小大謀猷罔不率從		刜	刜		従 従 刜			竹	文侯之命
寬而有制從容以和			刜 刀刀 b		従 従 従			刜	君陳
其侍御僕從		刜	刜		従 従 刜			刜	冏命
察辭于差非從惟從		刜	刜		従 従			竹	呂刑

舜典	戰國楚簡	漢石經	魏石經	敦煌本 P3315		岩崎本	神田本	九條本	島田本	內野本	上圖本（元）	觀智院	天理本	古梓堂	足利本	上圖本（影）	上圖本（八）	晁刻古文尚書	書古文訓	唐石經
納于百揆百揆時敘				內亐百揆						內亐百揆百揆時敘					納于百揆百揆時敘	納于百揆時敘	納于百揆時敘	內亐百揆時敘	內亐百揆百揆當敘	納于百揆百揆時敘

204、敘

「百揆時敘」，《史記》作「百官時序」，《左傳》文公 18 年稱述作「百揆時序」，皮錫瑞《考證》謂「敘」作「序」爲今文尚書，引證《史記》、蔡邕〈太尉楊公碑〉、〈太傅祠前銘〉、禰衡〈顏子碑〉皆作「序」。

「敘」字在傳鈔古文《尚書》有下列不同字形：

（1）叙：叙敘

敦煌本尚書、日古寫本「敘」字多作叙，《書古文訓》亦或作敘，偏旁「攴」「又」義類相通。

（2）序：▓漢石經序

漢石經尚書殘碑〈益稷〉「迪朕德時乃功惟敘」「敘」字作▓「序」，〈大禹謨〉「惟和九功惟敘」「敘」字內野本、足利本、上圖本（影）、上圖本（八）作序「序」，「九敘惟歌」則足利本、上圖本（影）、上圖本（八）作「序」，《說文》攴部「敘，次第也」，广部「序，東西牆也」，此處文義皆次第義，是以音同之「序」借作「敘」。

【傳鈔古文《尚書》「敘」字構形異同表】

敘	戰國楚簡	石經	敦煌本	岩崎本b	神田本b	九條本b	島田本b	內野本	上圖（元）	觀智院b	天理本b	古梓堂b	足利本	上圖本（影）	上圖本（八）	古文尚書晁刻	書古文訓	尚書篇目
百揆時敘								叙					叙	叙	叙			舜典
惟和九功惟敘九敘惟歌								序					序	序	序			大禹謨
													序	序	序			
思永惇敘九族								敘					叙	叙	叙			皋陶謨
迪朕德時乃功惟敘		▓漢						敘					叙	敘	敘			益稷
西戎即敘			叙P3169		叙	敘							叙	叙	叙			禹貢
敘欽今我既羞			叙P2643 叙P2516	叙			敘	叙	叙				叙	叙	叙			盤庚下

我不知其彝倫攸敘				敘		叙			叙	叙	敘			洪範
彝倫攸敘				叙		敘			叙	叙	叙			洪範
五者來備各以其敘				叙		叙			叙	叙	叙			洪範
越茲蠢殷小腆誕敢紀其敘						叙			叙	叙	叙		叙	大誥
惟時敘乃寡兄勖						叙			叙	叙	叙			康誥
王曰嗚呼封有敘𡖊						叙			叙	叙	叙			康誥
篤敘乃正父罔不若予			敘 P2748 叙 S6017			叙			叙					洛誥

舜典	戰國楚簡	漢石經	魏石經	敦煌本 P3315			岩崎本	神田本	九條本	島田本	內野本	上圖本（元）	觀智院	天理本	古梓堂	足利本	上圖本（影）	上圖本（八）	晁刻古文尚書	書古文訓	唐石經
賓于四門四門穆穆				𣪘〻							賓亏亖門亖門穆穆					賓亏亖門〻〻穆〻	賓亏亖門〻〻穆〻	賓于四门〻〻穆〻		賓亏亖門亖門㣊㣊	賓于四門四門穆穆

205、穆

「穆」字在傳鈔古文《尚書》有下列不同字形：

（1）𥞌汗 3.36 𥞌四 5.5 𥞌1 穆穆2 穆穆3 穆穆穆4 穆5 穆穆6

《汗簡》、《古文四聲韻》錄古尚書「穆」字作：𥞌汗 3.36 𥞌四 5.5，敦煌本《經典釋文・舜典》P3315「穆」字云古文作𥞌1，與此同形，蓋源自𥞌通簋 𥞌尹姞鼎 𥞌師望鼎 𥞌克鼎 𥞌虢弔鐘 𥞌井人鐘 𥞌蔡侯盤 𥞌中山王壺等形，𥞌汗 3.36 𥞌四 5.5 之左形㣎爲㣎（𥞌尹姞鼎）、㣎（𥞌井人鐘）之訛變，「穆」字金文又作𥞌秦公簋 𥞌邾公華鐘 𥞌曾侯乙鐘形。

上圖本（影）、上圖本（八）「穆」字或作穆2，足利本或作穆2，其右㣎、㣎形乃㣎（𥞌尹姞鼎）、㣎（𥞌井人鐘）、㣎（𥞌四 5.5）形之隸變，穆2 右上變作「自」；足利本或作穆穆3，右下「彡」訛似「久」；島田本或作穆4、

上圖本（八）或作〔穆穆〕₄，此 2.3.4 形之右與「終」字作〔𣅀𣅀𣅀〕（㫡.「冬」之異體）混同（參見 "冬" "終" 字）。內野本或作〔穆〕₅，上圖本（影）、上圖本（八）「穆」字或作〔穆穆〕₆，右下訛似「彥」之下半，上述諸形其右皆〔㲋〕、〔㲋〕、〔彡〕形之隸變俗寫。

（2）〔㲋㲋〕₁〔㲋〕₂〔㲋㲋㲋㲋〕₃〔數〕₄

敦煌本《經典釋文・舜典》P3315「穆」字作〔㲋〕₁，下云「古穆字，古文作〔㮮〕」，內野本、上圖本（八）或作〔㲋〕₁，岩崎本、九條本或右上少一畫作〔㲋〕₂，《書古文訓》或作〔㲋㲋㲋㲋〕₃，或作〔數〕₄形，右下「彡」訛作「多」，上述諸形其左亦皆〔㲋〕、〔㲋〕、〔彡〕之隸訛，其右從「攵」則「禾」作〔𥝋〕（〔字〕尹姞鼎）、〔禾〕（〔字〕四5.5）之訛誤。

（3）〔彥〕汗4.48〔彥〕汗5.62〔宂〕四5.5〔彡〕₁〔宜〕₂

《汗簡》、《古文四聲韻》錄古尚書「穆」字又作：〔彥〕汗4.48〔彥〕汗5.62〔宂〕四5.5，為省「禾」之形，《書古文訓》或作〔彡〕₁，即省「禾」作〔㲋〕、〔㲋〕、〔彡〕形之隸定。《書古文訓》〈金縢〉「王執書以泣曰其勿穆卜」「穆」字作〔宜〕₂，《集韻》入聲屋韻「宜，敬也，通作穆」，疑〔宜〕₂為〔㲋〕、〔㲋〕、〔彡〕形之訛變，或〔宂〕四5.5形之變，「宀」隸古定訛作「六」，「彡」與「宀」兩側筆合書訛作「目」，而與《汗簡》、《古文四聲韻》錄「穆」字訛作〔宜〕汗2.16林罕集綴〔宜〕四5.5裴光遠集綴與「宜」字形混，《箋正》謂「此（〔宜〕汗2.16）形是『宜』字，云『穆』非。」其說是也。

【傳鈔古文《尚書》「穆」字構形異同表】

傳抄古尚書文字 穆〔㮮〕汗3.36〔㮮〕四5.5〔彥〕汗4.48〔彥〕汗5.62〔宂〕四5.5	尚書篇目	書古文訓	古文尚書晁刻	上圖本（八）	上圖本（影）	足利本	古梓堂本b	天理本	觀智院本b	上圖本（元）	內野本	島田本b	神田本b	九條本	岩崎本	敦煌本	石經	戰國楚簡
賓于四門四門穆穆	舜典	〔彡〕		〔穆〕	〔穆〕	〔穆〕					〔穆〕					〔㲋〕P3315		
二公曰我其爲王穆卜	金縢	〔數〕		〔穆〕	〔穆〕	〔穆〕					〔穆〕							
其勿穆卜	金縢	〔宜〕		〔穆〕	〔穆〕	〔穆〕					〔穆〕			〔穆〕b				

穆王命君牙爲周大司徒作君牙			〔穀〕	〔敦〕				〔穆〕	〔樏〕	〔敦〕		〔斆〕	君牙
穆王命伯冏爲周太僕正作冏命			〔穀〕	〔敦〕				〔穆〕	〔樏〕	〔敦〕		〔斁〕	冏命
呂命穆王訓夏贖刑作呂刑			〔穀〕	〔敦〕				〔穆〕	〔樏〕	〔敦〕		〔斁〕	呂刑
穆穆在上明明在下			〔穀〕	〔敦〕				〔穆〕	〔樏〕	〔斁〕		〔斁〕	呂刑
穆穆在上明明在下												〔敦〕	呂刑
秦穆公伐鄭			〔穀〕	〔敦〕				〔穆〕	〔樏〕	〔穆〕		〔斁〕	秦誓

舜典	戰國楚簡	漢石經	魏石經	敦煌本 P3315			岩崎本	神田本	九條本	島田本	內野本	上圖本（元）	觀智院	天理本	古梓堂	足利本	上圖本（影）	上圖本（八）	晁刻古文尚書	書古文訓	唐石經
納于大麓烈風雷雨弗迷				〔圖〕							〔圖〕					〔圖〕	〔圖〕	〔圖〕	〔圖〕	〔圖〕	〔圖〕

206、麓

「麓」字在傳鈔古文《尚書》有下列不同字形：

（1）藜：藜 藜 藜1 藜 藜2

敦煌本《經典釋文·舜典》P3315「麓」字作藜1，下云「古文『鹿』字，王云錄也，馬鄭云山，是也」，「鹿」字應是「麓」之誤。《書古文訓》「麓」字作藜1，內野本作藜1，皆《說文》古文从彔作藜之變。足利本、上圖本（影）作藜藜2，所从「彔」訛作「隶」。「麓」字甲骨文或从「鹿」作：藜粹664，或从「彔」作：藜前2.23.1 藜後1.11.9 藜京津5301，麓伯簋作藜與此同形，即《說文》古文「麓」藜之源，甲骨文「麓」字又从「屮」藜乙8688、从「艸」藜佚426 藜拾6.1，麓、藜、墓、菉古爲同字。「麓」「藜」爲聲符更替之異體。

（2）菉：菉汗3.30 菉四5.3

《汗簡》、《古文四聲韻》錄古尙書「麓」字作：菉汗3.30 菉四5.3，从艸从

· 421 ·

彔，《箋正》以爲 汗 **3.30** 此寫誤，「从艸即是菉王芻字」，然甲骨文「麓」字或从「艸」作： 佚 **426** 拾 **6.1**，是 汗 **3.30** 亦古「麓」字，與「麓」爲形符更替之異體； 四 **5.3** 則所从「彔」訛變似「象」。

【傳鈔古文《尚書》「麓」字構形異同表】

麓	傳抄古尚書文字 汗 **3.30** 四 **5.3**	戰國楚簡	石經	敦煌本	岩崎本	神田本b	九條本 島田本b	內野本	上圖（元）	觀智院b	天理本	古梓堂b	足利本	上圖本（影）	上圖本（八）	古文尚書晁刻	書古文訓	尚書篇目
納于大麓				P3315														舜典

207、烈

「烈風雷雨弗迷」，「烈」字《漢書・王莽傳》引作「列」。

「烈」字在傳鈔古文《尚書》有下列不同字形：

（1）1 2

敦煌本《經典釋文・舜典》P3315「烈」字作 1，下云「古烈字」，《書古文訓》或作 1，爲《說文》刀部「列」字篆文 之隸變，類同漢碑作 夏承碑 楊叔恭殘碑形，《書古文訓》又作隸古定 2 形。「列」爲「烈」之聲符，此借「列」爲「烈」。

（2）

足利本〈微子之命〉「以蕃王室弘乃烈祖」「烈」字作 ，亦借「列」爲「烈」。

（3）1 2

敦煌本 P2533、S6017、《書古文訓》「烈」字或作 1，或變作 2，皆爲《說文》篆文 之隸古定。

【傳鈔古文《尚書》「烈」字構形異同表】

烈	戰國楚簡	石經	敦煌本	岩崎本	神田本b	九條本 島田本b	內野本	上圖（元）	觀智院b	天理本	古梓堂b	足利本	上圖本（影）	上圖本（八）	古文尚書晁刻	書古文訓	尚書篇目
烈風雷雨弗迷			P3315														舜典

句例									篇名
天吏逸德烈于猛火	P2533	烮						熨	胤征
烈祖之成德			裂					削	伊訓
矧日其克從先王之烈			烈	又				熨	盤庚上
佑我烈祖格于皇天	P2643	裂						劉	說命下
公劉克篤前烈	S799	裂	裂			裂		劉	武成
弘乃烈祖律乃有民		裂	裂		列			劉	微子之命
以予小子揚文武烈	P2748 / S6017	裂 / 裂						劉	洛誥
越乃光烈考武王	P2748	裂				裂		劉	洛誥
越御事篤前人成烈荅其師	P2748	裂				裂		劉	洛誥
以揚武王之大烈			裂 裂		裂	裂		裂	立政
欽若先王成烈		裂				裂		裂	畢命
丕承哉武王烈					裂 裂	裂		熨	君牙
格其非心俾克紹先烈						裂		熨	囧命

208、風

「風」字在傳鈔古文《尚書》有下列不同字形：

（1）鳳

上圖本（八）「風」字或作鳳，即《說文》古文作鳳、《玉篇》卷 20「鳳」古文風，《古文四聲韻》錄鳳四 1.11 王存乂切韻，曾憲通謂鳳乃聲符「凡」下取鳳尾紋飾上部 ⊙ 而成〔註190〕。

（2）風

足利本、上圖本（影）「風」字或作風，與《古文四聲韻》錄風風四 1.11 王存乂切韻形近，應是楚帛書風帛甲 1.31 風帛甲 7.24 等形之訛變，曾憲通謂楚

〔註190〕說見：曾憲通，〈楚文字釋叢五則〉，《中山大學學報》，1996：3，頁 64。

帛書 是在聲符「凡」下取鳳尾尾飾下部 而成，尾飾 猶孔雀尾端之錢斑，爲鳳鳥別於其他鳥類的主要特徵，故以之代表鳳之整體〔註191〕。

（3）

足利本〈伊訓〉「酣歌于室時謂巫風」「風」字作 ，以聲符「凡」作爲「風」字。

【傳鈔古文《尚書》「風」字構形異同表】

風	戰國楚簡	石經	敦煌本	岩崎本	神田本b	九條本	島田本b	內野本	上圖（元）	觀智院b	天理本	古梓堂b	足利本	上圖本（影）	上圖本（八）	古文尚書晁刻	書古文訓	尚書篇目
烈風雷雨弗迷													風	凤				舜典
四方風動惟乃之休													风	凡	凤			大禹謨
酣歌于室時謂巫風													风	凡				伊訓
時乃風													凡					說命下
日聖時風若日咎徵日狂恆雨若													風	凡				洪範
天大雷電以風													凡					金縢
爾惟風下民惟草													风					君陳
世變風移													风	凡				畢命
馬牛其風臣妾逋逃														凡				費誓

209、雷

「雷」字在傳鈔古文《尚書》有下列不同字形：

（1）汗5.63 四1.29 1

敦煌本《經典釋文·舜典》P3315「雷」字作 1，下云「古雷字」，《汗簡》、《古文四聲韻》錄古尚書「雷」字作：汗5.63 四1.29，《書古文訓》或作 1，皆與《說文》「雷」字篆文 同形，與戰國楚簡作 包山175 信陽2.1 等類同，應源自 盠駒尊 說文籀文雷之省。

（2）⊞⊞汗 6.74 ⊗⊗汗 6.82 ⊕⊕四 1.29 畾

《汗簡》、《古文四聲韻》錄古尚書「雷」字又作：⊞⊞汗 6.74 ⊗⊗汗 6.82 ⊕⊕四 1.29 形，源自金文作：雷師旂鼎 雷沇鼎 雷對罍等而省，《集韻》上聲五 7 尾韻「畾」，或作「𤴐」，即金文之隸定。《書古文訓》〈禹貢〉「九河既道雷夏既澤」「雷」字作畾，爲傳抄古文 ⊞⊞汗 6.74 ⊗⊗汗 6.82 ⊕⊕四 1.29 之隸定，爲雷師旂鼎 雷說文古文雷之省形〔註 192〕。

（3）霝

《書古文訓》〈金縢〉「天大雷電以風」「雷」字作霝，爲《說文》「雷」字古文𩂣之隸定，甲骨文「雷」字作：雷粹 1570 雷乙 529 雷前 7.26.2 雷後 2.1.12 等，𩂣形下作○○當本於甲骨文或變田形爲口形、爲○形。

【傳鈔古文《尚書》「雷」字構形異同表】

雷 傳抄古尚書文字 畾汗 5.63 ⊞⊞汗 6.74 ⊗⊗汗 6.82 𩂣⊕⊕四 1.29	戰國楚簡	石經	敦煌本	岩崎本 神田本b 九條本 島田本b	內野本	上圖（元）觀智院b	天理本 古梓堂本b	足利本	上圖本（影）	上圖本（八）	古文尚書晁刻	書古文訓	尚書篇目
烈風雷雨弗迷			雷 P3315						雷	畾		畾	舜典
九河既道雷夏既澤			雷	雷					雷	雷	雷	畾	禹貢
逾于河壺口雷首至于太岳				雷	雷				雷	雷		雷	禹貢
天大雷電以風												霝	金縢

210、雨

「雨」字在傳鈔古文《尚書》有下列不同字形：

（1）雨汗 5.63 雨 1

《汗簡》錄古尚書「雨」字作雨汗 5.63，敦煌本《經典釋文·舜典》P3315「雨」字下云「古作湔、雨 1」，《書古文訓》「雨」字皆作雨，皆源自甲金文作：雨前 2.35.3 雨續 4.24.13 雨後 2.1.12 雨子雨己鼎 雨子雨卣 雨盂壺。

〔註 192〕說見：徐在國謂或爲靁包山 175 之省，《隸定古文疏證》，合肥：安徽大學出版社，
　　　2002，頁 237。

（2）<img_symbol> 上博 1 緇衣 6 <img_symbol> 郭店緇衣 9 雨 2

上博〈緇衣〉6、郭店〈緇衣〉9 引〈君牙〉「夏暑雨」「雨」字分別作：<img_symbol> 上博 1 緇衣 6 <img_symbol> 郭店緇衣 9，與《說文》篆文雨之類同，源於甲骨文作：<img_symbol> 前 2.35.3 <img_symbol> 前 2.29.6。內野本「雨」字或作雨 2，為此形之俗省。

（3）湈

敦煌本《經典釋文・舜典》P3315「雨」字云「古作湈」，形構或為从水羽聲，徐在國謂「羽、雨古音同屬匣紐魚部，湈蓋雨字或體〔註193〕」。又疑湈即雨 1 雨 1 之俗訛字，左直畫或俗訛作 氵。

（4）雨

岩崎本、島田本「雨」字訛作雨，與「兩」字形混。

【傳鈔古文《尚書》「雨」字構形異同表】

雨	戰國楚簡	石經	敦煌本	岩崎本	神田本b	九條本	島田本b	內野本	上圖（元）	觀智院b	天理本	古梓堂b	足利本	上圖本（影）	上圖本（八）	古文尚書晁刻	書古文訓	尚書篇目
烈風雷雨弗迷			雨 P3315					雨									霝	舜典
用汝作霖雨			雨 P2643															說命上
曰雨曰霽曰蒙曰驛曰克曰貞曰悔							雨b										冊	洪範
八庶徵曰雨曰暘曰燠曰寒曰風曰時							雨b										冊	洪範
曰肅時雨若曰乂時暘若							雨b										冊	洪範
曰聖時風若曰咎徵曰狂恆雨若							雨b										冊	洪範
夏暑雨小民惟曰怨咨	雨 上博 1 緇衣 6 雨 郭店緇衣 9		雨					雨						雨	雨 雨		冊	君牙

211、迷

「迷」字在傳鈔古文《尚書》有下列不同字形：

（1）麋：魏三體

魏三體石經〈無逸〉「無若殷王受之迷亂」「迷」字古文作，篆隸則作「迷」，此爲「麋」字，與石鼓文雲夢.答問 81璽彙 0360 等同形，魏三體古文借「麋」爲「迷」，商承祚謂《左傳》莊公 17 年多麋，何氏《公羊解詁》云：「麋之爲言猶迷也」〔註194〕。

（2）恷

《書古文訓》「迷」字皆作恷，《集韻》平聲二 12 齊「恷，心惑也」，與「迷」皆緜批切，是音義近同而借。

【傳鈔古文《尚書》「迷」字構形異同表】

迷	戰國楚簡	石經	敦煌本	岩崎本	神田本b	九條本	島田本b	內野本	上圖（元）	觀智院b	天理本	古梓堂b	足利本	上圖本（影）	上圖本（八）	古文尚書晁刻	書古文訓	尚書篇目
烈風雷雨弗迷																	恷	舜典
昏迷不恭侮慢自賢																	恷	大禹謨
昏迷于天象																	恷	胤征
無俾世迷																	恷	太甲上
王惟德用和懌先後迷民																	恷	梓材
不迷文武勤教																	恷	洛誥
無若殷王受之迷亂		魏															恷	無逸
告君乃猷裕我不以後人迷																	恷	君奭
議事以制政乃不迷																	恷	周官

〔註194〕說見：商承祚，《石刻篆文編》卷二「迷」字注，頁 24。

舜典	戰國楚簡	漢石經	魏石經	敦煌本P3315			岩崎本	神田本	九條本	島田本	內野本	上圖本(元)	觀智院	天理本	古梓堂	足利本	上圖本(影)	上圖本(八)	晁刻古文尚書	書古文訓	唐石經
帝曰格汝舜詢事考言				格女音檢汪及下音旬詢湖池方古本							帝曰格女舜詢事考言						帝曰格汝舜詢事考言	帝曰格汝舜詢事考言	帝曰攷女舜詢事攷言	帝曰格汝舜詢事考言	

212、事

「事」字在傳鈔古文《尚書》有下列不同字形：

（1）魏三體〔字形〕1〔字形〕2〔字形〕3〔字形〕4

魏三體石經《尚書》「事」字古文作〔字形〕1，與三體石經僖公古文「使」作〔字形〕同形，《汗簡》錄〔字形〕汗3.31使亦事字見石經，《箋正》云：「石經春秋古『使』、尚書古文『事』並如此」，事、使古同字，《說文》「事」篆文〔字形〕、古文作〔字形〕，乃源自金文：〔字形〕叔卣〔字形〕師旂鼎〔字形〕孟鼎〔字形〕衛鼎〔字形〕伊簋〔字形〕易鼎〔字形〕克鼎〔字形〕毛公鼎〔字形〕事族簋〔字形〕秦公鎛〔字形〕秦公簋〔字形〕哀成弔鼎〔字形〕洹子孟姜壺〔字形〕公子土斧壺●〔字形〕申鼎等形。

足利本、上圖本（影）、上圖本（八）「事」字多作〔字形〕1〔字形〕2，為〔字形〕說文古文事之隸古定，《書古文訓》則隸古定作〔字形〕3等形，或隸古定加部分古文字形作〔字形〕3，或隸古訛變作〔字形〕4。

（2）〔字形〕

島田本、上圖本（元）、上圖本（八）「事」字或作〔字形〕，為〔字形〕說文篆文事之隸定俗寫。

（3）〔字形〕

上圖本（影）〈牧誓〉「御事司徒司馬司空」「事」字作〔字形〕，為〔字形〕說文古文事隸古定作（1）〔字形〕2而訛誤作「克」字。

【傳鈔古文《尚書》「事」字構形異同表】

事	戰國楚簡	石經	敦煌本	神田本b / 岩崎本	島田本b / 九條本	內野本	上圖（元）/ 觀智院b	古梓堂本b / 天理本	足利本	上圖本（八）	上圖本（影）	古文尚書晁刻	書古文訓	尚書篇目
詢事考言									〔事〕	〔事〕			〔事〕	舜典
六府三事允治									〔事〕	〔事〕			〔事〕	大禹謨
政事懋哉懋哉									〔事〕	〔事〕			〔事〕	皋陶謨
股肱惰哉萬事墮哉									〔事〕	〔事〕			〔事〕	益稷
王曰嗟六事之人									〔事〕				〔事〕	甘誓
官師相規工執藝事以諫									〔事〕	〔事〕			〔事〕	胤征
舍我穡事而割正夏										〔事〕			〔事〕	湯誓
以義制事以禮制心									〔事〕	〔事〕			〔事〕	仲虺之誥
無輕民事									〔事〕	〔事〕			〔事〕	太甲下
咎單遂訓伊尹事作沃丁									〔事〕	〔事〕			〔事〕	咸有一德
各恭爾事									〔事〕	〔事〕	〔事〕		〔事〕	盤庚上
邦伯師長百執事之人							〔事〕		〔事〕	〔事〕	〔事〕		〔事〕	盤庚下
喪厥功惟事事乃其有備							〔事〕		〔事〕	〔事〕	〔事〕		〔事〕	說命中
王人求多聞時惟建事									〔事〕	〔事〕	〔事〕		〔事〕	說命下
越我御事庶士								〔事〕	〔事〕	〔事〕	〔事〕		〔事〕	泰誓上
御事司徒司馬司空									〔事〕	〔事〕	〔事〕		〔事〕	牧誓
次二日敬用五事									〔事〕	〔事〕	〔事〕		〔事〕	洪範
能多材多藝能事鬼神									〔事〕	〔事〕	〔事〕		〔事〕	金縢
越爾御事					〔事〕b				〔事〕	〔事〕	〔事〕		〔事〕	大誥

奔走事厥考厥長								亨	亨		豈	酒誥
弗蠲乃事時同于殺											豈	酒誥
歷人宥肆亦見厥君事								亨	亨		豈	梓材
越自乃御事								亨	亨		豈	召誥
予旦以多子越御事								亨	亨	亨	豈	洛誥
今惟我周王丕靈承帝事	魏							亨	亨	亨	豈	多士
故一人有事于四方	魏							亨	亨		豈	君奭
宅乃事宅乃牧宅乃準	魏							亨	亨		豈	立政
立政任人準夫牧作三事	魏							亨	亨		豈	立政
乃克立茲常事	魏							亨	亨		豈	立政
立事準人牧夫								亨	亨		豈	立政
議事以制政乃不迷							事	亨	亨		豈	周官
克左右昭事厥辟	魏							亨	亨		豈	文侯之命

213、考

「考」字在傳鈔古文《尚書》有下列不同字形：

（1）丂：丂丂

敦煌本《經典釋文‧舜典》P3315「詢事考言」「考」字作丂，下云「古考字」，《書古文訓》皆作丂，《說文》老部「考」字从老丂聲，《集韻》上聲32皓「考」通作「丂」，西周金文即有以「丂」爲「考」者，如：丁司土司簋。

丂 丁 考 考 考 考 考 考
（2）考：考漢石經考考考1

漢石經尚書〈洛誥〉「作周孚先考朕昭子刑」「考」字作考，敦煌本《經典釋文‧舜典》P3315「如喪考妣」「考」字作考1，敦煌本S799、P2748、S2074、神田本、岩崎本、島田本、九條本、觀智院本、上圖本（八）或作此考考1形，皆爲《說文》篆文考之隸變，源自甲金文作考後2.35.2考乙8712考前2.2.6考沈子它簋考井侯簋考士父鐘考頌簋考召伯簋考趠鼎考仲師父鼎等形。

（3）孝：孝

足利本、上圖本（八）〈泰誓下〉「惟我文考若日月之照臨」「考」字作孝，為形近而混作「孝」字。

【傳鈔古文《尚書》「考」字構形異同表】

考	戰國楚簡	石經	敦煌本	岩崎本	神田本b	九條本	島田本b	內野本	上圖本（元）	觀智院b	天理本	古梓堂b	足利本	上圖本（影）	上圖本（八）	古文尚書晁刻	書古文訓	尚書篇目
詢事考言			万 P3315														万	舜典
百姓如喪考妣			考 P3315														万	舜典
祖考來格虞賓在位								考									万	益稷
命我文考				考b													万	泰誓上
惟我文考			考 S799	考b									考		孝		万	泰誓下
我文考文王克成厥勳				考b													万	武成
五日考終命						考b											万	洪範
越予小子考翼不可征															考		万	大誥
今民將在祇遹乃文考															考		万	康誥
聽祖考之彝訓								考									万	酒誥
越乃光烈考武王			考 P2748														万	洛誥
作周孚先考朕昭子刑		漢	考 P2748														万	洛誥
無若爾考之違王命			考 S2074			考	考										万	蔡仲之命
考制度于四岳							考	考b									万	周官
無忝祖考				考				考									万	君牙

唐石經	書古文訓	晁刻古文尚書	上圖本（八）	上圖本（影）	觀智院	天理本	古梓堂	足利本	上圖本（元）	內野本	島田本	九條本	神田本	岩崎本		敦煌本 P3315	魏石經	漢石經	戰國楚簡	舜典
乃言厎可績三載汝陟帝位	弖可績弍載女儕帝位	乃言底可績三載汝陟帝位	乃言底可績三載汝陟帝位	乃言底可績弍載汝陟帝位		乃言底可績弍載汝陟帝位		乃言底可績弍載女陟帝位		乃言底可績弍載女陟帝位				乃言底可績弍載女陟帝位		厎之履反王云致也馬云定也本或作厎字非也 女陟			乃言底可績三載汝陟帝位	

214、厎

「厎」字在傳鈔古文《尚書》有下列不同字形：

（1）厎

敦煌本《經典釋文・舜典》P3315「厎」字作厎，下云「之履反，王云致也，馬云定也，本或作厎字，非也」《爾雅・釋言》：「厎，致也。」厎與《古文四聲韻》「底」字錄厎四 **3.12** 崔希裕纂古類同，為「厎」字篆文匚之隸變俗寫，《說文》「砥，厎或從石」，漢碑作砥衡方碑，右形與厎P3315厎四 **3.12** 崔希裕纂古所從「氐」類同。厎則為「底」字隸變俗作，「厎」（砥）、「底」字形、音畢近，偏旁「厂」「广」隸變或混同，二字古或通用，《漢書・地理志》引〈禹貢〉「厎可績」「厎績」「厎平」「厎慎」「厎」字皆作「底」。

（2）底₁厎₂厎厎厎厎₃厎₄厎厎₅

內野本、足利本、上圖本（影）、上圖本（八）「厎」字或作「底」底₁，敦煌本 P2533 亦作「底」字底₂，其下橫筆則作波折狀，寫本中常見，如「丕」字作丕。敦煌本 P3615、P3169、S799、P2643、P2516、神田本、岩崎本、島田本、九條本或作厎厎厎厎₃，敦煌本 P5522、P4033 或作厎₄，偏旁「氐」隸變俗作似「互」、「玄」形，如漢碑「祇」字作祗史晨碑，《隸辨》謂「按《廣韻》『祇』俗從『互』」。岩崎本、內野本、天理本或作厎厎₅，皆為「底」字之隸變俗寫。

・432・

（3）祇：**祗**

岩崎本〈微子〉「我祖底遂陳于上」「底」字作「祗」**祗**，應是與上文「祖」偏旁「示」相涉所誤作「祗」。

（4）致：**致**₁**致**₂

上圖本（元）、足利本、上圖本（影）〈微子〉「我祖底遂陳于上」、足利本、上圖本（影）〈泰誓上〉「尒底天之罰天矜于民」、上圖本（影）〈武成〉「底商之罪告于皇天后土」、上圖本（八）〈旅獒〉「西旅底貢厥獒太保乃作旅獒」、足利本〈大誥〉「既底法厥子乃弗肯堂」等「底」字作「致」**致**₁，上圖本（元）作**致**₂，右所從「攴」為「夂」之訛，《爾雅·釋言》：「底，致也。」此以訓詁字替換。

【傳鈔古文《尚書》「底」字構形異同表】

底	戰國楚簡	石經	敦煌本	岩崎本b	神田本b	九條本	島田本b	內野本	上圖（元）	觀智院b	天理本	古梓堂b	足利本	上圖本（影）	上圖本（八）	古文尚書晁刻	書古文訓	尚書篇目
乃言底可績三載			底 P3315															舜典
皋陶曰朕言惠可底行													底	底	底			皋陶謨
禹曰俞乃言底可績															底			皋陶謨
至于岳陽覃懷底績			底 P3615											底	底			禹貢
大野既豬東原底平				底										底	底			禹貢
震澤底定篠簜既敷				底									底		底			禹貢
惟箘簵楛三邦底貢厥名			底 P5522	底				底							底			禹貢
蔡蒙旅平和夷底績			底 P3169				底						底	底				禹貢
原隰底績至于豬野							底	底					底					禹貢
底柱析城至于王屋			底 P4033				底						底					禹貢
東至于底柱							底						底					禹貢

庶土交正底慎財賦	底 P2533	庄			厎				禹貢
亂其紀綱乃底滅亡	底 P2533	庄							五子之歌
自底不類				底	底	底			太甲中
永底烝民之生					底		底		咸有一德
底綏四方		底	底	庄		庭			盤庚上
我祖底遂陳于上	庄 P2643 庄 P2516	硩			致	致	致		微子
底天之罰天矜于民		底b				致	致	底	泰誓上
底商之罪告于皇天后土	庄 S799	底b					致	底	武成
西旅底貢厥獒太保乃作旅獒			底b	庭		底	底	致	旅獒
既底法厥子乃弗肯堂				庭		致		庭	大誥
敷重底席綴純文貝仍几				庭b		底	底		顧命
底至齊信用昭明于天下				底b		底	底		康王之誥
三后協心同底于道		庭		底		底	底		畢命

215、陟

「陟」字在傳鈔古文《尚書》有下列不同字形：

（1）**愯**汗 3.41 **愯**四 5.26 **偺**

《汗簡》、《古文四聲韻》錄古尚書「陟」字作：**愯**汗 3.41 **愯**四 5.26，與《說文》古文作 **愯** 同形，源自戰國 **愯** 陶彙 3.1291 **愯** 陶彙 3.1292 **愯** 陶彙 3.1293 等。《書古文訓》「陟」字或作 **偺**，為 **愯** 說文古文陟之隸古定，其右下隸訛作「少」。

（2）**陟** 魏三體

魏三體石經〈君奭〉「時則有若伊陟臣扈」、「故殷禮陟配天」「陟」字古文作 **陟** 魏三體，其右從 **愯** 說文古文陟之右形，左形與金文偏旁「阜」字如 **阝** 沈子簋

[班簋]所从同形，當爲[　]說文古文陟从「阜」之異體。

（3）[徥]

《書古文訓》「陟」字多作[徥]，由[　]說文古文陟隸古定而變，偏旁「彳」變作「亻」，乃受俗書「亻」「彳」相混用影響。

（4）[陟陟]1[陟陟]2

內野本、上圖本（元）、足利本、上圖本（八）「陟」字或作[陟陟]1，即《說文》「陟」篆文[　]之隸定，金文「陟」字作[　]沈子簋[　]班簋[　]散盤[　]蔡侯盤。敦煌本《經典釋文·舜典》P3315「陟」字作[　]，下云「古文作[　]」，敦煌本S801、P2748、S2074、P2630、九條本、觀智院本亦作此形（[陟陟]），右爲「步」之訛，其上「止」訛作「山」，寫本中常見作。

（5）[　]

敦煌本《經典釋文·舜典》P3315「陟」字作[　]，下云「古文作[　]」，[　]从人从步，與[　]說文古文陟从人類同。

【傳鈔古文《尚書》「陟」字構形異同表】

傳抄古尚書文字 陟 [汗3.41] [四5.26]	戰國楚簡	石經	敦煌本	岩崎本	神田本b	九條本	島田本b	內野本	上圖（元）b	觀智院b	天理本b	古梓堂b	足利本	上圖本（影）	上圖本（八）	古文尚書晁刻	書古文訓	尚書篇目
汝陟帝位			[陟]P3315					[陟]									[徥]	舜典
三考黜陟幽明								[陟]					[陟]				[徥]	舜典
陟方乃死													[陟]				[徥]	舜典
汝終陟元后			[　]S801					[陟]					[陟]				[徥]	大禹謨
若陟遐必自邇								[陟]									[徥]	太甲下
伊陟相大戊亳有祥桑穀共生于朝															[陟]		[徥]	咸有一德
伊陟贊于巫咸作咸乂四篇															[陟]		[徥]	咸有一德

太戊贊于伊陟作伊陟原命						陟 陟						徟	咸有一德
時則有若伊陟臣扈	魏 P2748 陟											徟	君奭
故殷禮陟配天	魏 P2748 陟											徟	君奭
陟丕釐上帝之耿命	S2074 陟				陟 陟					徟		徟	立政
以陟禹之迹方行天下	P2630 陟				陟 陟					陟		徟	立政
大明黜陟					陟 陟b							徟	周官
惟新陟王畢協賞罰					陟b	陟						徟	康王之誥

舜典	戰國楚簡	漢石經	魏石經	敦煌本 P3315		岩崎本	神田本	九條本	島田本	內野本	上圖本（元）	觀智院	天理本	古梓堂	足利本	上圖本（影）	上圖本（八）	晁刻古文尚書	書古文訓	唐石經
舜讓于德弗嗣				攘于言棄同嗣						舜讓亏息弗嗣						舜讓亏息弗嗣	眾讓于德弗嗣	舜攘亏息弜嗣	舜讓于德弗嗣

216、嗣

「嗣」字在傳鈔古文《尚書》有下列不同字形：

（1）🔸汗 **6.80** 🔸四 **4.7** 🔸🔸🔸

《汗簡》、《古文四聲韻》錄古尚書「嗣」字作：🔸汗 **6.80** 🔸四 **4.7**，與《說文》冊部「嗣」古文从子作🔸同形，源自戌嗣鼎「嗣」字从🔸作🔸，戰國作🔸令瓜君壺🔸曾侯乙鐘🔸🔸隨縣鐘架等形。敦煌本《經典釋文·舜典》P3315、S5745、P2748、P3767、P2748、S2074、P4509、日諸古寫本、《書古文訓》「嗣」字皆或作🔸🔸🔸。

（2）🔸魏三體.文侯之命 🔸魏三體.魏君奭

魏三體石經〈文侯之命〉、〈君奭〉「嗣」字古文分別作🔸、🔸形，《汗簡》

錄「副」字孠汗 6.80《箋正》云：「石經尚書古文嗣如此」，孠汗 6.80 應即魏三體「嗣」字古文孠、孠，誤注「「副」字，其司、司形爲「司」之訛變。《說文》「嗣，从冊口，司聲」，古文从「子」作「孠」，乃形符「冊」、「口」更替作「子」。

（3）嗣1嗣2嗣3

敦煌本 P2748、P2630、足利本、上圖本（影）、上圖本（八）「嗣」字或作嗣，左上多一短横，足利本或作嗣2、上圖本（影）或作嗣3，其左下訛作「田」。

（4）嗣

岩崎本〈呂刑〉「嗣孫今往何監」「嗣」字作嗣，其左與「扁」訛混。

【傳鈔古文《尚書》「嗣」字構形異同表】

嗣	傳抄古尚書文字 孠汗 6.80 孠四 4.7	戰國楚簡	石經	敦煌本	岩崎本	神田本b	九條本	島田本b	內野本	上圖（元）	觀智院b	天理本	古梓堂b	足利本	上圖本（影）	上圖本（八）	古文尚書晁刻	書古文訓	尚書篇目
將使嗣位歷試諸難作舜典				孠 P3315					孠					孠	孠			孠	舜典
舜讓于德弗嗣									孠					孠	孠			孠	舜典
罰弗及嗣賞延于世				孠 S5745					孠					孠	孠			孠	大禹謨
奉嗣王祗見厥祖侯甸群后咸在									孠					孠	[illegible] 孠	孠		孠	伊訓
惟嗣王不惠于阿衡									孠					孠	孠	孠		孠	太甲上
奉嗣王歸于亳作書									孠					孠	孠	孠		孠	太甲中
今嗣王新服厥命惟新厥德終始惟一									孠					孠	孠	嗣		孠	咸有一德
鯀則殛死禹乃嗣興							孠b		孠						嗣			孠	洪範
延洪惟我幼沖人嗣無疆大歷服									孠					嗣				孠	大誥
小子惟一妹土嗣爾股肱純							孠		孠					孠				孠	酒誥
在今後嗣王酣身							孠		孠					嗣				孠	酒誥

《尚書》文句	敦煌本等寫卷	岩崎本等	書古文訓	唐石經	篇名
今沖子嗣則無遺壽耇		〔嗣古文〕	〔嗣古文〕	嗣	召誥
今王嗣受厥命		〔嗣古文〕	〔嗣古文〕	嗣	召誥
我亦惟茲二國命嗣若功		〔嗣古文〕	〔嗣古文〕	嗣	召誥
在今後嗣王誕罔顯于天	P2748		嗣／嗣	嗣	多士
嗚呼嗣王其監于茲	P3767／P2748 魏		嗣	嗣	無逸
後嗣子孫大弗克恭上下	P2748 魏		嗣	嗣	君奭
有殷嗣天滅威	P2748 魏		✓／✓	嗣	君奭
告嗣天子王矣	S2074／P2630		嗣／嗣	嗣	立政
既彌留恐不獲誓言嗣茲予審訓命汝			嗣／嗣	嗣	顧命
命汝嗣訓臨君周邦	P4509			嗣	顧命
嗣守文武成康遺緒				嗣	君牙
嗣孫今往何監				嗣	呂刑
閔予小子嗣造天丕愆	魏			嗣	文侯之命

舜典	戰國楚簡	漢石經	魏石經	敦煌本 P3315		岩崎本	神田本	九條本	島田本	內野本	上圖本（元）	觀智院	天理本	古梓堂	足利本	上圖本（影）	上圖本（八）	晁刻古文尚書	書古文訓	唐石經
正月上日受終于文祖				正月…受終…						正月上日受終于亥祖						正月上日受終于文祖	正月上日受終于文祖	正月上日受終于文祖	正月上日受終于亥祖	正月上日受終于文祖

217、受

「受」字在傳鈔古文《尚書》有下列不同字形：

（1） [字形]汗2.19 [字形]四3.27 [字形]六229 [字形]魏三體 [字形]1 [字形][字形][字形][字形][字形]2 [字形][字形]3

《汗簡》、《古文四聲韻》、《訂正六書通》錄古尚書「受」字作： [字形]汗2.19 [字形]四3.27 [字形]六229，《箋正》云：「此（[字形]汗2.19）从舟不省」，同形於魏三體石經〈君奭〉「受」字古文作 [字形]，源自甲金文作： [字形]後1.18.3 [字形]佚653 [字形]拾3.14 [字形]父乙卣 [字形]何尊 [字形]盂鼎 [字形]免簋 [字形]頌鼎 [字形]秦公鎛 [字形]中山王壺等形。

《書古文訓》「受」字作 [字形]1 [字形][字形][字形][字形][字形][字形]2 [字形][字形]3 形，為 [字形]魏三體形之隸古定訛變，[字形][字形]3形訛作从爿从受。

（2） [字形]魏三體

魏三體石經〈大誥〉「受」字古文 [字形]，《隸續》錄石經尚書「受命」「受」字古文作 [字形]，《汗簡》錄 [字形]汗2.19 受見石經，《箋正》云：「石經尚書古文如此，亦从舟省。」皆與《說文》「受」篆文同形。

（3） [字形][字形]1 [字形]2 [字形]3

敦煌本P2643、足利本、上圖本（八）「受」字作 [字形][字形]1，為《說文》「受」篆文之隸變。敦煌本P2748、九條本「受」字作 [字形]2形，其下「又」訛作「丈」，敦煌本P2516作 [字形]3形，則「又」訛作「大」，2、3形皆《說文》「受」篆文之隸變俗訛。

（4）前： [字形]隸釋

《隸釋》漢石經尚書〈立政〉「予旦已受人之徽言」「已受」作「以前」，「前」字當為「受」字之誤，「受」字金文作 [字形]盂鼎，「前」字古作 [字形]追簋 [字形]善鼎，二字形近而相混〔註195〕。

【傳鈔古文《尚書》「受」字構形異同表】

傳抄古尚書文字 受 覍汗2.19 𩂥四3.27 𢜩六229	戰國楚簡	石經	敦煌本	岩崎本b	神田本b	九條本	島田本b	內野本	上圖（元）	觀智院b	天理本b	古梓堂b	足利本	上圖本（影）	上圖本（八）	古文尚書晁刻	書古文訓	尚書篇目
正月上日受終于文祖																		舜典
正月朔旦受命于神宗																	𢜩	大禹謨
翕受敷施九德咸事														妥			𢼧	皋陶謨
式商受命用爽厥師			受										妥		受		𢼧	仲虺之誥
奔告于受作西伯戡黎			妥 P2643 妥 P2516										妥				𢼧	西伯戡黎
商今其有災我興受其敗			受 P2643										妥	妥			𢼧	微子
今商王受弗敬上天													妥	受			𢼧	泰誓上
今商王受力行無度														受			𢼧	泰誓中
惟受罪浮于桀剝喪元良													妥	受			𢼧	泰誓中
今商王受狎侮五常													妥				𢼧	泰誓下
與受戰于牧野作牧誓													妥	受			𢼧	牧誓
今商王受惟婦言是用													妥				𢼧	牧誓
今商王受無道													妥					武成
武王勝殷殺受立武庚以箕子歸作洪範																	𢼧	洪範
皇則受之而康而色																	𢜩	洪範
敷前人受命茲不忘大功		受 魏															𢼧	大誥
收受休畢																	𢼧	大誥

例句								出處
誕受厥命越厥邦厥民							〔古文〕	康誥
用懌先王受命已若茲監			〔古文〕				〔古文〕	梓材
惟王受命無疆惟休			〔古文〕			〔古文〕	〔古文〕	召誥
今王嗣受厥命			〔古文〕				〔古文〕	召誥
汝受命篤弼丕視功載					〔古文〕	〔古文〕	〔古文〕	洛誥
監我士師工誕保文武受民		〔古文〕 P2748				〔古文〕	〔古文〕	洛誥
文王受命惟中身厥享國五十年					〔古文〕	〔古文〕	〔古文〕	無逸
無若殷王受之迷亂					〔古文〕		〔古文〕	無逸
我有周既受	〔魏〕	〔古文〕 P2748			〔古文〕		〔古文〕	君奭
嗚呼其在受德暋	〔魏〕				〔古文〕		〔古文〕	立政
予旦已受人之徽言	前 隸釋				〔古文〕		〔古文〕	立政
惟予一人膺受多福					〔古文〕	〔古文〕	〔古文〕	君陳
以敬忌天威乃受同瑁					〔古文〕		〔古文〕	顧命
饗太保受同降盥以異同					〔古文〕		〔古文〕	顧命
受王嘉師監于茲祥刑					〔古文〕		〔古文〕	呂刑
惟受責俾如流			〔古文〕		〔古文〕	〔古文〕	〔古文〕	秦誓

218、終

「終」字在傳鈔古文《尚書》有下列不同字形：

（1）𠬝汗6.82𠬝四1.12𠬝1𠬝2𠬝3

《汗簡》、《古文四聲韻》錄古尚書「終」字作：𠬝汗6.82𠬝四1.12，即《說文》古文「終」作𠬝，皆源自甲金文而稍有訛變：𠃑乙368𠃑乙3340𠃑井侯簋𠃑此鼎𠃑頌簋𠃑曾侯乙鐘。《書古文訓》「終」字多作𠬝1𠬝2，敦煌本P3169作𠬝3，P2643作𠬝3，皆爲𠬝說文古文終之隸古定，《古文四聲韻》「終」字𠬝四1.12崔希裕纂古亦然。

（2）冬：𣊵

岩崎本〈畢命〉〈呂刑〉「終」字作 ![圖], 同形於《古文四聲韻》「終」字錄 ![圖]四 1.12 崔希裕纂古, 此即《說文》篆文「冬」![圖]、魏石經僖公篆體 ![圖] 之隸古定, ![圖]四 1.12 王存乂切韻其下夊字訛作彡, 凡此皆借「冬」爲「終」。

（3）![圖]：![圖]![圖]![圖]1 與 ![圖]![圖]2 ![圖]![圖]![圖]![圖]![圖]3 ![圖]4

尚書敦煌本、日諸古寫本「終」字多借「![圖]」（冬）字爲之（參見"冬"字）, 然其隸古定字形多有訛變：![圖]![圖]![圖]1 形最接近《古文四聲韻》「冬」字作![圖]汗 3.34 碧落文, 从日从冬, 隸定作「![圖]」, ![圖]![圖]1 其上「日」或隸變寫如「自」形 而下筆與「冬」共用, ![圖]1 則寫如「白」形。![圖]![圖]![圖]2 形是「日」在「冬」 字所从![圖]古文終內, 其外圍與之共筆, ![圖]2 尚可見![圖]古文終之隸古形, ![圖]3 則 訛如从白从大。![圖]![圖]![圖]![圖]![圖]3 由 2 形再訛變, 其下「夊」訛作「彡」, 又寫 訛近「久」, 與「穆」字右所从形近而混同（參見下表）。敦煌本 S2074 或作![圖]4, ![圖]![圖]![圖]![圖]![圖]3 形所訛變, 其下訛作「分」。

穆	石經	敦煌本	岩崎本b	神田本b	九條本	島田本b	內野本	上圖（元）	觀智院b	足利本	上圖本（影）	上圖本（八）	書古文訓	
賓于四門四門穆穆		![圖]P3315					![圖]			![圖]	![圖]	![圖]	![圖]	舜典
王執書以泣曰其勿穆卜							![圖]b	![圖]		![圖]	![圖]	![圖]	![圖]	金縢
穆王命君牙爲周大司徒作君牙			![圖]				![圖]			![圖]	![圖]	![圖]	![圖]	君牙
穆穆在上明明在下			![圖]				![圖]			![圖]	![圖]	![圖]	![圖]	呂刑
秦穆公伐鄭						![圖]	![圖]			![圖]	![圖]	![圖]	![圖]	秦誓

（4）![圖]1![圖]2

足利本、上圖本（影）「終」字或作![圖]1![圖]2, 是借「![圖]」（冬）字爲「終」 之（3）![圖]![圖]![圖]1 形所訛變, 「冬」訛作「各」。

（5）終：![圖]1終2

上圖本（八）「終」字或作![圖]1, 所从冬之夊形稍有訛變, 天理本「終」 字作終2, 糸下三筆省作一筆。

（6）崇：![圖]魏三體

魏三體石經〈君奭〉「其終出于不祥」「終」字作「崇」![圖], 是借「崇」爲

「終」，二字音近通假。

（7）道：道 **隸釋**

《隸釋》錄漢石經尚書殘碑〈君奭〉「其終出于不祥」「終」字作「道」。

【傳鈔古文《尚書》「終」字構形異同表】

傳抄古尚書文字 終 兵四1.12 兵汗6.82	戰國楚簡	石經	敦煌本	岩崎本	神田本b	九條本	島田本b	內野本	上圖院b	觀智院b	天理本	古梓堂本b	足利本	上圖本（影）	上圖本（八）	古文尚書晁刻	書古文訓	尚書篇目
受終于文祖			暴 P3315					暴					暴	暴	終		兵	舜典
眚災肆赦怙終賊刑			暴 P3315					暴					暴	暴	終		兵	舜典
荊岐既旅終南惇物			兵 P3169			暴		暴					暴	暴	暴		兵	禹貢
慎厥終惟其始殖有禮								暴					暴	暴	暴		兵	仲虺之誥
尚克時忱乃亦有終													暴	暴	暴		兵	湯誥
始于家邦終于四海								暴					暴	暴	暴		兵	伊訓
自周有終相亦惟終								暴			終		暴	暴	暴		兵	太甲上
王徂桐宮居憂克終允德								暴					暴	暴	暴		兵	太甲上
俾嗣王克終厥德								暴			終		暴	暴	暴		兵	太甲中
終始慎厥與惟明明后								暴			終		暴	暴	暴		兵	太甲下
惟新厥德終始惟一								暴			終		暴	暴			兵	咸有一德
欽予時命其惟有終			兵 P2643 暴 P2516	暴				暴	暴		暴						兵	說命上
自河徂亳暨厥終罔顯			兵 P2643 暴 P2516	暴				暴	暴		暴						兵	說命下
五日考終命				暴b	暴												兵	洪範

終累大德				寒b	寒					兂 旅獒
圖功攸終					寒			參		兂 大誥
予曷敢不終				參b	寒					兂 大誥
天既遐終大邦殷之命				寒	寒		寒	寒		兂 召誥
已汝惟沖子惟終					寒			參		兂 洛誥
敕殷命終于帝					寒			參		兂 多士
其終出于不祥	道 隸釋 魏				其					兂 君奭
惟其終祇若茲				絲	寒			寒		兂 君奭
慎厥初惟厥終		寒 S2074		寒	其			參		兂 蔡仲之命
不克終日勸于帝之迪		景 S2074		寒	悬			寒		兂 多方
終有辭於永世					其			寒		兂 君陳
將由惡終			寒	寒				寒		兂 畢命
惟公克成厥終			寒	寒				寒		兂 畢命
俾我一日非終惟終			寒	寒				參		兂 呂刑

219、祖

「祖」字在傳鈔古文《尚書》有下列不同字形：

（1）祖 魏三體 祖祖祖1 祖祖 組組2 祖祖 阻阻3 阻4 禮阻5 祖祖6

魏三體石經〈無逸〉、〈君奭〉「祖」字古文作祖，左從《說文》古文示M，與祖 鑄同形，《書古文訓》「祖」字多作祖祖祖1，為此形之隸古定，祖祖1 右下隸古定形似「水」。

岩崎本、內野本、足利本、上圖本（影）、上圖本（八）「祖」字多作祖祖 組組2，所從古文示M隸古定訛似「爪」；敦煌本《經典釋文·舜典》P3315「祖」字作祖3，下云「古文祖字，古示邊多作爪，後放此。」足利本、上

圖本（八）或作形，所从說文古文示隸訛似「瓜」。

上圖本（八）〈說命下〉「佑我烈祖」「祖」字作4，左所从說文古文示訛似「川」。岩崎本、上圖本（元）或作形，其右「且」形則混作「旦」，岩崎本又或作形，右形析離作目、一。

（2）123

《書古文訓》「祖」字或作1，所从示旁其橫筆下訛變似「水」形，足利本「祖」字或作2，其右「且」形訛作「旦」，上圖本（八）則或作3，「且」形筆畫省簡。

【傳鈔古文《尚書》「祖」字構形異同表】

祖	戰國楚簡	石經	敦煌本	岩崎本	神田本b	九條本	島田本b	內野本	上圖本（元）	觀智院b	天理本b	古梓堂本b	足利本	上圖本（影）	上圖本（八）	古文尚書晁刻	書古文訓	尚書篇目
正月上日受終于文祖			祖 P3315					祖					祖	祖			祖	舜典
歸格于藝祖用特								祖					祖	祖			祖	舜典
月正元日舜格于文祖								祖					祖	祖			祖	舜典
祖考來格虞賓在位								祖					祖	祖	祖			益稷
汝不恭命用命賞于祖								祖					祖	祖	祖			甘誓
皇祖有訓								祖					祖	祖	祖		祖	五子之歌
奉嗣王祗見厥祖								祖					祖	祖	祖		祖	伊訓
伊尹乃明言烈祖之成德								祖					祖	祖	祖			伊訓
辟不辟忝厥祖王惟庸罔念聞								祖					祖	祖	祖		祖	太甲上
視乃厥祖無時豫怠								祖					祖	祖	祖		祖	太甲中
祖乙圮于耿作祖乙																	祖	咸有一德
古我先王暨乃祖乃父								祖							祖		祖	盤庚上

經文								出處
古我先后既勞乃祖乃父				祖	祖		但	祖	盤庚中
肆上帝將復我高祖之德				祖	祖		但	祖	盤庚下
佑我烈祖			祖	祖			且		說命下
祖己訓諸王作高宗肜日高宗之訓			祖	祖				祖	高宗肜日
祖己曰惟先格王正厥事		祖 P2516	祖	祖				祖	高宗肜日
周人乘黎祖伊恐			祖	祖				祖	西伯戡黎
祖伊恐奔告于王			祖	祖				祖	西伯戡黎
我祖底遂陳于上		祖 P2516	祖	祖				祖	微子
以蕃王室弘乃烈祖				祖		祖	但	祖	微子之命
聽祖考之彝訓				祖				祖	酒誥
乃文祖受命民							祖	祖	洛誥
自殷王中宗及高宗及祖甲及我周文王	祖 魏			祖			祖	祖	無逸
在祖乙時則有若巫賢	祖 魏			祖			但	祖	君奭
惟乃祖乃父世篤忠貞			祖	祖			但		君牙
無忝祖考弘敷五典			祖	祖			但		君牙
肆先祖懷在位				祖			但	祖	文侯之命

唐石經	書古文訓	晁刻古文尚書	上圖本（八）	上圖本（影）	足利本	古梓堂	天理本	觀智院	上圖本（元）	內野本	島田本	九條本	神田本	岩崎本		敦煌本 P3315		魏石經	漢石經	戰國楚簡	舜典
在璿璣玉衡以齊七政	圣璿璣玉奧呂以齊七政	圣璿璣玉奧呂以齊七政	在璿琁玉衡以齊七政	在璿璣玉奧呂以齊七政	在璿璣玉奧呂以齊七政					在璿璣玉衡以齊七政						璿 玉奧					在璿璣玉衡以齊七政

220、璿

《尚書大傳》作「旋機」，《史記》〈律書〉贊、〈天官書〉、《索隱》引《春秋緯》、〈易略例〉、〈堯廟碑〉、《易乾鑿度》、〈周公禮殿記〉等皆同作「旋機」，〈九疑山碑〉作「旋璣」；《漢書・律曆志》、《後漢書・朗顗傳》、《續漢志》等作「璇璣」。

〈魏受禪表〉作「璿機」，皮錫瑞《漢碑引經考》卷 2.14 謂此碑當魏初馬鄭古文已行之後，故「旋」字作「璿」，然「機」字猶不從玉，其云：「伏生大傳明言之曰：『旋者，還也，機者，幾也。』依伏傳義，『旋機』不當從玉旁，後人因馬鄭古文說以璇璣玉衡為渾天儀云，以美玉為之其字從玉，遂改史記等書『旋機』字亦從玉旁。於是兩漢古書「旋」、「璇」、「璿」、「機」、「璣」字參錯不一，其字皆淺人所改。」

「璿」字在傳鈔古文《尚書》有下列不同字形：

（1）𤩭汗 1.4 𤩭四 2.5 璿1 瓛2

《汗簡》、《古文四聲韻》錄古尚書「璿」字作：𤩭汗 1.4 𤩭四 2.5，與《說文》古文作 𤩭 類同，右從《說文》古文「玉」字 𤣩，敦煌本《經典釋文・舜典》P3315「璿」字作 璿1，下云「古璿字，音旋，美玉也，馬本作 𤩭」，璿1 為 𤩭 說文古文璿之訛省，《書古文訓》作 瓛2，則 𤩭 說文古文璿之隸古定。

（2）璿：璿1 珳璿璿2

足利本「璿」字作 璿1 為《說文》「璿」篆文 𤩭 之隸變俗寫，內野本、上圖本（影）、上圖本（八）作 珳璿璿2，則右上隸訛作「止」形，與「濬」字

作偏旁類同。

【傳鈔古文《尚書》「璿」字構形異同表】

璿 傳抄古尚書文字 汗1.4 四2.5	戰國楚簡	石經	敦煌本	岩崎本	神田本b	九條本 島田本b	內野本	上圖（元）	觀智院b 天理本	古梓堂b	足利本	上圖本（影）	上圖本（八）	古文尚書晁刻	書古文訓	尚書篇目
在璿璣玉衡			璿 P3315				璿					璿	璿		璿	舜典

221、璣

《尚書大傳》、《後漢書》、〈堯廟碑〉、《易乾鑿度》、〈周公禮殿記〉等皆作「旋機」，《撰異》謂「機」唐石經以下皆作「璣」，乃因上文「璿」從玉旁所誤，陸德明本作「機」，「鄭馬王僞傳釋文皆作『機』，作『璣』者後人所改」。

「璣」字在傳鈔古文《尚書》有下列不同字形：

（1）12

上圖本（八）「璣」字或作1，《書古文訓》皆多一畫作2，《集韻》平聲一8微韻「幾」古作「旡」，其下「几」爲篆文「人」之隸古定，此二形從「幾」之省戈（參見"幾"字）。

（2）

足利本、上圖本（八）「璣」字或作，右從「幾」之隸變俗寫，如「幾」字漢代作居延簡.甲173定縣竹簡33孔彪碑等。

【傳鈔古文《尚書》「璣」字構形異同表】

璣	戰國楚簡	石經	敦煌本	岩崎本	神田本b	九條本 島田本b	內野本	上圖（元）	觀智院b 天理本	古梓堂b	足利本	上圖本（影）	上圖本（八）	古文尚書晁刻	書古文訓	尚書篇目
在璿璣玉衡													璣		璣	舜典
厥篚玄纁璣組												璣	璣		璣	禹貢

222、衡

「衡」字在傳鈔古文《尚書》有下列不同字形：

（1）汗4.58四2.19六1271234

　　《汗簡》、《古文四聲韻》、《訂正六書通》錄古尚書「衡」字作：🔲汗 **4.58**🔲
四 **2.19**🔲六 **127**，與《說文》古文作🔲類同。「衡」字金文作🔲毛公鼎🔲番生簋，
《說文》篆文作🔲，🔲毛公鼎之中上為「角」，「角」字金文作🔲鄂侯鼎🔲伯角父
盂，🔲說文古文衡「角」誤作「西」〔註 196〕，《汗簡》作🔲汗 **4.58** 不誤，🔲四 **2.19**
「角」形稍訛，🔲六 **127** 則「大」形訛變，敦煌本《經典釋文·舜典》P3315「衡」
字作🔲1，下云「古衡字」，P3615、P4033、P2643、岩崎本、內野本、上圖本
（元）、足利本、上圖本（影）亦或作🔲形，皆🔲汗 **4.58** 之隸古定。

　　九條本、內野本、上圖本（八）「衡」字或作🔲2 形，其下「大」訛作「丌」。
《書古文訓》作🔲3🔲4，為🔲說文古文衡之隸定，🔲3 上從古文「西」，🔲4
上形為古文「西」之隸古定訛變。

　　（2）🔲

　　〈太甲上〉「惟嗣王不惠于阿衡」內野本、足利本、上圖本（影）、上圖本
（八）、〈說命下〉「罔俾阿衡專美有商」內野本、上圖本（八）「衡」字作🔲，
為（1）🔲1 之寫訛，其下「大」形🔲訛作「木」。

　　（3）🔲1🔲2

　　上圖本（八）「衡」字或作🔲1🔲2，為🔲汗 **4.58** 形之隸訛，🔲2 與足利
本、上圖本（影）、上圖本（八）「興」字作🔲混同，如下表。

興	石經	敦煌本	岩崎本 神田本h	九條本	島田本b	內野本	上圖（元） 觀智院b	足利本	上圖本（影）	上圖本（八）	書古文訓
惟口出好興戎朕言不再		🔲 S801				興			與	與	與	大禹謨

　　（4）衡：🔲🔲🔲1🔲2🔲🔲3

　　足利本、上圖本（影）、上圖本（八）P2516「衡」字或作🔲🔲🔲1，為
《說文》篆文🔲之隸變，內野本、敦煌本 P2748 或作🔲2，則其中間隸變似
「魚」形，天理本、上圖本（元）則隸變作🔲🔲3。

　　（5）衝：🔲

　　〈禹貢〉「覃懷底績至於衡漳」上圖本（八）「衡」字作「衝」🔲，為「衡」

〔註 196〕參見：黃錫全，《汗簡注釋》，武漢：武漢大學出版社，1993，頁 371。

字作（4）衡1之訛誤而與「衝」字形混。

【傳鈔古文《尚書》「衡」字構形異同表】

傳抄古尚書文字 衡 汗4.58 四2.19 六127	戰國楚簡	石經	敦煌本	岩崎本b	神田本b 九條本	島田本b	內野本	上圖本（元） 觀智院本b	天理本	古梓堂本b	足利本	上圖本（影）	上圖本（八）	古文尚書晁刻	書古文訓	尚書篇目
在璿璣玉衡			奐 P3315				奐				奐	奐	衡		奐	舜典
正日同律度量衡			奐 P3315				奐				衡	衡	衡		奐	舜典
覃懷底績至於衡漳			奐 P3615				衡				衡	衡	衡		奐	禹貢
荊及衡陽							奐				衡	衡	奐		奐	禹貢
至于衡山過九江			奐 P4033			奐	奐				奐	奐	奐		奐	禹貢
惟嗣王不惠于阿衡							奐			衡	奐	奐	奐		奐	太甲上
昔先正保衡作我先王			奐 P2643 奐 P2516	奐		奐	奐				衡	衡	衡		奐	說命下
罔俾阿衡專美有商			奐 P2643 衡 P2516	奐		奐	奐	衡			衡	衡	奐		奐	說命下
勤施于四方旁作穆穆迓衡			衡 P2748				衡				衡	衡	衡		奐	洛誥
在太甲時則有若保衡			衡 P2748				奐				衡	衡	奐		奐	君奭

223、政

「政」，《史記・律書》引作「正」。

「政」字在傳鈔古文《尚書》有下列不同字形：

（1）政：魏三體・多方

魏三體石經〈多方〉「政」字古文作魏三體，神田本、岩崎本、島田本「政」字作，右從「正」字之隸變俗寫。

（2）正：魏三體・呂刑

　　魏三體石經〈呂刑〉「庶民罔有令政在于天下」「政」字古文作正，是借同音之「正」爲「政」。

【傳鈔古文《尚書》「政」字構形異同表】

政	戰國楚簡	石經	敦煌本	岩崎本b	神田本b	九條本b	島田本b	內野本	上圖本（元）	觀智院本b	天理本b	古梓堂本b	足利本	上圖本（影）	上圖本（八）	古文尚書晁刻	書古文訓	尚書篇目
以齊七政																		舜典
政典曰先時者殺無赦				政														胤征
亦惟圖任舊人共政				政														盤庚上
政事惟醇釀于祭祀				政														說命中
觀政于商				政b														泰誓上
武王伐殷往伐歸獸識其政事作武成				政b														武成
成王東伐淮夷遂踐奄作成王政								政										蔡仲之命
乃惟有夏圖厥政		正 魏						政										多方
庶民罔有令政		正 魏																呂刑

舜典	戰國楚簡	漢石經	魏石經	敦煌本 P3315		岩崎本	神田本	九條本	島田本	內野本	上圖本（元）	觀智院	天理本	古梓堂	足利本	上圖本（影）	上圖本（八）	晁刻古文尚書	書古文訓	唐石經
肆類于上帝禋于六宗	肆…		肆禋類…	肆… 上帝禋于六宗					肆…	肆贄于上帝禋于六宗					肆贄于上帝禋于六宗	肆類于上帝禋于六宗	肆類于上帝禋于六宗	肆類于上帝禋于六宗	肆類于上帝禋于六宗	肆類于上帝禋于六宗

224、肆

「肆類于上帝」《史記》〈五帝本紀〉、〈封禪書〉、《漢書・王莽傳》「肆」皆作「遂」，《論衡・祭意篇》引作「肆」，皮錫瑞《考證》據《史記》、《漢書》所引謂今文原亦作「遂」。

「肆」字在傳鈔古文《尚書》有下列不同字形：

（1）魏三體

魏三體石經〈大誥〉、〈多士〉「肆」字古文作、，與《說文》「鬟」字古文同形，引虞書曰「鬟類于上帝」段注云：「許所據壁中古文也，伏生尚書及孔安國以今文讀定之。古文尚書皆作『肆』……壁中文作『鬟』乃『肆』之假借字。」《汗簡》錄「肆」字汗 4.53 肆.說文以爲虞書肆類上帝之肆今古尚書無之，《箋正》謂許君所稱「鬟類于上帝」乃眞壁中古文，「僞尚書無者正是作僞人失誤」，又汗 6.82 石經《箋正》云：「石經尚書作，與《說文》合，此誤。」《汗簡》錄石經又作四 4.7《古文四聲韻》錄作四 4.7 石經，與魏三體石經尚書、同，源自金文天亡簋𤼵簋召卣等形訛變。

（2）

《書古文訓》「肆」字作，爲《說文》「鬟」字篆文之隸古定或隸古定訛變。

（3）

敦煌本 P2748、神田本、岩崎本、九條本、內野本、上圖本（元）、足利本、上圖本（影）、上圖本（八）「肆」字多作1，右「聿」旁俗多一點飾筆，敦煌本 P2643 作2，右所從「聿」訛作「隸」。

【傳鈔古文《尚書》「肆」字構形異同表】

肆	戰國楚簡	石經	敦煌本	岩崎本	神田本b	九條本	島田本b	內野本	上圖本（元）	觀智院b	天理本	古梓堂b	足利本	上圖本（影）	上圖本（八）	古文尚書晁刻	書古文訓	尚書篇目
肆類于上帝禋于六宗			肆 P3315					肆					肆	肆	肆		鬟	舜典
肆覲東后協時月																	鬟	舜典
眚災肆赦怙終賊刑																	鬟	舜典

肆予以爾眾士		肄 S801				肄	肄		絑	大禹謨
肆台小子						肄	肄	肄	絑	湯誥
肆上帝將復我高祖之德		肄 P2643	肄			肄	肄	肄	絑	盤庚下
肆予沖人		肄 P2643								盤庚下
肆予小子發									絑	泰誓上
昵比罪人淫酗肆虐			肄 b				肄		絑	泰誓中
昏棄厥肆祀弗荅									絑	牧誓
肆予東征綏厥士女									絑	武成
肆予大化誘我友邦君	魏								絑	大誥
惟時敘乃寡兄勖肆									絑	康誥
越厥疆土于先王肆			肄	肄		肄	肄	肄	絑	梓材
肆不正	魏					肄	肄	肄	絑	多士
肆中宗之享國七十有五年						肄	肄		絑	無逸
肆高宗之享國五十有九年				肄		肄	ˇ	肄	絑	無逸
嗚呼君肆其監于茲			肄			肄	肄	肄	絑	君奭
喪大否肆念我天威		肄 P2748	肄			肄	肄	肄	絑	君奭
肆予命爾侯于東土		肄 S2074	肄			肄	肄	肄	絑	蔡仲之命

225、類

「類」字在傳鈔古文《尚書》有下列不同字形：

（1）䏶汗2.20 䏶四4.5 臂臂₁ 臂臂臂₂ 臂₃ 臂臂₄ 臂₅

《汗簡》、《古文四聲韻》錄古尚書「類」字作：䏶汗2.20 䏶四4.5，此即《說文》肉部「臂」字篆文臂之訛變，〈舜典〉「肆類于上帝」、〈泰誓上〉「類于上帝宜于冢土」二處「類」字即「禷祭」字，此「類」即「禷祭」之「禷」字，與「臂」及其或體「膟」音同假借。《汗簡箋正》云：「《類篇》有『類』一音，

造僞尙書者采此爲『類上帝』字，不詳本何書，《說文》『禷』字訓『以事類祭天神』，係眞古文尙書字，乃不知而置之」。

敦煌本 P2643、P2516、S799、《書古文訓》「類」字皆作𦥯1，岩崎本、內野本、上圖本（元）、足利本、上圖本（八）亦或作𦥯1形，爲《說文》篆文𦥯之隸定，敦煌本《經典釋文・舜典》P3315「類」字作𦥯2，下云「字又作𦥯3，古類字」內野本、足利本或作𦥯𦥯2，其上訛从「師」，𦥯3形其上乃从「師」之訛省（詳見"師"字）；足利本、上圖本（影）、上圖本（八）或作𦥯𦥯4，其上从「師」之俗省。神田本「類」字作𦥯5，乃𦥯 汗 2.20 𦥯 四 4.5 之隸訛，亦𦥯 說文篆文𦥯之訛變，𦥯5形之「阝」爲「𦥯」（𦥯）之訛，右上「小」形爲「巾」之訛變。

（2）類

天理本「類」字作類，左下俗寫似「力」。

【傳鈔古文《尚書》「類」字構形異同表】

傳抄古尚書文字 類 𦥯 汗 2.20 𦥯 四 4.5	戰國楚簡	石經	敦煌本	岩崎本	神田本b	九條本b	島田本b	內野本	上圖本（元）	觀智院b	天理本b	古梓堂b	足利本	上圖本（影）	上圖本（八）	古文尚書晁刻	書古文訓	尚書篇目
肆類于上帝			𦥯 P3315					𦥯			𦥯	𦥯					𦥯	舜典
帝釐下土方設居方別生分類			𦥯 P3315														𦥯	舜典
予小子不明于德自厎不類								𦥯	類b		𦥯	𦥯	𦥯				𦥯	太甲中
惟恐德弗類			𦥯 P2643 𦥯 P2516	𦥯				𦥯	𦥯								𦥯	說命上
類于上帝宜于冢土			𦥯b					𦥯							𦥯		𦥯	泰誓上
天有顯道厥類惟彰			𦥯 S799	𦥯b				類					類	類	類		𦥯	泰誓下

226、禋

《撰異》謂「禋」魏碑作「烟」，梁時作「甄」，或作「堙」，《尙書大傳》作「湮」。「烟」、「甄」、「堙」、「湮」均爲「禋」字假借。

「禋」字在傳鈔古文《尚書》有下列不同字形：

（1）禋禋₁禋₂

《書古文訓》「禋」字作禋禋₁，左從《說文》古文示╫，內野本作禋₂，其所從古文示╫隸古定訛似「爪」。

（2）禋

敦煌本 P2748「禋」字作禋，右下「土」多一點作「圡」（參見"土"字）。

【傳鈔古文《尚書》「禋」字構形異同表】

禋	戰國楚簡	石經	敦煌本	岩崎本	神田本b	九條本b	島田本b	內野本	上圖（元）b	觀智院b	天理本b	古梓堂b	足利本	上圖本（影）	上圖本（八）	古文尚書晁刻	書古文訓	尚書篇目
禋于六宗																	禋	舜典
予以秬鬯二卣曰明禋			禋 P2748					禋									禋	洛誥
則禋于文王武王惠篤敘			禋 P2748					禋							禋		禋	洛誥
惟告周公其後王賓殺禋咸格								禋									禋	洛誥

227、宗

「宗」字在傳鈔古文《尚書》有下列不同字形：

（1）宗魏三體

魏三體石經〈無逸〉「宗」字古文作宗，下從《說文》古文示╫。

（2）宋₁宗₂

〈五子之歌〉「覆宗絕祀」九條本「宗」字作「宋」宋，乃「宗」字形誤，或爲從古文示╫之形誤。九條本〈酒誥〉「越獻臣百宗工矧惟爾事」「宗」字作宋₂，乃「宗」字形俗訛。

【傳鈔古文《尚書》「宗」字構形異同表】

宗	戰國楚簡	石經	敦煌本	岩崎本b	神田本b	九條本	島田本b	內野本	上圖（元）	觀智院b	天理本	古梓堂b	足利本	上圖本（影）	上圖本（八）	古文尚書晁刻	書古文訓	尚書篇目
禋于六宗																		舜典
覆宗絕祀							宋											五子之歌
社稷宗廟									廟 *宗廟作廟廟									太甲上
越獻臣百宗工							宗											酒誥
自殷王中宗及高宗及祖甲及我周文王		魏 魏																無逸

舜典	戰國楚簡	漢石經	魏石經	敦煌本P3315		岩崎本	神田本	九條本	島田本	內野本	上圖本（元）	觀智院	天理本	古梓堂	足利本	上圖本（影）	上圖本（八）	晁刻古文尚書	書古文訓	唐石經
望于山川徧于群神輯五瑞	望于山川徧于群神輯五瑞			徧于⋯神⋯輯⋯五瑞					望于山川徧于羣神輯五瑞							望于山川徧于羣神輯五瑞	望于山川徧于羣神輯五瑞	望于山川徧于羣神輯五瑞	坠亏山川徧亏羣神輯五瑞	望于山川徧于羣神輯五瑞

228、望

「望」字在傳鈔古文《尚書》有下列不同字形：

（1）[glyph]汗 3.43 [glyph]四 4.35 [glyph]1 [glyph]2

《汗簡》、《古文四聲韻》錄古尚書「望」字作：[glyph]汗 3.43 [glyph]四 4.35，此即《說文》壬部訓「月滿與日相望」之「望」字古文[glyph]，源自甲金文「望」字

作⚏甲3122⚏前5.207⚏前1.18.2⚏保卣⚏折方彝，字又增从「月」作⚏臣辰盉⚏
望爵⚏望簋⚏禹鼎⚏師望壺⚏麓伯簋。《說文》亡部訓「出亡在外望其還也」
期望義之「望」字金文作⚏無叀鼎⚏休盤，魏三體石經僖公「猶三望」「望」
字古文作⚏，然金文「既朢」又作「既望」（⚏無叀鼎「隹九月既——甲戌」），
借「望」爲「朢」字，二字古可通用。

　　《書古文訓》「望」字作⚏1⚏2，爲⚏說文古文朢之隸定，⚏2形則其
下訛作「壬」。

　　（2）望：⚏1⚏2⚏3

　　內野本、足利本「望」字或作⚏1，爲《說文》「望」篆文⚏之隸變俗寫，
敦煌本S799、九條本、足利本或作⚏2，其右上从「夕」，上圖本（影）作⚏3，
左上爲「亡」之俗書，右上原从「月」俗混作「日」形。

【傳鈔古文《尚書》「望」字構形異同表】

望 ⚏汗3.43 ⚏四4.35	戰國楚簡	石經	敦煌本	岩崎本	神田本b	九條本	島田本b	內野本	上圖（元）	觀智院b	天理本	古梓堂b	足利本	上圖本（影）	上圖本（八）	古文尚書晁刻	書古文訓	尚書篇目
望于山川徧于群神													⚏	⚏			⚏	舜典
望秩于山川													⚏	⚏			⚏	舜典
越三日庚戌柴望			⚏ S799														⚏	武成
惟二月既望						⚏							⚏				⚏	召誥

229、群

　　「群」字在傳鈔古文《尚書》有下列不同字形：

　　（1）⚏⚏

　　尚書敦煌本、日古寫本神田本、岩崎本、九條本、內野本、觀智院本、上
圖本（八）、《書古文訓》「群」字或作⚏⚏，與《說文》「群」字篆文⚏同爲
上下形構。

【傳鈔古文《尚書》「群」字構形異同表】

群	戰國楚簡	石經	敦煌本	岩崎本	神田本b 九條本	島田本b	內野本	上圖(元)	觀智院b	天理本b	古梓堂本b	足利本	上圖本(影)	上圖本(八)	古文尚書晁刻	書古文訓	尚書篇目
望于山川徧于群神																羣	舜典
既月乃日覲四岳群牧			羣 P3315														舜典
班瑞于群后							羣										舜典
虞賓在位群后德讓							羣									羣	益稷
群臣咸諫于王			羣 P2643 / 羣 P2516	羣												羣	說命上
群后以師畢會			羣b				羣									羣	泰誓中
厥或誥曰群飲汝勿佚						羣	羣							羣		羣	酒誥
群叔流言			羣 P2748											羣		羣	蔡仲之命
綏厥兆民六服群辟							羣							羣		羣	周官
群公既皆聽命								羣b								羣	康王之誥
正于群僕侍御之臣			羣											羣		羣	冏命
群后之逮在下明明棐常			羣													羣	呂刑
予誓告汝群言之首			羣 P3871				羣									羣	秦誓

230、神

「神」字在傳鈔古文《尚書》有下列不同字形：

（1）[神]汗 1.3 [神]四 1.31 [神]魏三體 [神][神][神]1 [神][神][神]2

《汗簡》、《古文四聲韻》錄古尚書「神」字作：[神]汗 1.3 [神]四 1.31，魏三體石經〈多士〉「神」字古文作[神]，左从《說文》古文示[示]，與[神]行氣銘同形，右作篆文「申」[申]形，「神」字金文作：[神]伯姜簋 [神]訣鐘 [神]寧簋形，《說文》

篆文作 ，籒文申。敦煌本《經典釋文‧舜典》P3315「神」字作 ₁，下云「古神字，又作 」，內野本、足利本、上圖本（影）、上圖本（八）「神」字作 ₁ 形，所从古文示 隸古定訛似「爪」，《書古文訓》多作 ₂，爲 汗 1.3 四 1.31 形之隸古定字。

（2） 汗 1.3 四 1.31 ₁ ₂ ₃

《汗簡》、《古文四聲韻》錄古尚書「神」字又作： 汗 1.3 四 1.31，《書古文訓》或作 ₁，爲其隸古定，又作 ₂ 形，右下訛作「且」，《書古文訓》又作上下形構之 ₃ 形，與敦煌本《經典釋文‧舜典》P3315「神」字云「又作 ₃」同形，裘錫圭謂「旬」、「申」音近，「疑 爲旬之變」，按內野本、足利本、上圖本（影）「旬」字分作 形，皆 說文古文旬之隸古定訛變，可爲參證。

【傳鈔古文《尚書》「神」字構形異同表】

傳抄古尚書文字 神 汗 1.3 四 1.31	戰國楚簡	石經	敦煌本	岩崎本	神田本 b / 九條本 b	島田本 b	內野本	上圖本（元）	觀智院 b	天理本 b	古梓堂本 b	足利本	上圖本（影）	上圖本（八）	古文尚書晁刻	書古文訓	尚書篇目
望于山川徧于群神			P3315														舜典
乃聖乃神乃武乃文																	大禹謨
並告無辜于上下神祇																	湯誥
敢昭告于上天神后																	湯誥
山川鬼神亦莫不寧																	伊訓
以承上下神祇																	太甲上
鬼神無常享享于克誠																	太甲下
慢神虐民																	咸有一德
眷求一德俾作神主																	咸有一德

予念我先神后之勞爾先			神	神				神	盤庚中
禮煩則亂事神則難		神	神	神				神	說命中
今殷民乃攘竊神祇之犧牷牲用		神	神					神	微子
惟爾有神尚克相予			神			神		禋	武成
能多材多藝能事鬼神			神					禋	金縢
肅恭神人予嘉乃德			神					神	微子之命
克堪用德惟典神天	神 魏		神			神		神	多方
宗伯掌邦禮治神人和上下			神			神		禋	周官
至治馨香感于神明			神			神		禋	君陳

231、輯

「輯」字在傳鈔古文《尚書》有下列不同字形：

(1) 楫楫

「輯五瑞」《史記・五帝本紀》、《漢書・郊祀志》、魏孔羨碑「輯」字皆作「揖」，《漢書・郊祀志》顏師古注云「『揖』與『輯』同」，又《漢書・兒寬傳》「統楫群言」顏注曰：「『輯』、『楫』與『集』三字並同」。敦煌本《經典釋文・舜典》P3315「輯」字作「楫」楫，下云「徐音集，王云合也，馬云斂也」，《書古文訓》亦作楫，「楫」「輯」音同假借。

【傳鈔古文《尚書》「輯」字構形異同表】

輯	戰國楚簡	石經	敦煌本	岩崎本 神田本b	九條本 島田本b	內野本	上圖（元）觀智院b	天理本 古梓堂b	足利本	上圖本（影）	上圖本（八）	古文尚書晁刻	書古文訓	尚書篇目
輯五瑞			楫 P3315										楫	舜典

舜典	戰國楚簡	漢石經	魏石經	敦煌本P3315			岩崎本	神田本	九條本	島田本	內野本	上圖本（元）	觀智院	天理本	古梓堂	足利本	上圖本（影）	上圖本（八）	晁刻古文尚書	書古文訓	唐石經
既月乃日觀四岳群牧班瑞于群后				羣牧〔卷之牧〕			无月乃日觀三岳羣牧班五瑞于羣后				无月乃日觀四岳群牧班五瑞于群后						无月乃日觀四岳群牧班五瑞于群后	既月乃日觀四岳群牧班五瑞于群后	无月雩日覲四岳羣坶攽瑞亐羣后		既月乃日觀四岳羣牧班瑞于羣后

232、觀

「觀」字在傳鈔古文《尚書》有下列不同字形：

（1）覲覲

內野本、上圖本（影）、上圖本（八）「觀」字作覲覲，其左形與《集韻》平聲二 18 諄「堇」字古文墓類同，應是《說文》古文「堇」之隸變，源自金文「堇」字作：[金文]巳鼎 [金文]衛盉 [金文]善夫山鼎等形。

【傳鈔古文《尚書》「觀」字構形異同表】

觀	戰國楚簡	石經	敦煌本	岩崎本	神田本b	九條本	島田本b	內野本	上圖（元）b	觀智院b	天理本 b	古梓堂 b	足利本	上圖本（影）	上圖本（八）	古文尚書晁刻	書古文訓	尚書篇目
覲四岳群牧								覲					觀	覲	觀			舜典
肆覲東后協時月								覲					觀	覲	觀		觀	舜典
以覲文王之耿光								覲					觀	覲	觀		觀	立政

233、牧

「牧」字在傳鈔古文《尚書》有下列不同字形：

（1）坶：坶 [隸釋]坶

・461・

《隸釋》錄漢石經尚書〈立政〉「立政任人準夫牧作三事」「牧」字作坶，《書古文訓》皆作坶，「坶」、「牧」音同通假，古相通用，《說文》土部「坶」字引〈周書〉「武王與紂戰於坶野」，〈牧誓〉《尚書大傳》作「坶誓」。

（2）堳：坶 汗6.73 埅 四5.5 坶 魏三體 堳1

《汗簡》、《古文四聲韻》錄古尚書「牧」字作：坶 汗6.73 埅 四5.5，魏三體石經〈立政〉「牧」字古文作坶，敦煌本 S799、神田本、內野本、上圖本（八）亦作「堳」堳1，从土从每，與「坶」為一字之異體，《說文》人部「侮」字古文从母作㥊，「母」與「每」古通。《詩・大明》「矢于牧野」，孔疏引鄭玄《書序注》云：「牧野，紂南郊地名，《禮記》及《詩》作『坶野』，古字耳。」《玉篇》「坶」下云：「古文尚書作堳」「堳同坶」，《廣韻》入聲屋韻「堳，堳野，殷近郊地名，古文尚書作此『堳』，《說文》作『坶』」，《集韻》「坶，或从每，通作牧」。

（3）悔：悔

上圖本（八）〈牧誓〉「與受戰于牧野作牧誓」、「王朝至于商郊牧野」「牧」字作「悔」悔，應是「堳」字之誤。

【傳鈔古文《尚書》「牧」字構形異同表】

牧 坶汗6.73 埅四5.5	戰國楚簡	石經	敦煌本	岩崎本b	神田本b	九條本	島田本b	內野本	上圖（元）	觀智院b	天理本	古梓堂b	足利本	上圖本（影）	上圖本（八）	古文尚書晁刻	書古文訓	尚書篇目
覲四岳群牧			牧 P3315														坶	舜典
咨十有二牧																	坶	舜典
萊夷作牧厥篚檿絲								牧									坶	禹貢
與受戰于牧野作牧誓			堳b S799	堳b				堳							悔		坶	牧誓
王朝至于商郊牧野			堳b S799	堳b				牧							悔		坶	牧誓
會于牧野			堳 S799					坶							堳		坶	武成
曰宅乃事宅乃牧宅乃準		坶 魏	牧 S2074														坶	立政
立政任人準夫牧作三事		坶 隸釋																立政

													坶	立政

司牧人以克俊有德

外有州牧侯伯 → 坶（周官）

以倡九牧阜成兆民 → 牧 牧 ... 坶（周官）

非爾惟作天牧 → 坶（呂刑）

尚書篇目	内容												字形	篇目
司牧人以克俊有德													坶	立政
外有州牧侯伯													坶	周官
以倡九牧阜成兆民					牧	牧							坶	周官
非爾惟作天牧													坶	呂刑

234、班

「班」字在傳鈔古文《尚書》有下列不同字形：

（1）攽：攽

《書古文訓》「班」字多作攽，《說文》玉部「班，分瑞玉」，即由〈堯典〉此句「班瑞于群后」得義。又《說文》攴部「攽，分也」下引「周書曰『乃惟孺子攽』」，今本尚書〈洛誥〉作「頒」，《說文》頁部「頒，大頭也」，「頒」為「攽」之假借字，《周禮・宮伯》：「頒其衣裘」鄭玄注：「頒，讀為班。班，布也」，「攽」、「班」音義俱同而通用。

（2）**斑**₁**斑**₂

上圖本（八）「班瑞于群后」「班」字作**斑**₁，應是形近而誤作「斑」，且二字音同。島田本、上圖本（八）〈洪範〉「武王既勝殷邦諸侯班宗彝作分器」「班」字作**斑**₂，中間所從「刀」訛作「夕」形。

【傳鈔古文《尚書》「班」字構形異同表】

班	戰國楚簡	石經	敦煌本	岩崎本	神田本b	九條本 島田本b	内野本	上圖（元）	觀智院b	天埋本	古梓堂b	足利本	上圖本（影）	上圖本（八）	古文尚書晁刻	書古文訓	尚書篇目
班瑞于群后														斑		攽	舜典
班師振旅																攽	大禹謨
武王既勝殷邦諸侯班宗彝作分器						斑b								斑			洪範

235、后

「后」字在傳鈔古文《尚書》有下列不同字形：

（1）**后后**₁**后**₂

　　敦煌本 P2533、P3670、P2643、P2516、S799「后」字作 ₁，P2643 或作 ₂，皆爲「后」字之隸變俗書。

　　（2）

　　足利本「后」或作 ，與漢簡 武威簡.泰射 95 同形，亦爲「后」字隸變俗書。

　　（3）王：

　　〈盤庚中〉「古我先后既勞乃祖乃父」敦煌本 P2643「后」字作 ，《爾雅·釋詁》：「王、后，君也」，此作同義字。

　　（4）君：₁₂

　　〈說命上〉「后從諫則聖」敦煌本 P2643「后」字原作「君」而改作「后」：₁，又「后克聖臣不命其承」「后」字作 ₂，「后」即君也。

　　（5）

　　《書古文訓》〈伊訓〉「肆命徂后」「徂后」二字作 ， 爲《說文》「姐」字古文 之隸古定，此處應是與上文「」相涉而誤作，「徂」、「姐」音義皆同。

【傳鈔古文《尚書》「后」字構形異同表】

后	戰國楚簡	石經	敦煌本	岩崎本	神田本b	九條本	島田本b	內野本	上圖（元）	觀智院b	天理本b	古梓堂b	足利本	上圖本（影）	上圖本（八）	古文尚書晁刻	書古文訓	尚書篇目
班瑞于群后																		舜典
五載一巡守群后四朝														后				舜典
有窮后羿因民弗忍					君													五子之歌
百官修輔厥后惟明明			后 P2533		后													胤征
汝曰我后不恤我眾					后													湯誓
肆命徂后																		伊訓

			字形										
古我前后			右 P3670 右 P2643										盤庚中
高后丕乃崇降罪疾			君 P2516										盤庚中
古我先后既勞乃祖乃父			王 P2643 右 P2516										盤庚中
后從諫則聖			師 P2643. P2516										說命上
后克聖臣不命其承			君 P2643 右 P2516										說命上
撫我則后虐我則讎			雞 S799										泰誓下
告于皇天后土			右 S799										武成

舜典	戰國楚簡	漢石經	魏石經	敦煌本 P3315		岩崎本	神田本	九條本	島田本	內野本	上圖本（元）	觀智院	天理本	古梓堂	足利本	上圖本（影）	上圖本（八）	晁刻古文尚書	書古文訓	唐石經
歲二月東巡守至于岱宗柴				巡 守望于岱宗 柴						歲二月東巡守至于岱宗柴							歲二月東巡守至于岱宗柴	歲二月東巡守至于岱宗柴	歲弍月東徇守皇于岱宗柴	歲弍月東巡守至于岱宗柴

236、巡

「巡」字在傳鈔古文《尚書》有下列不同字形：

（1）徇₁徇₂

敦煌本《經典釋文・舜典》P3315「巡」字下云「古作『徇』，以遵反」，《書

古文訓》〈泰誓下〉「乃大巡六師明誓眾公士」一例「巡」字作**徇₁**，餘皆作**徇₂**，**徇₂**亦「徇」字，其右從《說文》古文「旬」**⊙**之隸定。「巡」「徇」聲符音近，又偏旁「彳」「辵」義類相通。

（2）**巡巡₁巡₂巡₃**

內野本、上圖本（影）「巡」字或作**巡巡₁**，足利本作**巡₂**，原從「辵」之「巡」皆從「夊」，偏旁「辵」「夊」義類相通；上圖本（影）或作**巡**，「辵」訛作「夊」。

【傳鈔古文《尚書》「巡」字構形異同表】

巡	戰國楚簡	石經	敦煌本	岩崎本	神田本b	九條本	島田本b	內野本	上圖本（元）	觀智院b	天理本b	古梓堂本	足利本	上圖本（影）	上圖本（八）	古文尚書晁刻	書古文訓	尚書篇目
歲二月東巡守			**巡** P3315					**巡**					**巡**	**巡**			**徇**	舜典
五月南巡守								**巡**					**巡**	**巡**			**徇**	舜典
八月西巡守								**巡**					**巡**	**巡**			**徇**	舜典
十有一月朔巡守								**巡**					**巡**	**巡**			**徇**	舜典
五載一巡守群后四朝								**巡**					**巡**	**巡**				舜典
乃大巡六師明誓眾士																	**徇**	泰誓下
惟周王撫萬邦巡侯甸																	**徇**	周官
又六年王乃時巡																	**徇**	周官

237、守

「守」字在傳鈔古文《尚書》有下列不同字形：

（1）**狩**

敦煌本《經典釋文・舜典》P3315「守」字下云「詩救反，本或作『狩』」，《尚書大傳》云：「巡，猶循也，狩，猶守也。」《史記》、《論衡・書虛篇》作「狩」，《孟子・梁惠王下》云：「天子適諸侯曰巡狩。巡狩者，曰巡所守也。」《白虎通・巡狩篇》云：「巡者，循也，狩者，牧也。為天下巡行守牧民也。」《撰異》依《孟子》、《白虎通》訓，以為作「狩」為長。

內野本「五月南巡守」「守」字作 ，「狩」爲本字。

【傳鈔古文《尚書》「守」字構形異同表】

守	戰國楚簡	石經	敦煌本	岩崎本	神田本b 九條本	島田本b	內野本	上圖（元）觀智院b	天理本 古梓堂b	足利本	上圖本（影）	上圖本（八）	古文尚書晁刻	書古文訓	尚書篇目
歲二月東巡守															舜典
五月南巡守															舜典

238、至

「至」字在傳鈔古文《尚書》有下列不同字形：

（1） 魏三體 1 2 3 4

魏三體石經〈無逸〉、〈多方〉「至」字古文作 ，與《說文》古文作 同形，源自 邾公牼鐘 中山王鼎等形，戰國楚簡又作 郭店唐虞28〔註197〕，《書古文訓》或隸古作 1，敦煌本《經典釋文·舜典》P3315「至」字作 2，下云「古至字」，與《書古文訓》或作 2 3 類同，《書古文訓》又或作 4，皆爲 說文古文至之隸古定訛變，4 上作古文形體，下訛作「王」。

（2） 漢石經 1

漢石經尚書〈康誥〉「至」字作 ，爲《說文》篆文至 之隸變，源自甲金文作 乙8658 孟鼎 至鼎。內野本〈君奭〉「天休滋至」「至」字訛多一點作 1。

【傳鈔古文《尚書》「至」字構形異同表】

至	戰國楚簡	石經	敦煌本	岩崎本 神田本b	九條本	島田本b	內野本	上圖（元）觀智院b	天理本 古梓堂b	足利本	上圖本（影）	上圖本（八）	古文尚書晁刻	書古文訓	尚書篇目
至于岱宗柴			P3315												舜典

〔註197〕郭店楚簡〈唐虞之道〉簡27、28：「吳隉曰『大明不出，完物 訇。聖者不才上，天下札壞。幻（治）之，至羕〔羊攴〕不朵；亂之，至滅臤。』」裘錫圭疑爲〈虞詩〉，廖明春疑爲〈虞志〉，其所引不見於今傳《尚書·虞書》，當爲《虞書》佚文。

五月南巡守										坐	舜典
至于西岳如初										坐	舜典
十有一月朔巡守										坐	舜典
瞽亦允若至誠感神										坒	大禹謨
至于海隅蒼生										坒	益稷
至于五千州十有二師										坒	益稷
服念五六日至于旬時	𡉲 漢									坒	康誥
不腆于酒故我至于今										坒	酒誥
自成湯咸至于帝乙										坒	酒誥
王朝步自周則至于豐										坒	召誥
至于小大無時或怨										坒	無逸
自朝至于日中昃	𦰩 魏										無逸
天休滋至				至						坒	君奭
王來自奄于至宗周	𡉲 魏									坒	多方
今至于爾辟	𡉲 魏									坒	多方

239、柴

「柴」字在傳鈔古文《尚書》有下列不同字形：

（1）禱：𥙊 汗1.3 𥙊 四1.28 禱

《汗簡》、《古文四聲韻》錄古尚書「柴」字作：𥙊 汗1.3 𥙊 四1.28，敦煌本《經典釋文・舜典》P3315「柴」字云古文作禱，與《說文》古文祟从隋省作禱同形，段注云：「『隋』聲音在十七部，『此』聲古音在十六部，音轉最近」，「柴」「禱」聲符更替。

（2）祡：祡

《書古文訓》「柴」字皆作祡，與《說文》引書同，《說文》示部「祡，燒柴寮祭天也，虞書曰至于岱宗祡。」為祡祭之字，段注云：「此壁中故書，孔安國讀為『祡』，今本作『柴』，漢以後人改」。

（3）柴：紫紫

敦煌本《經典釋文·舜典》P3315「柴」字作紫，下云：「仕佳反，《說文》作『柴』從此木，云燎天祭也，古文作祷，《尔疋》（爾雅）云：『祭天曰燔柴』，馬云『祭山曰柴，柴加牲其上而燔之也』今經典並只作柴薪字」，敦煌本 S799、上圖本（八）亦作紫，「柴」為「紫」之假借字。

【傳鈔古文《尚書》「柴」字構形異同表】

柴 傳抄古尚書文字 䚡汗1.3 䚡四1.28	戰國楚簡	石經	敦煌本	岩崎本b	神田本b	九條本b	島田本b	內野本	上圖本（元）	觀智院b	天理本b	古梓堂b	足利本	上圖本（影）	上圖本（八）	古文尚書晁刻	書古文訓	尚書篇目
至于岱宗柴望			紫 P3315												紫		紫	舜典
越三日庚戌柴望			紫 S799														紫	武成

舜典	戰國楚簡	漢石經	魏石經	敦煌本 P3315		岩崎本	神田本	九條本	島田本	內野本	上圖本（元）	觀智院	天理本	古梓堂	足利本	上圖本（影）	上圖本（八）	晁刻古文尚書	書古文訓	唐石經
望秩于山川肆覲東后										望秩亏山川肆覲東后					望秩于山川肆覲東后	望秩亏山川肆覲東后	望秩于山川肆覲東后	望秩亏山川肆覲東后		望秩于山川肆覲東后
協時月正日同律度量衡				同律庇... 量衡 奥						叶旹月正日同律庇量...					叶旹月正日同律庇量衡	叶旹月正日同律庇量衡	叶旹月正日同律庇量衡	叶旹月正日同律庇量衡		叶旹月正日同律庇量衡

240、律

「律」字在傳鈔古文《尚書》有下列不同字形：

（1）律 律

足利本、上圖本（影）、上圖本（八）「律」字多作 律 律，右「聿」旁俗多一點飾筆。

【傳鈔古文《尚書》「律」字構形異同表】

律	戰國楚簡	石經	敦煌本	岩崎本	神田本b	九條本	島田本b	內野本	上圖（元）	觀智院b	天理本b	古梓堂b	足利本	上圖本（影）	上圖本（八）	古文尚書晁刻	書古文訓	尚書篇目
正日同律度量衡			森 P3315											律				舜典
聲依永律和聲														律	律			舜典
予欲聞六律五聲八音														律	律	律		益稷

241、度

「度」字在傳鈔古文《尚書》有下列不同字形：

（1）宅 四4.11 古尚書.亦宅字 宅 汗4.51 宅.亦度字 庀 庀 庀1 庀 庀2 庀3 尾4

《古文四聲韻》錄古尚書「度」字作 宅 四4.11 下云「亦宅字」，又錄 庀 四4.11 籀韻形，同形於《汗簡》收古尚書「宅」字作 宅 汗4.51，下云「亦度字」，敦煌本《經典釋文·舜典》P3315「度」字作 庀1，下云「古度字，丈尺也，《說文》以爲古文宅字」「宅」、「度」同屬定紐鐸部，中山王鼎銘：「考 厂 隹型」厂 字讀爲「度」，此處借「宅」爲「度」字，是出土資料亦見「宅」字用作「度」字，證「宅」、「度」二字相通用（參見"宅"字）。

敦煌本 P3670、P2643、S2074、九條本、內野本、足利本、上圖本（影）、上圖本（八）、《書古文訓》「度」字或作 庀 庀1，是以「宅」爲「度」，岩崎本、內野本、上圖本（元）或作 庀 庀2，則加一點飾筆，內野本、上圖本（八）或作 庀3，當爲此形之訛變。《書古文訓》「度」字或作 尾4，爲「宅」字古文 庀 之訛誤。

（2）宅：宅

「正日同律度量衡」足利本、上圖本（影）「度」字作宅，借「宅」爲「度」。

（3）度：庹庋₁庋₂庋庹逻₃

敦煌本 S6259、P2748、內野本、觀智院本、上圖本（元）、上圖本（影）、上圖本（八）「度」字或作庹庋₁，上圖本（影）或作庋₂，敦煌本 P2516、神田本、岩崎本、九條本、上圖本（八）或作庹庹逻₃，皆爲「度」字篆文庹之隸變，形如秦簡作：庹 睡虎地 24.25，漢代作：度 一號墓竹簡 252 度 石門頌等。

（4）亮：亮 隸釋

〈無逸〉「嚴恭寅畏天命自度治民祇懼」《隸釋》錄漢石經尚書作「嚴恭寅畏天命自亮叺（以）民祇懼」，「度」字作「亮」，「亮」、「量」音同，疑爲「量」字之假借，「自量」即「自度」也。

（5）爻

上圖本（影）「度」字或作爻，當是「度」字作庹庹之寫誤，此形與足利本、上圖本（影）「夏」字由夓夒形省寫作爻形近訛混。

【傳鈔古文《尚書》「度」字構形異同表】

度	傳抄古尚書文字 宅 四4.11古尚書 亦宅字 守 汗4.51宅:亦度字	戰國楚簡	石經	敦煌本	岩崎本	神田本b	九條本	島田本b	內野本	上圖（元）	觀智院b	天理本b	古梓堂本b	足利本	上圖本（影）	上圖本（八）	古文尚書晁刻	書古文訓	尚書篇目
止日同律度量衡				庀 P3315					庀					宅	宅	庹	庀	庀	舜典
罔失法度罔遊于逸									庀					庀	厇	庹	庀	庀	大禹謨
惟荒度土功弼成五服														庀	庀	庀	庀	庀	益稷
黎民咸貳乃盤遊無度				逻												庹	庀	庀	五子之歌
欲敗度縱敗禮									庹						庹		庀	庀	太甲中
以常舊服正法度				庹					庀								庀	庀	盤庚上
齊乃位度乃口				庀 P3670 庀 P2643					庀						庹		庀	庀	盤庚上

卿士師師非度			廢 P2516	庀		庋		庋		庀	微子
同力度德同德度義			庀b					庋		庀	泰誓上
今商王受力行無度			庋b							庀	泰誓中
惟爾洪無度我不爾動		廢 P2748		庋			庋	庀		庀	多士
嚴恭寅畏天命自度治民祇懼		亮 隸釋	廢 P2748		庋			爻		庀	無逸
詳乃視聽罔以側言改厥度		廢 S6259 庀 S2074		庀	庋			爻	庋	庀	蔡仲之命
考制度于四岳					庋b			爻		庀	周官
丁卯命作冊度					庋b			爻	庄	庀	顧命
何度非及兩造具備師聽五辭			庀		庀			爻	庄	尾	呂刑

242、量

「量」字在傳鈔古文《尚書》有下列不同字形：

(1) 量

《書古文訓》「量」字作量，爲《說文》古文量之隸古定訛變。

【傳鈔古文《尚書》「量」字構形異同表】

量	戰國楚簡	石經	敦煌本	岩崎本	神田本b	九條本	島田本b	內野本	上圖（元）	觀智院b	天理本	古梓堂b	足利本	上圖本（影）	上圖本（八）	古文尚書晁刻	書古文訓	尚書篇目
正日同律度量衡																	量	舜典

舜典	戰國楚簡	漢石經	魏石經	敦煌本 P3315			岩崎本	神田本	九條本	島田本	內野本	上圖本（元）	觀智院	天理本	古梓堂	足利本	上圖本（影）	上圖本（八）	晁刻古文尚書	書古文訓	唐石經
修五禮五玉三帛二生一死贄			三帛二生	音修大乙日大九三帛							修玉㐬玉三帛二生一死贄					收五礼玉三帛二生一死贄	修玉礼玉三帛二生一死贄	修五礼五玉三帛二生一死贄	收又㐬又玉弍帛弍生弍夗摯		修五禮五玉三帛二生一死贄

243、修

《史記・五帝本紀》「修」字作「脩」，《說文》「修，飾也」，此借音同之「脩脯」之「脩」字爲「修」。

「修」字在傳鈔古文《尚書》有下列不同字形：

（1）收：收

《書古文訓》「修」字皆作收，漢〈婁壽碑〉「曾祖父收春秋」又「不收廉隅」，《隸釋》謂兩「修」字皆作「收」，漢碑「修」字多作「收」，「修」爲「收」之後起字，金文多以「收」爲「修」，如：修毛公鼎 修無叀鼎 修頌鼎等。

（2）修：修魏三體 修₁ 收₁ 修₂ 修₃

魏三體石經〈梓材〉「惟其陳修爲厥疆畎」「修」字古文作修，疑即《古文四聲韻》錄「修」字修四 2.23 古孝經修汗簡形，天理本、觀智院本、足利本、上圖本（影）「修」字作修收₁，右下「彡」作「久」、「久」形，敦煌本 P2533「修」字作修₂，右上「攵」隸定作「攴」，內野本「修」字或作修₃，「攵」混作「文」。

（3）修：修₁修₂修修₃修₄

高昌本、敦煌本 P3315、S801、P3752、S799、P2748、P3615、觀智院本、上圖本（八）「修」字皆或作「修」，訛从「彳」：高昌本、敦煌本 S801 作修₁，

觀智院本作〔修〕2，其右下「彡」訛作「久」形，敦煌本《經典釋文・舜典》P3315、P3752、S799、P2748、岩崎本、九條本「修」字作〔修〕〔修〕3，其右下「彡」訛作二點致右偏旁訛爲「冬」，敦煌本 P3615 作〔猴〕4，右上「攵」隸訛作「支」、右下「彡」訛作二點。

（4）脩：〔修〕魏三體（隸）〔脩〕〔脩〕1

魏三體石經〈梓材〉「惟其陳修爲厥疆畎」「修」字隸體作「脩」〔修〕，內野本「修」字亦或作「脩」，神田本、九條本「修」字或作〔脩〕〔脩〕1，亦借「脩」爲「修」，而俗訛从「彳」，即如漢碑「修」字作〔循〕北海相景君碑。

【傳鈔古文《尚書》「修」字構形異同表】

修	戰國楚簡	石經	敦煌本	高昌本	岩崎本	神田本b	九條本	島田本b	內野本	上圖（元）	觀智院b	天理本	古梓堂b	足利本	上圖本（影）	上圖本（八）	古文尚書晁刻	書古文訓	尚書篇目
修五禮			飛 P3315						脩					攸	修	修		收	舜典
惟修正德利用厚生			修 高昌本											攸	修	修		收	大禹謨
敬修其可願			脩 S801											脩	脩	修		收	大禹謨
既修太原			猴 P3615											攸	修	修		收	禹貢
六府孔修庶土交正														收	修	修		收	禹貢
百官修輔厥后惟明明			修 P2533 修 P3752				脩	脩						攸	修			收	胤征
修厥身允德協于下													攸	攸	修			收	太甲中
郊社不修宗廟不享			修 S799	脩 b														收	泰誓下
乃偃武修文			修 S799	脩 b														收	武成
修其禮物作賓于王家								攸 b										收	微子之命
惟其陳修爲厥疆畎		修 魏						攸										收	梓材

惟文王尙克修和我有夏	於 P2748				俢		收	君奭
簡厥修亦簡其或不修			俢	修b	俢	修	收	君陳
簡厥修亦簡其或不修			㤭	修b	俢		收	君陳
不剛不柔厥德允修		終	㤭		俢		收	畢命
交修不逮愼簡乃僚		終	㤭		俢	修	收	冏命
追孝于前文人汝多修			終	修	俢		收	文侯之命

244、禮

「禮」字在傳鈔古文《尙書》有下列不同字形：

（1）𥘉 汗 1.3 𥘉 四 3.12 礼礼1 礼2 礼礼礼3 礼乙4

《汗簡》、《古文四聲韻》錄古尙書「禮」字作：𥘉 汗 1.3 𥘉 四 3.12，此即《說文》古文「禮」𥘉。何琳儀謂「禮」之古文𥘉从示乙聲，乙、豊均屬脂部，九里墩鼓座「禮」字礼應隸定爲「示乙」，作「礼」殊誤〔註198〕，𥘉 汗 1.3、內野本、足利本或作礼礼，其右或即作「乙」。敦煌本《經典釋文・舜典》P3315「禮」字作礼1，下云「古文禮」，內野本、上圖本（元）、足利本、上圖本（影）、上圖本（八）「禮」字亦或作礼礼1，上圖本（八）或作礼2，《書古文訓》則作礼礼礼3 等，凡此皆𥘉說文古文禮之隸古定。內野本或作礼乙4，爲𥘉說文古文禮之隸訛，其右訛作「己」。

（2）礼：礼礼

敦煌本 P2516、P2748、觀智院本、足利本、上圖本（影）、上圖本（八）「禮」字作「礼」礼礼，亦𥘉說文古文禮之隸定，惟其左未从古文示。

（3）禮

岩崎本「禮」字作禮，其左从古文示𥘉。

（4）豊：豊魏三體

魏三體石經〈君奭〉「故殷禮陟配天」「禮」字古文作「豊」豊，與《古文四聲韻》錄「禮」字作：豊 四 3.12 古孝經類同，源於戰國楚簡作豊 郭店.緇衣 24 豊

〔註198〕說見：何琳儀，〈說文聲韻鈎沉〉，《說文解字研究》第一輯，開封：河南大學出版社，頁 287。

郭店.六德 26，「禮」為「豐」之後起字，二字古相通用。

（5）🈂

島田本〈微子之命〉「修其禮物作賓于王家」「禮」字作🈂，其左所從示訛作「礻」（衣），寫本中偏旁「示」（礻）與偏旁「衣」（礻）常訛混。

（6）🈂

〈周官〉「宗伯掌邦禮治神人和上下」上圖本（八）「禮」字訛作🈂，旁注為「礼」（🈂礼）。

【傳鈔古文《尚書》「禮」字構形異同表】

傳抄古尚書文字 禮 汗1.3 四3.12	戰國楚簡	石經	敦煌本	岩崎本／神田本b	九條本	島田本b	內野本	上圖（元）／觀智院b	天理本	古梓堂b	足利本	上圖本（影）	上圖本（八）	古文尚書晁刻	書古文訓	尚書篇目
修五禮			礼 P3315				祀				礼	礼	礼		礼	舜典
至于南岳如岱禮							礼				礼	礼			礼	舜典
天秩有禮											礼	礼			礼	皋陶謨
慎厥終惟其始殖有禮							祀				礼	礼	祀		礼	仲虺之誥
欲敗度縱敗禮							祀				礼	礼	祀		礼	太甲中
禮煩則亂事神則難		礼 P2516 ／ 體					祀				礼	礼	礼		礼	說命中
禮亦宜之							礼				礼	礼	礼		礼	金縢
修其禮物作賓于王家						禮b	礼				礼	礼			礼	微子之命
王肇稱殷禮祀于新邑			礼 P2748				祀				礼	礼	祀		礼	洛誥
居師惇宗將禮稱秩元祀			礼 P2748				祀				礼	礼	礼		礼	洛誥
故殷禮陟配天		魏					祀				礼	礼	礼		礼	君奭
宗伯掌邦禮治神人和上下							礼	礼b			礼	礼	鄉		礼	周官
世祿之家鮮克由禮			禮				礼				礼	礼	祀		礼	畢命

245、生

阮元《校勘記》云:「宋單疏本『生』作『牲』,考《風俗通‧山澤篇》及劉昭注補《後漢書‧祭祀志》上引此經俱作『二牲』,是漢世經文如此,孔傳古本亦作『牲』。」《史記‧封禪書》、《漢書‧郊祀志》並作「牲」,《撰異》謂《史記‧五帝本紀》、《白虎通》作「生」為後人所改。

「生」字在傳鈔古文《尚書》有下列不同字形:

（1）牲：漢石經

漢石經《尚書》「五玉三帛二生一死贄」「生」字作「牲」。

（2）生：魏三體 坐

魏三體石經〈君奭〉「生」字古文作,與《說文》「生」字篆文 坐 同形,內野本、足利本、上圖本（影）、上圖本（八）「生」字作 坐,為篆文 坐 之隸古定筆畫析離訛變。

（3）坒

上圖本（八）「生」字或作 坒,由篆文「生」坐 之隸古定筆畫析離作（2）坐 而其下訛作从「王」,與之部讀若皇之「坒」字篆文、「封」字古文 坒 訛混。

【傳鈔古文《尚書》「生」字構形異同表】

生	戰國楚簡	石經	敦煌本	岩崎本	神田本b	九條本b	島田本b	內野本	上圖（元）	觀智院b	天理本	古梓堂b	足利本	上圖本（影）	上圖本（八）	古文尚書晁刻	書古文訓	尚書篇目
五玉三帛二生一死贄		漢																舜典
書用識哉欲並生哉								坒						坒	坐			益稷
至于海隅蒼生								坐						坐	坐	生		益稷
民非后罔克胥匡以生								坐							坒			太甲中
永底烝民之生								坐						坐	坐			咸有一德
伊陟相大戊亳有祥桑穀共生于朝								坒										咸有一德
若生子罔不在厥初生															坒			召誥

自時厥後立王生則逸											坐		無逸
有若散宜生有若泰顛	魏												君奭
惟四月哉生魄王不懌											坐		顧命
道洽政治澤潤生民											坐		畢命

246、一

「一」字在傳鈔古文《尚書》有下列不同字形：

（1）弌：𢦏汗1.3 𢦏四5.7 弌1 弌2

《汗簡》、《古文四聲韻》錄古尚書「一」字作：𢦏汗1.3 𢦏四5.7，與《說文》古文作𢦏同形，內野本、上圖本（元）、足利本、上圖本（影）、上圖本（八）、《書古文訓》「一」字多作「弌」弌1，為此形之隸定，上圖本（影）或右上少一點作弌2，戰國楚簡從戈作：𢦏郭店.緇衣17 𢦏郭店.窮達14。

（2）弋：弋

〈秦誓〉「殆哉邦之杌隉曰由一人」《書古文訓》「一」字作「弋」弋，俗書有字形省略只寫作聲符者，此當為「弌」之俗寫作聲符「弋」。

【傳鈔古文《尚書》「一」字構形異同表】

傳抄古尚書文字 一 𢦏汗1.3 𢦏四5.7	戰國楚簡	石經	敦煌本	岩崎本	神田本b	九條本	島田本b	內野本	上圖（元）	觀智院b	天理本b	古梓堂b	足利本	上圖本（影）	上圖本（八）	古文尚書晁刻	書古文訓	尚書篇目
五玉三帛二生一死贄																	弌	舜典
十有一月朔巡守至于北岳如西禮																	弌	舜典
惟精惟一允執厥中																	弌	大禹謨
一日二日萬幾							弌						弌	弍			弌	皋陶謨
爾尚輔予一人																	弌	湯誓
伊尹作咸有一德																	弌	咸有一德
惟汝含德不惕予一人								弌	弌								弌	盤庚上

欽念以忱動予一人						弌							弌	盤庚中
協比讒言予一人						弌					弌		弌	盤庚下
嗚呼乃一德一心						弌			弌	弌	弌		弌	泰誓中
惟一月壬辰旁死魄						弌					弌		弌	武成
初一曰五行						弌							弌	洪範
惟我一人弗恤						弌							弌	酒誥
牛一羊一豕一						弌							弌	召誥
文王騂牛一武王騂牛一						弌					弌		弌	洛誥
非我一人奉德不康寧						弌					弌		弌	多士
故一人有事于四方						弌					弌		弌	君奭
無求備于一夫						弌					弌		弌	君陳
一人冕執劉立于東堂						弌					弌		弌	顧命
四方無虞予一人以寧						弌					弌		弌	畢命
惟予一人無良						弌							弌	冏命
俾我一日非終惟終						弌					弌		弌	呂刑
如有一介臣						弌					弌		弌	秦誓
殆哉邦之杌隉曰由一人						弌					弌		弌	秦誓

247、死

「死」字在傳鈔古文《尚書》有下列不同字形：

(1) □**魏三體** □□**1**□□□**2**□**3**

魏三體石經〈呂刑〉「死」字古文作□，三體石經偏旁「死」作□（□**薨.魏三體僖公**），《隸續》錄石經作□，《汗簡》錄石經「死」字作□**汗 2.20** 則寫誤，《箋正》謂石經尚書作□，與《說文》古文作□相合。□□**魏三體**□**隸續石經**□**說文古文死**諸形皆同，由戰國作□□**望山.卜**□**郭店.忠信 3**□**中山王兆域圖**而來，皆由□**甲 1169**□**乙 105**□**盂鼎**□**毛公鼎**□**哀成弔鼎**□**中山王鼎**□**望山.卜**□**包山**

249 **荆** 郭店.窮達9 **⺉** 龍崗木牘而變。

《書古文訓》「死」字或作 **⺼片1**，為 **⺼** 隸續石經 **⺼** 說文古文死之隸古定，又作 **⺾⺾⺾2**，與 **⺼⺼** 望山.卜類同，其上隸古定變作⺾，又隸古定作 **⺾3**。

（2） **⺼**

《書古文訓》「死」字或作 **⺼**，為《說文》篆文 **⺼** 之隸古定，亦源自 **⺼**甲 1169 **⺼**乙 105 **⺼** 盂鼎 **⺼** 毛公鼎等。

【傳鈔古文《尚書》「死」字構形異同表】

死	戰國楚簡	石經	敦煌本	岩崎本b	神田本b	九條本	島田本b	內野本	上圖（元）	觀智院b	天理本b	古梓堂b	足利本	上圖本（影）	上圖本（八）	古文尚書晁刻	書古文訓	尚書篇目
五玉三帛二生一死贄																	⺼	舜典
三十在位五十載陟方乃死																	⺼	舜典
無有遠邇用罪伐厥死			✓														⺾	盤庚上
乃斷棄汝不救乃死																	⺾	盤庚中
惟一月壬辰旁死魄																	⺾	武成
鯀則殛死禹乃嗣興																	⺾	洪範
瞀不畏死罔弗憝																	⺾	康誥
厥心疾很不克畏死																	⺼	酒誥
罰懲非死人極于病		⺾魏															⺾	呂刑

248、贄

「贄」，《史記‧五帝本紀》作「摯」，《史記正義》云：「摯，音至。摯，執也」，《儀禮‧士昏記》疏引《尚書》云：「三帛二生一死摯」，鄭玄注《儀禮‧士相見禮》謂「贄，所執以至者，君子見於尊敬必執贄以將其厚意也。」「贄」又作从女之「勢」字，二字音義近同，《說文》女部「勢，至也，从女執聲。周書曰『大命不勢』，讀若摯同。一曰虞書雉勢」謂「勢」即今「贄」字，「一曰虞書」即引此文「一死贄」。

「贄」字在傳鈔古文《尚書》有下列不同字形：

（1）摯摯

敦煌本《經典釋文・舜典》P3315「贄」字作摯，下云「本又作贄，音至，所執也」，《書古文訓》亦作摯。「贄」、「摯」音義近同相通，《說文》無「贄」字。

【傳鈔古文《尚書》「贄」字構形異同表】

贄	戰國楚簡	石經	敦煌本	岩崎本b	神田本b	九條本b	島田本b	內野本	上圖本（元）	觀智院b	天理本	古梓堂b	足利本	上圖本（影）	上圖本（八）	古文尚書晁刻	書古文訓	尚書篇目
五玉三帛二生一死贄			摯 P3315														摯	舜典

舜典	戰國楚簡	漢石經	魏石經	敦煌本 P3315		岩崎本	神田本	九條本	島田本	內野本	上圖本（元）	觀智院	天理本	古梓堂	足利本	上圖本（影）	上圖本（八）	晁刻古文尚書	書古文訓	唐石經
如五器卒乃復				如天器卒						如五器卒乃復					如五器執乃復	如玉器卒乃後	如五器執乃復	如五器卒迺復	如玉器卒乃復	如玉器卒迺復

249、器

「器」字在傳鈔古文《尚書》有下列不同字形：

（1）器器1 器2 器3

敦煌本《經典釋文・舜典》P3315「器」字作器1，上圖本（影）、上圖本（八）亦或作器1，中間「犬」訛作「大」，內野本或作器2、上圖本（八）或作器3，「犬」訛作「尤」，為「器」字之隸變俗寫，與漢簡作器居延簡.甲2165同形，皆源自「器」字金文作：器周●鼎 器變簋 器聲鼎 器●簋 器黃韋俞父盤 器邾公華鐘 器陳侯午錞 器陳侯因資錞等形。

（2）器1 器2

島田本、內野本、足利本「器」字或作器1、上圖本（元）或作器2，中

間「犬」隸變俗寫省形作「工」，秦簡隸變作 器 睡虎地 **25.39**，此與漢簡作 器 居延簡.甲 **712** 同形。

【傳鈔古文《尚書》「器」字構形異同表】

器	戰國楚簡	石經	敦煌本	岩崎本	神田本b	九條本	島田本b	內野本	上圖（元）	觀智院b	天理本b	古梓堂b	足利本	上圖本（影）	上圖本（八）	古文尚書晁刻	書古文訓	尚書篇目
如五器卒乃復			器 P3315					器							器			舜典
器非求舊惟新								器						器				盤庚上
武王既勝殷邦諸侯班宗彝作分器						器b							器	器	器			洪範
惟服食器用						器b	器							器	器			旅獒

250、復

「復」字在傳鈔古文《尚書》有下列不同字形：

（1）復1復2

《書古文訓》「復」字作 復1復2，爲《說文》篆文 復 之隸古定，復2與 復 馬王堆.易 **9** 同形，源自金文： 復 復尊 復 復 小臣●簋 復 戕方鼎等形。

（2）復復1後復2復復復3後復4

敦煌本 P2643、天理本「復」字作 復復1，爲《說文》篆文「復」復 之隸變，秦簡作 復 睡虎地 **24.33**；九條本、上圖本（元）「復」字或作 後復2，所從「彳」形省簡，與 復 武威醫簡.**86** 乙類同；足利本、上圖本（影）、上圖本（八）或作 復復復3，其右形隸變與足利本、上圖本（影）「夏」字作 夏夏 同形，曹全碑「復」作字 復，其右亦隸寫似「夏」字。足利本、上圖本（影）「復」字或作 後復4，其右爲 復復3 之右形省簡，與該本「夏」字由 夏夏 形草化省寫作 夏 形混同。

（3）復復1復2

敦煌本 P2516 復復1，偏旁「彳」與「氵」混同，由（2）後復2 再變；上圖本（元）作 復2，左從「氵」形，與漢簡「復」字隸變俗作 復 武威簡.士相見 **4** 類同。

【傳鈔古文《尚書》「復」字構形異同表】

復	戰國楚簡	石經	敦煌本	岩崎本	神田本b	九條本	島田本b	內野本	上圖本（元）	觀智院b	天理本	古梓堂b	足利本	上圖本（影）	上圖本（八）	古文尚書晁刻	書古文訓	尚書篇目
如五器卒乃復													復	後			復	舜典
復歸于亳入自北門			後										復	復				胤征
湯既黜夏命復歸于亳作湯誥													復	復				湯誥
復歸于亳思庸伊尹作太甲三篇													復b	復	復			太甲上
伊尹既復政厥辟將告歸													復b	復	復			咸有一德
紹復先王之大業														後			復	盤庚上
肆上帝將復我高祖之德			復 P2643 / 復 P2516	復										後	後		復	盤庚下
說復于王曰惟木從繩則正后從諫則聖			復 P2643 / 復 P2516	復							復			後	後		復	說命上
曰予復反鄙我周邦													復	後			復	大誥
出取幣乃復入			復										復	復	復			召誥
朕復子明辟														後				洛誥
祗復之我商賚爾乃越逐													後	後			復	費誓
不復汝則有常刑													後				復	費誓

唐石經	書古文訓	晁刻古文尚書	上圖本（八）	上圖本（影）	足利本	古梓堂	天理本	觀智院	上圖本（元）	內野本	島田本	九條本	神田本	岩崎本		敦煌本 P3315	魏石經	漢石經	戰國楚簡	舜典
五月南巡守至于南岳如岱禮	五月𤙲徇守坅于𤙲㠖如岱𥛗	五月南巡守至于南岳如岱禮	五月南巡守至于南岳如岱禮	五月南巡守至于南岳如岱禮	五月南巡守至于南岳如岱禮				五月南巡守至于南岳如岱禮	五月南巡狩至于南岳如岱禮										五月南巡守至于南岳如岱禮
八月西巡守至于西岳如初	八月卤徇守坅于卤㠖如初	八月西巡守至于西岳如初	八月西巡守至于西岳如初	八月西巡守至于西岳如初	八月西巡守至于西岳如初				八月西巡守至于西岳如初	八月西巡守至于西岳如初										八月西巡守至于西岳如初

251、初

「初」字在傳鈔古文《尚書》有下列不同字形：

（1）初 初1 初2 初3

敦煌本《經典釋文‧舜典》P3315「至于北岳如西禮」「如西禮」作「如初」「初」字作初1，敦煌本 S801、P2748、S2074、九條本、足利本、上圖本（影）「初」字或作初 初1，其左原从「衤」（衣）訛作从「礻」（示），寫本中常見，上圖本（八）或作初2，爲初 初1之變。敦煌本 S2074 天理本、上圖本（八）或作初3，復其右作篆文「刀」刀之隸古定形。

【傳鈔古文《尚書》「初」字構形異同表】

初	戰國楚簡	石經	敦煌本	岩崎本	神田本b	九條本	島田本b	內野本	上圖（元）	觀智院b	天理本	古梓堂b	足利本	上圖本（影）	上圖本（八）	古文尚書晁刻	書古文訓	尚書篇目
至于西岳如初														初	初			舜典
至于北岳如西禮 *如西禮P3315作如初			初 P3315															舜典
率百官若帝之初			初 S801											初	初			大禹謨
帝初于歷山往于田			初 S801											初	初			大禹謨
初征自葛							初	初						初	初			仲虺之誥
今王嗣厥德罔不在初														初	初			伊訓
弗克于厥初									初					初	初			太甲中
初一日五行															初			洪範
若功王乃初服							初							初				召誥
若生子罔不在厥初生							初							初	初			召誥
周公初于新邑洛			初 P2748				初							初	初			多士
亦罔不能厥初			初 P2748											初				君奭
爾其戒哉慎厥初惟厥終			初 S2074											初				蔡仲之命
時惟爾初不克敬于和則無我怨			初 P2630 初 S2074															多方

唐石經	書古文訓	晁刻古文尚書	上圖本（八）	上圖本（影）	足利本	古梓堂	天理本	上圖本（元）	觀智院	島田本	內野本	九條本	神田本	岩崎本			敦煌本 P3315	魏石經	漢石經	戰國楚簡	舜典
十有一月朔巡守至于北岳如西禮	十又一月胐徇守坙亏北𡷱如卤凧	十又一月朔巡守至亏北岳如西禮	十有一月朔巡守至于北岳如西禮	十有一月朔巡守至于北岳如西凧	十有一月朔�巛守至于北岳如西凧						十㇐一月朔巛守至北岳如西凧						十又𡗜于𤰞又至于北岳如初佳如西禮			十有一月朔巡守至于北岳如西禮	

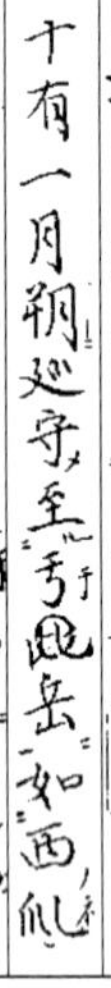

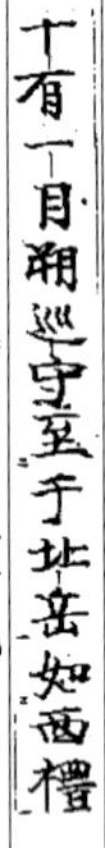

敦煌本《經典釋文・舜典》P3315「至于北岳如西禮」「如西禮」作「如初」，其下云：「馬本同，方興本作『如西禮』」，《史記》敘此三岳作「五月南巡守，八月西巡守，十一月北巡守，皆如初」，鄭玄本亦作「如初」，蓋《公羊疏》引鄭玄云：「五月不言『初』者，以其文相近。八月、十一月言『初』者，文相遠故也。」

唐石經	書古文訓	晁刻古文尚書	上圖本（八）	上圖本（影）	足利本	古梓堂	天理本	上圖本（元）	觀智院	島田本	內野本	九條本	神田本	岩崎本			敦煌本 P3315	魏石經	漢石經	戰國楚簡	舜典
歸𢼊亏萟祖串特	歸𢼊亏萟祖串特	㞷洰于藝祖用特	㞷格亏藝祖用特	㞷格亏藝祖用㹗	㞷拾亏藝祖用㹗						㞷格亏藝祖用特						㞷字古歸字 藝 王云備力			歸格于藝祖用特	

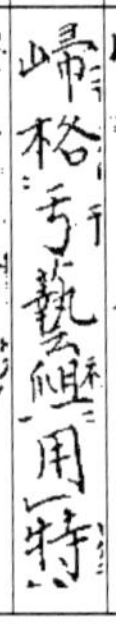

252、歸

「歸」字在傳鈔古文《尚書》有下列不同字形：

（1）㞷：㞷㞷㞷

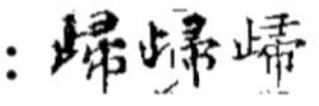

敦煌本《經典釋文・舜典》P3315「歸」字作㞷，下云「古歸字」，敦煌本

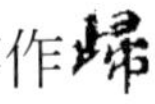

S799、P2533、內野本、足利本、上圖本（影）、上圖本（八）、《書古文訓》或作帰峞，爲《說文》止部「歸」字籀文作峞之隸定，源自戰國楚簡從「辵」作遑包山205遑包山207遑郭店.六德11遑郭店.尊德20形之省，偏旁「辵」「止」義類相通。

（2）遑

《書古文訓》「歸」字或作遑，與戰國楚簡從「辵」同形：遑包山205遑郭店.六德11。

（3）峞

敦煌本S2074、岩崎本、島田本、九條本、內野本、足利本、上圖本（影）、上圖本（八）「歸」字或作峞，爲（1）峞之訛，其左所從「山」乃「止」之訛變，寫本中常見。

（4）歸：歸1歸2歸3

敦煌本P3871、天理本、內野本「歸」字或作歸1，九條本或作歸2，敦煌本S6259、S2074或作歸3，皆「歸」字篆文歸之隸變。

（5）帰：帰帰

足利本、上圖本（影）「歸」字或作「帰」帰帰，「𠂤」草書簡省爲「リ」，如「臨」作「临」，「師」作「师」，「堅」作「坚」，「歸」作「帰」，此處「リ」爲表左旁形體省略之符號。

（6）皈：皈皈

足利本、上圖本（影）「歸」字或作皈皈，「皈」爲六朝俗字「皈爲歸」「皈」之訛。

【傳鈔古文《尚書》「歸」字構形異同表】

歸	戰國楚簡	石經	敦煌本	岩崎本	神田本b	九條本b	島田本b	內野本	上圖（元）	觀智院b	天理本b	古梓堂b	足利本	上圖本（影）	上圖本（八）	古文尚書晁刻	書古文訓	尚書篇目
歸格于藝祖用特			帰 P3315					峞					峞	峞	帰		帰	舜典
嗚呼曷歸予懷之悲			歸 P2533					峞					帰	帰	峞			五子之歌

復歸于亳入自北門				怀	嶹		歸	嶹	嶹			胤征
湯歸自夏至于大坰仲虺作誥				嶹	歸		歸	歸	歸		嶹	仲虺之誥
湯既黜夏命復歸于亳作湯誥					嶹		皈	皈	歸		嶹	湯誥
復歸于亳思庸伊尹作太甲三篇				嶹	歸		歸	嶹	歸		嶹	太甲上
奉嗣王歸于亳作書曰				嶹	歸		嶹	歸	嶹			太甲中
伊尹既復政厥辟將告歸				嶹	歸		歸	嶹	歸			咸有一德
惟民歸于一德				嶹	歸		皈	皈	嶹			咸有一德
武王伐殷往伐歸獸識其政事作武成	嶹 S799	嶹 b		嶹			歸	歸	嶹		嶹	武成
武王勝殷殺受立武庚以箕子歸作洪範		嶹 b					皈	皈	歸		嶹	洪範
歸其有極							歸		嶹			洪範
我先王亦永有依歸				嶹 b	嶹		皈	皈	嶹			金縢
公歸乃納冊于金縢之匱中				嶹 b	嶹		歸	嶹	嶹			金縢
王命唐叔歸周公于東作歸禾					嶹		嶹	嶹	嶹			微子之命
盡執拘以歸于周					嶹		皈	皈				酒誥
為善不同同歸于治	歸 S6259 歸 S2074		嶹	歸			皈	皈	歸			蔡仲之命
為善不同同歸于治	嶹 S2074		常				歸	皈	歸		遝	蔡仲之命
成王歸自奄在宗周誥庶邦作多方	歸 S2074		嶹	嶹			皈	皈				多方
還歸在豐作周官					嶹		歸	嶹	嶹		嶹	周官
歸于宗周董正治官					嶹		皈	皈	嶹		嶹	周官
其歸視爾師寧爾邦				歸	嶹		歸	皈	歸			文侯之命

秦穆公伐鄭晉襄公帥師敗諸崤還歸作秦誓		歸 P3871	嵃 嵍			敀 敀 婦			秦誓

253、藝

「藝祖」，《尚書大傳》、《白虎通》作「禰祖」，《史記‧五帝本紀》、《白虎通》〈巡狩〉、〈三軍〉篇、《公羊傳》隱公 8 年何休注、《說苑‧修文篇》、《後漢書》〈肅宗紀〉、〈安帝紀〉，皆引作「祖禰」，凡此皆今文尚書「藝」作「禰」，皮錫瑞《考證》謂或作「禰祖」、「祖禰」「蓋傳本偶異，於今文義不異」。敦煌本《經典釋文‧舜典》P3315「藝」字作**埶**，下云「魚世反，又馬王云禰也」又「禰」條云：「本又作祢，乃禮反，考廟」是漢古文尚書作「蓺」（藝），「蓺」（藝）、「禰」聲相近。

「藝」字在傳鈔古文《尚書》有下列不同字形：

（1）埶：**埶**魏三體

魏三體石經〈立政〉「藝」字古文作**埶**魏三體，篆文亦然，隸體則作「藝」，**埶**即《說文》丮部「埶」字**埶**，「藝」字古作「埶」，源於金文作**埶**埶觚**埶**父辛簋**埶**盠方彝**埶**毛公鼎**埶**蔡侯殘鐘**埶**克鼎**埶**番生簋等形。

（2）蓺：**蓺**蓺₁**蓺**₂**蓺**₃

敦煌本《經典釋文‧舜典》P3315「藝」字作「蓺」**蓺**₁，《書古文訓》亦作「蓺」**蓺**₁，乃「埶」字贅加「艹」爲其或體，《集韻》去聲 13 祭「埶」或作「蓺」。敦煌本 P3615、P3169 作**蓺**₂，艹下「埶」訛作「執」，九條本或訛作**蓺**₃。

（3）萩

《書古文訓》「藝」字或作萩，萩與「蓺」同，《集韻》「埶」古作「秇」，黃錫全謂「古屮、木、禾旁義近，此當是古埶字異體」﹝註199﹞。

（4）藝：**藝**藝**藝**₁**藝**₂**藝**藝₃**藝**₄

內野本、足利本、上圖本（影）、上圖本（八）「藝」字或作**藝**藝**藝**₁形，艹下「埶」訛作「執」；上圖本（八）或訛作**藝**₂；岩崎本、九條本或訛作**藝**藝₃；敦煌本 P5557 或作**藝**₄，「埶」訛作「執」、「云」與「土」作「圡」訛混。

﹝註199﹞說見：黃錫全，《汗簡注釋》，武漢：武漢大學出版社，1993，頁 422。

（5）〔藝〕

敦煌本 P2533 或作〔埶〕，从埶从云，《集韻》去聲 13 祭「埶」或作「藝」。

【傳鈔古文《尚書》「初」字構形異同表】

藝	戰國楚簡	石經	敦煌本	岩崎本	神田本b	九條本	島田本b	內野本	上圖（元）	觀智院b	天理本	古梓堂b	足利本	上圖本（影）	上圖本（八）	古文尚書晁刻	書古文訓	尚書篇目
歸格于藝祖用特			執 P3315														蓺	舜典
蒙羽其藝大野既豬東原底平			蓺 P3615	藝											藝	蓺	蓺	禹貢
惟梁州岷嶓既藝			蓺 P3169			藝									藝	藝	蓺	禹貢
官師相規工執藝事以諫			埶 P2533 / 藝 P5557			藝										藝	蓺	胤征
能多材多藝能事鬼神														藝	蓺		蓺	金滕
其藝黍稷							藝	藝						藝	藝	蓺	蓺	酒誥
百司庶府大都小伯藝人表臣		魏（埶）													藝		蓺	立政

舜典	戰國楚簡	漢石經	魏石經	敦煌本 P3315		岩崎本	神田本	九條本	島田本	內野本	上圖本（元）	觀智院	天理本	古梓堂	足利本	上圖本（影）	上圖本（八）	晁刻古文尚書	書古文訓	唐石經
五載一巡守群后四朝				三朝						五載一巡守羣后三朝					五載一巡守羣后三朝	五載一巡守群后三朝	五載一巡守群后四朝	五載一巡守羣后三翰	五載一巡守羣后三翰	五載一巡守羣后四朝

254、朝

「朝」字在傳鈔古文《尚書》有下列不同字形：

（1）〔古文〕汗 3.34 〔晶1〕〔晶2〕

　　《汗簡》錄古尚書「朝」字作：🔣汗3.34，此即《說文》晶部「鼂」字，《書古文訓》「鼂」字作鼂1，或變作鼂2。《說文》「鼂」：「讀若朝……杜林以爲朝旦」古借「鼂」爲「朝」，段注云：「考屈原賦『甲之鼂吾以行』（按〈哀郢〉賦），王逸曰『鼂，旦也』《左傳》衛大夫『史朝』《風俗通》作『史鼂』」，又《楚辭·湘君》：「鼂騁鶩兮江皋」亦借「鼂」爲「朝旦」字。

　　（2）🔣魏三體

　　魏三體石經〈無逸〉「自朝至于日中昃」「朝」字古文作🔣，石經僖公「公朝于王所」「朝」字古文亦然，🔣即「朝」字，與戰國作🔣陳侯因𦥑錞同形，蓋源自🔣利簋🔣仲殷父簋🔣仲殷父簋🔣盂鼎🔣盉方彝🔣朝訶右庫戈等形。

　　（3）翰：🔣🔣翰1翰2朝3

　　敦煌本《經典釋文·舜典》P3315「朝」字作翰1，內野本或作翰1、上圖本（八）、《書古文訓》「朝」字或作翰1，爲《說文》古文作🔣之隸古定，《書古文訓》又或左作古文形體翰，內野本多隸變俗作朝3，亦皆由🔣利簋🔣盂鼎🔣朝訶右庫戈🔣郭店.成之34🔣包山145🔣陶彙5.215等演變。

【傳鈔古文《尚書》「朝」字構形異同表】

朝　🔣汗3.34	傳抄古尚書文字	戰國楚簡	石經	敦煌本	岩崎本	神田本b	九條本	島田本b	內野本	上圖（元）	觀智院b	天理本	古梓堂b	足利本	上圖本（影）	上圖本（八）	古文尚書晁刻	書古文訓	尚書篇目
五載一巡守群后四朝				翰 P3315					朝									翰	舜典
惟荊州江漢朝宗于海									朝									翰	禹貢
命之曰朝夕納誨																		鼂	說命上
斲朝涉之脛剖賢人之心																		翰	泰誓下
王朝至于商郊牧野乃誓																		翰	牧誓
王朝步自周于征伐商																		翰	武成
巢伯來朝芮伯作旅巢命										朝									旅獒
越少正御事朝夕曰										朝								鼂	酒誥

經文			敦煌本等						魏石經			唐石經等	篇名
王朝步自周則至于豐					朝							晶	召誥
太保朝至于洛					朝							晶	召誥
周公朝至于洛					朝							翰	召誥
周公乃朝用書					朝							翰	召誥
朝至于洛師					朝							翰	洛誥
自朝至于日中昃		魏			朝							翰	無逸
六年五服一朝			輪	朝					翰			翰	周官
王朝步自宗周至于豐				朝								翰	畢命

舜典	戰國楚簡	漢石經	魏石經	敦煌本 P3315			岩崎本	神田本	九條本	島田本	內野本	上圖本（元）	觀智院	天理本	古梓堂	足利本	上圖本（影）	上圖本（八）	晁刻古文尚書	書古文訓	唐石經
敷奏以言明試以功車服以庸		魏		敷奏							敷奏以言明試以功車服以庸						敷奏以言明試以功車服以庸	敷奏以言明試以功車服以庸	敷奏以言明試以功車服以庸	敷奏以言明試以功車服以庸	敷奏以言明試以功車服以庸

255、敷

「敷奏」，《史記》作「徧告」，《漢書・宣帝紀》作「傅奏其言」，顏師古注云：「傅讀曰敷」，是今文本「敷」作「敷」。

「敷」字在傳鈔古文《尚書》有下列不同字形：

（1）_敷汗 1.14 _敷四 1.25 _敷魏三體 _敷魏二體 尃1 尃尃2 尃3 尃尃4

《汗簡》、《古文四聲韻》錄古尚書「敷」字作：_敷汗 1.14 _敷四 1.25，與《說文》「尃」字篆文同，魏三體石經〈君奭〉「前人敷乃心」「敷」字古文作_敷，與傳鈔之古尚書「敷」字同形，惟其下从「又」，魏二體直行式石經〈禹貢〉

「禹敷土」「敷」字古文作，亦从「又」，从「又」、从「寸」無別。魏三體之篆、隸體則作「敷」，而魏三體古文與傳鈔之古尚書「敷」字皆作「專」，「專」為「敷」之初文，源自毛公鼎克鼎番生簋王孫鐘包山 176 郭店.語叢 2.5 郭店.尊德 35 璽彙 0288，毛公鼎「命政」即《詩·商頌》「敷政優優」之「敷政」，毛公鼎即經籍之「敷」字，《箋正》云：「專歧最初字，《漢書》『敷』字多作此。」〔註200〕从攴之「敷」字則約在戰國時出現：包山 144 璽彙 3122。

　　《書古文訓》「敷」字多作「專」12，敦煌本《經典釋文·舜典》P3315「敷」字作2，下云「古敷字」，S801、P3615、P2516、P4033、吐魯番本、岩崎本、島田本、九條本、內野本、觀智院本、足利本、上圖本（影）、上圖本（八）「敷」字多作「專」2 形，其下乃「寸」之隸變作「万」或「方」形，岩崎本或作3 其下隸變似「丂」。足利本〈堯典〉、〈大禹謨〉、〈益稷〉、〈禹貢〉等篇雖寫作「敷」，然就其書寫行例觀之，其原作「專」字，乃另加偏旁攴而作「敷」（見下表*處）。敦煌本 P2643、觀智院本作「專」字或俗作4 形，其中變作田形。

　　（2）敷：123

　　敦煌本 P2748、上圖本（元）、足利本、上圖本（影）、上圖本（八）「敷」字或隸變俗作1 形，「專」中變作田形，上圖本（八）或隸訛作23。

　　（3）傅：

　　《書古文訓》〈益稷〉「敷納以言」、〈禹貢〉「至于敷淺原」二處「敷」字作「傅」，「傅」、「敷」同由「專」得聲，二字音近通假。

〔註200〕參見：黃錫全，《汗簡注釋》，武漢：武漢大學出版社，1993，頁 149。

【傳鈔古文《尚書》「敷」字構形異同表】

傳抄古尚書文字 敷 汗1.14 四1.25	戰國楚簡	石經	敦煌本／吐魯番本	岩崎本／神田本b	九條本／島田本b／內野本	古梓堂本b／天理本b／觀智院b／上圖（元）	足利本	上圖本（影）	上圖本（八）	古文尚書晁刻	書古文訓	尚書篇目
敷奏以言明試以功			專 P3315		專（內野本）		敷奏以言（足利本）				專	舜典
汝作司徒敬敷五教在寬					專（內野本）		專（足利本）	專	敷		專	舜典
文命敷於四海					專（內野本）		專日彼命敷（足利本）				專	大禹謨
帝乃誕敷文德			專 S801／專 吐魯番本		專（內野本）		專誕敷文德（足利本）				專	大禹謨
翕受敷施					專（內野本）		翕受敷施專（足利本）		敷		專	皋陶謨
惟帝時舉敷納以言					專（內野本）		帝時舉敷納（足利本）	敷	專		傅	益稷
帝不時敷同日奏罔功					專（內野本）		帝不時敷（足利本）	專	專		專	益稷
禹敷土	魏二		專 P3615		專（內野本）		專敷土（足利本）	專	專		專	禹貢
震澤厎定篠簜既敷					專（島田本）／專（內野本）		專（足利本）	專	專		專	禹貢
過九江至于敷淺原			專 P4033	專（神田本）	專（內野本）		專（足利本）	專	專		專	禹貢
今予其敷心腹腎腸			專 P2643／專 P2516		專（內野本）	敷（上圖（元））	敷（足利本）	敷	敷		專	盤庚下

式敷民德永肩一心	專 P2643 旉 P2516	旉		旉 敷		旉 旉 旉		専	盤庚下
斂時五福用敷錫厥庶民			旉b	旉			旉	専	洪範
惟日若稽田既勤敷菑			旉	旉		旉 旉	敷	専	梓材
前人敷乃心	敷魏 敷 P2748		旉	旉			旉	専	君奭
敷重篾席黼純華玉仍几			旉	専b		敷 敷	旉	専	顧命
用敷遺後人休			旉	旉b			旉	専	康王之誥

256、奏

「奏」字在傳鈔古文《尚書》有下列不同字形：

（1）齡汗1.14 齡四4.39 敎 敎1 敎2 敎3 敎4

《汗簡》、《古文四聲韻》錄古尚書「奏」字作：齡汗1.14 齡四4.39，即《說文》卷10下「奏」字古文齡。敦煌本《經典釋文・舜典》P3315「奏」字作奏，下云「如字，又作𡘺，古文作敎4」敎4為齡說文古文奏之隸古定訛變，與「敢」字敦煌本、日古寫本由篆文𣪏隸訛作敎相混同（參見"敢"字）。《書古文訓》「奏」字作齡說文古文奏隸古定敎 敎1，又稍訛作敎2敎3。

（2）𦫵汗1.13 羍四4.39 㮱

《汗簡》、《古文四聲韻》錄古尚書「奏」字又作：𦫵汗1.13 羍四4.39，此為《說文》「奏」字另一古文屏，𦫵汗1.13訛寫為甚，《書古文訓》〈益稷〉「帝不時敷同日奏罔功」「奏」字作㮱，為羍四4.39屏說文古文奏之隸古定訛變。

（3）𡘺汗1.13 𡙅四4.39 𡘺1 奏2 奏奏3 奏4

《汗簡》、《古文四聲韻》錄古尚書「奏」字又作：𡘺汗1.13 𡙅四4.39，此即《說文》「奏」字篆文𡙷，敦煌本《經典釋文・舜典》P3315「奏」字作奏，下云又作𡘺1，亦篆文「奏」𡙷之隸定，內野本、上圖本（影）、上圖本（八）或隸定作奏2，足利本或作奏奏3，上圖本（八）又作奏4，其下與上形相涉而隸訛作关。

・495・

【傳鈔古文《尚書》「奏」字構形異同表】

傳抄古尚書文字 奏 巻汗1.13 毃汗1.14 庠𤫪𥠃四4.39	戰國楚簡	石經	敦煌本	岩崎本	神田本b	九條本	島田本b	內野本	上圖（元）	觀智院b	天理本	古梓堂b	足利本	上圖本（影）	上圖本（八）	古文尚書晁刻	書古文訓	尚書篇目
敷奏以言明試以功			奏 P3315					𥠃						奏	𥠃		毃	舜典
暨益奏庶鮮食								𥠃							奏		毃	益稷
濬畎澮距川暨稷播奏								𥠃							奏 奏		毃	益稷
帝不時敷同日奏罔功								奏							奏 奏		燊	益稷
譬奏鼓嗇夫馳庶人走														奏 奏	𥠃		毃	胤征

257、試

「試」字在傳鈔古文《尚書》有下列不同字形：

（1）誐 誐

「試」字岩崎本、上圖本（影）、上圖本（八）「試」字或作誐 誐，與漢代作：誐老子甲後409 誐孫子.169等同形，所从「式」多一筆而作从「戈」。

【傳鈔古文《尚書》「試」字構形異同表】

試	戰國楚簡	石經	敦煌本	岩崎本	神田本b	九條本	島田本b	內野本	上圖（元）	觀智院b	天理本	古梓堂b	足利本	上圖本（影）	上圖本（八）	古文尚書晁刻	書古文訓	尚書篇目
將使嗣位歷試諸難作舜典														誐				舜典
明試以功車服以庸														誐				舜典
今予將試以汝遷				誐											誐			盤庚中
今予將試以汝遷永建乃家				誐											誐			盤庚中

258、服

「服」字在傳鈔古文《尚書》有下列不同字形：

（1）𦨴 魏三體

魏三體石經〈無逸〉「文王卑服」「服」字古文作[古文]魏三體，孫海波《魏三體石經集錄》謂此即「𩚋」字之寫訛，「𩚋」、「服」古通用，「𩚋」由甲金文作：[古文]鐵2.4[古文]前5.9.6[古文]丙申角[古文]毛公鼎[古文]番生簋演變，[古文]鐵2.4[古文]前5.9.6[古文]丙申角象矢形倒置，篆文誤作从用，又王國維云「𩚋」、「服」同聲，引證《易‧繫辭傳》「服牛乘馬」，《說文》引作「𩚋牛乘馬」，《左傳》「伯服」，史記作「伯𩚋」、「備物典策」亦即「服物典策」〔註201〕。「備」字金文作：[古文]𢦏簋[古文]元年師㝨簋[古文]洹子孟姜壺，《說文》古文作[古文]，應源自戰國作[古文]中山王鼎[古文]楚帛書甲[古文]郭店.成之5[古文]郭店.語叢3.54[古文]郭店.語叢1.94等形，[古文]魏三體即此之右[古文]、[古文]形訛，[古文]、[古文]應為𩚋之古文，楚簡「𦱧」字作[古文]郭店.語叢3.39，即[古文]中山王鼎[古文]楚帛書甲[古文]郭店.成之5等之右形，从人、从女無別，惟此多兩側各兩點飾筆，魏三體石經[古文]魏三體乃借「𦱧」字為「服」字。

（2）[古文][古文][古文][古文][古文]1[古文][古文]2[古文]3[古文]4

《書古文訓》「服」字或作[古文][古文][古文][古文][古文]1等形，皆為《說文》古文「服」字[古文]之隸古定，其右皆為[古文]（人）之隸古定變化。又作[古文][古文]2形，其右隸古定訛變似「刀」，[古文]3則訛从「乃」，敦煌本《經典釋文‧舜典》P3315「服」字作[古文]4，下云「古文服字」，亦[古文]說文古文服隸古訛變。「服」字金文作：[古文]孟鼎[古文]服尊[古文]駒父盨[古文]秦公鎛，[古文]說文古文服則省「又」。

（3）[古文]

敦煌本P2533「服」字作[古文]，為「服」字金文作[古文]孟鼎[古文]駒父盨之隸定，其左从「舟」。

（4）[古文]

敦煌本S11399、P2516「服」字作[古文]，為「服」字金文作[古文]孟鼎[古文]駒父盨之訛變，其左隸變俗寫與「月」混同，右則[古文]訛作「欠」。

〔註201〕說見：王國維，〈魏正始石經殘字考〉，頁26。

【傳鈔古文《尚書》「服」字構形異同表】

服	戰國楚簡	石經	敦煌本	岩崎本	神田本b	九條本	島田本b	內野本	上圖（元）觀智院b	天理本	古梓堂b	足利本	上圖本（影）	上圖本（八）	古文尚書晁刻	書古文訓	尚書篇目
明試以功車服以庸																舟殳	舜典
四罪而天下咸服																舟殳	舜典
蠻夷率服			舟殳 P3315													舟殳	舜典
天命有德五服五章哉																舟殳	皋陶謨
明庶以功車服以庸																舟殳	益稷
島夷卉服																舟殳	禹貢
五百里甸服			服 P2533													舟殳	禹貢
不昏作勞不服田畝			㫜 S11399													舟殳	盤庚上
王曰旨哉說乃言惟服			服 P2516													舟殳	說命中
肇牽車牛遠服賈																舟殳	酒誥
越在外服																舟殳	酒誥
有服在百僚																舟殳	多士
文王卑服		魏														舟殳	無逸
有服在大僚																舟殳	多方
相被冕服憑玉几																舟殳	顧命

唐石經	書古文訓	晁刻古文尚書	上圖本（八）	上圖本（影）	足利本	古梓堂	天理本	觀智院	上圖本（元）	內野本	島田本	九條本	神田本	岩崎本			敦煌本 P3315	魏石經	漢石經	戰國楚簡	舜典
																					肇十有二州封十有二山濬川

259、肇

「肇」字在傳鈔古文《尚書》有下列不同字形：

（1）肁：𡉈 𡉈

《書古文訓》「肇」字皆作**肁 肁**，《說文》戶部「肁，始開也」，「肁」爲「肇（肇）始」之本字，段注云：「引申爲凡始之稱。凡經籍言『肇始』者，皆『肁』之假借」。

（2）肇：肇

敦煌本 P2748、岩崎本、足利本、上圖本（八）「肇」字或作**肇**，从戈，其下「聿」多一點飾筆，寫本中常見。《說文》戈部「肈」字訓擊也，此爲「肁」之假借字。

（3）肇：肇肇₁肇₂

敦煌本《經典釋文·舜典》P3315「肇」字作**肇₁**，足利本、上圖本（八）或作**肇₁**，其下「聿」亦多飾點，足利本、上圖本（影）或作**肇₂**，其右上「攵」訛寫作「夂」，漢碑从「殳」作**肇**衡方碑，《玉篇》攴部「肈，俗肇字」，《說文》戈部「肈」段注云：「古有『肈』無『肇』，从戈之『肈』漢碑或从殳，俗乃从攵作『肇』，而淺人以竄入許書攴部中，……《廣韻》有『肇』無『肈』，伏侯作古今注時斷無从攵之『肇』」。

· 499 ·

（4）肇₁肇₂

敦煌本 P2533、九條本「肇」字作肇₁，其上从石从戈，為「肇」之誤，戶、石形近而誤，敦煌本 S799 作肇₂，其上則誤作从石从又。

【傳鈔古文《尚書》「肇」字構形異同表】

肇	戰國楚簡	石經	敦煌本	岩崎本	神田本b	九條本	島田本b	內野本	上圖（元）	觀智院b	天理本b	古梓堂b	足利本	上圖本（影）	上圖本（八）	古文尚書晁刻	書古文訓	尚書篇目
肇十有二州			肇 P3315														犀	舜典
惟仲康肇位			肇 P2533			肇							肇	肇	肇		犀	胤征
寔繁有徒肇我邦						肇							肇	肇	肇		犀	仲虺之誥
先王肇修人紀													肇				犀	伊訓
肇基王跡			肇 S799	肇													犀	武成
用肇造我區夏越我一二邦以修															肇		犀	康誥
肇國在西土						肇							肇	肇	肇		犀	酒誥
肇我民惟元祀天降威						肇							肇	肇	肇		犀	酒誥
肇牽車牛遠服賈						肇							肇		肇			酒誥
王肇稱殷禮祀于新邑			肇 P2748										肇	肇	肇		犀	洛誥
汝肇刑文武用會紹乃辟						肇							肇	肇			犀	文侯之命

260、州

「州」字在傳鈔古文《尚書》有下列不同字形：

（1）州 汗 1.11 州 汗 5.62 州 四 2.24 州₁ 州₂

《汗簡》、《古文四聲韻》錄古尚書「州」字作：州 汗 1.11 州 汗 5.62 州 四 2.24，此即《說文》「州」字古文州，源自甲金文：州 前 4.13.4 州 戈文 州 井侯簋 州 散盤等形。敦煌本《經典釋文·舜典》P3315「州」字作州₁，下云「古文州字」，《書古文訓》皆作州₂，州₁為州 說文古文州之隸古定，州₂則作古文形體。

（2）の‖₁州‖州₂

上圖本（八）「州」字作の‖₁州‖州₂，爲《說文》篆文州之隸變俗寫，由秦、漢簡作：州 睡虎地 37.100 州 武威簡.有司 40 等形再變。

【傳鈔古文《尚書》「州」字構形異同表】

傳抄古尚書文字 州 州 汗 1.11 州 汗 5.62 州 四 2.24	戰國楚簡	石經	敦煌本	岩崎本	神田本b 九條本	島田本b	內野本	上圖(元)	觀智院b	天理本b	古梓堂b	足利本	上圖本(影)	上圖本(八)	古文尚書晁刻	書古文訓	尚書篇目
肇十有二州			风 P3315													州	舜典
至于五千州十有二師													州			州	益稷
冀州既載壺口治梁及岐			州 P3615										州			州	禹貢
海岱惟青州嵎夷既略													州			州	禹貢
海岱及淮惟徐州													州			州	禹貢
荊及衡陽惟荊州				州												州	禹貢
外有州牧侯伯																州	周官

261、封

「封」字在傳鈔古文《尚書》有下列不同字形：

（1）封 汗 6.73 封 四 1.13 封 六 6 封 魏三體

《汗簡》、《古文四聲韻》、《訂正六書通》錄古尚書「封」字作：封 汗 6.73 封 四 1.13 封 六 6，魏三體石經〈康誥〉「王曰鳴呼封汝念哉」「封」字古文作封，與《說文》籀文作封同形，源自封 封孫宅盤 封 璽彙 0839 封 璽彙 2496 等形。《說文》「封」從之土從寸，爲會意字，此形爲從土丰聲之形聲字。

（2）坒₁坒₂坒₃

《書古文訓》「封」字多作坒₁，上圖本（八）或作坒₁，此即《說文》古文作坒之隸定，由丰 前 1.2.16 丰 佚 426 丰 康侯丰鼎 丰（丰 召伯簋所從）坒 璽彙 4091 等所演變，郭沫若謂「丰即以林木爲界之象形，丰乃形聲字，從土丰聲。」

〔註202〕內野本、足利本、上圖本（影）、《書古文訓》「封」字或作**坒坒2**，內野本或多一點作**坒3**，皆**坒**說文古文封之隸古定。

（3）**峯峯1峯2**

敦煌本《經典釋文・舜典》P3315「封」字作**峯1**，下云「古封字，古文作**峯**」敦煌本 S799、九條本、內野本、足利本、上圖本（影）、上圖本（八）或作**峯1**，岩崎本、九條本或作**峯2**，亦皆**坒**說文古文封之隸古定訛變。

（4）邦：

〈書序・康誥〉「封康叔作康誥酒誥梓材」內野本「封」字作**邦**，「封」、「邦」音義可通。

【傳鈔古文《尚書》「封」字構形異同表】

傳抄古尚書文字 封 **坒**汗6.73 **坒**四1.13 **坒**六6	戰國楚簡	石經	敦煌本	岩崎本	神田本b 九條本 島田本b	內野本	上圖 （元） 觀智院b	天理本b 古梓堂b	足利本	上圖本 （影）	上圖本 （八）	古文尚書晁刻	書古文訓	尚書篇目
封十有二山			**峯**P3315			**坒**				**坒**	**坒**		**坒**	舜典
釋箕子囚封比干墓式商容閭			**峯**S799			**坒**					**峯**		**坒**	武成
封康叔作康誥酒誥梓材						**邦**							**坒**	康誥
孟侯朕其弟小子封						**坒**					**峯**		**坒**	康誥
王曰嗚呼封汝念哉	**魏**					✓			**峯**	**峯**	✓		✓	康誥
封我西土棐徂邦君					**峯**	**峯**			**坒**	**峯**			**坒**	酒誥
王曰封我聞惟曰					**峯**	**峯**			**坒**	**坒**			**坒**	酒誥
封予不惟若茲多誥					**峯**	**坒**							**坒**	酒誥
王曰封汝典聽朕毖					**峯**	**坒**							**坒**	酒誥
王曰封以厥庶民暨厥臣達大家					**峯**	**坒**							**坒**	梓材

〔註202〕說見，郭沫若，《甲骨文字研究・釋封》，轉引自黃錫全，《汗簡注釋》，武漢：武漢大學出版社，1993，頁454。

| 往即乃封敬哉 | | | | 坒 | 坒 | | | | | | | | | | | | 坒 | 坒 | | 蔡仲之命 |
| 申畫郊圻慎固封守 | | | | 坒 | 坒 | | | | | | | | | | | | 坒 | 坒 | | 畢命 |

舜典	戰國楚簡	漢石經	魏石經	敦煌本P3315		岩崎本	神田本	九條本	島田本	內野本	上圖本（元）	觀智院	天理本	古梓堂	足利本	上圖本（影）	上圖本（八）	晁刻古文尚書	書古文訓	唐石經
象以典刑流宥五刑				泺（古流字也）宥						象吕典刑沭宥五刑						象以典刑沭宥五刑	象吕典刑沭宥五刑	象以典刑流宥五刑	為以黄剆沭宥文剆	刑沭宥

262、流

「流」字在傳鈔古文《尚書》有下列不同字形：

（1）[glyph]汗5.61 [glyph]四2.23 [glyph]六146 泺泺泺

《汗簡》、《古文四聲韻》、《訂正六書通》錄古尚書「流」字作：[glyph]汗5.61 [glyph]四2.23 [glyph]六146，敦煌本《經典釋文·舜典》P3315「流」字作泺，下云「古流字，放也」，內野本、足利本、上圖本（影）、《書古文訓》「流」字或作泺泺，為[glyph]汗5.61 [glyph]四2.23形之隸定。《箋正》云：「隸變流作㳆、㲻、㳅、不、㳊等形與『不』字似而非『不』也，正書即作『泺』，《國語》凡『流』字例作此體，《荀子·王制篇》『其泺長矣』亦有之，此作古文亦從『不』書之，謬。」其說是也，此形源自戰國[glyph]盆壺[glyph]璽彙0212[glyph]璽彙3201[glyph]郭店.緇衣30等形，秦繹山碑作：[glyph]，漢代隸變作[glyph]老子甲48 [glyph]孫臏28，傳抄古尚書[glyph]汗5.61 [glyph]四2.23 [glyph]六146諸形皆由此訛變。

（2）流流

敦煌本S799、P3871、岩崎本、九條本、內野本、足利本、上圖本（八）「流」字或作流流，與漢代隸變作流祀三公山碑同形。

（3）[glyph]

內野本「流」字或作[glyph]，其右訛變似「㐬」形。

【傳鈔古文《尚書》「流」字構形異同表】

傳抄古尚書文字 流（汗5.61 四2.23 六146）	戰國楚簡	石經	敦煌本	岩崎本b	神田本b	九條本	島田本b	內野本	上圖（元）	觀智院本b	天理本b	古梓堂本b	足利本	上圖本（影）	上圖本（八）	古文尚書晁刻	書古文訓	尚書篇目
流宥五刑			〔形〕P3315				〔形〕						〔形〕	〔形〕	〔形〕		〔形〕	舜典
流共工于幽洲							〔形〕						〔形〕	〔形〕	〔形〕			舜典
五流有宅五宅三居							〔形〕						〔形〕		〔形〕		〔形〕	舜典
餘波入于流沙								〔形〕					〔形〕				〔形〕	禹貢
東流為漢							〔形〕	〔ｖ〕									〔形〕	禹貢
西被于流沙朔南暨聲教							〔形〕	〔形〕					〔形〕				〔形〕	禹貢
有夏桀弗克若天流毒下國															〔形〕		〔形〕	泰誓中
血流漂杵			〔形〕S799														〔形〕	武成
乃流言於國															〔形〕		〔形〕	金縢
群叔流言																	〔形〕	蔡仲之命
敝化奢麗萬世同流			〔形〕										〔形〕	〔形〕			〔形〕	畢命
惟受責俾如流			〔形〕P3871				〔形〕						〔形〕	〔形〕				秦誓

唐石經	書古文訓	晁刻古文尚書	上圖本（八）	上圖本（影）	足利本	古梓堂	天理本	觀智院	上圖本（元）	內野本	島田本	九條本	神田本	岩崎本			敦煌本 P3315	魏石經	漢石經	戰國楚簡	舜典
鞭作官刑扑作教刑金作贖刑	㲋延官剉芥延教剉金延贖剉	㲋延官剉芥延教剉金延贖剉	鞭作官刑扑作教刑金作贖刑	鞭作官刑扑作教刑金作贖刑	鞭作官刑扑作教刑金作贖刑									鞭作官刑扑作教刑金作贖刑			㲋延官剉芥延教剉金延贖剉				鞭作官刑扑作教刑金作贖刑

263、鞭

「鞭」字在傳鈔古文《尚書》有下列不同字形：

（1）㲋汗1.14 㲋㲋四2.5 㲋1 㲋2

《汗簡》、《古文四聲韻》錄古尚書「鞭」字作：㲋汗1.14 㲋㲋四2.5，與《說文》古文作㲋同形，其下「攴」形略有寫誤，源自戰國作㲋望山2.8㲋郭店.老丙8㲋郭店.成之32㲋璽彙0399㲋陶彙4.62等形，為「鞭」字從又卜聲之異體。敦煌本《經典釋文・舜典》P3315「鞭」字作㲋1，下云「古文鞭字」，《書古文訓》作㲋2，皆㲋說文古文鞭之隸古定。

（2）鞭：鞭1鞭2鞭3

內野本「鞭」字作鞭1，足利本作鞭2，上圖本（影）作鞭3，其左皆從「革」字篆文之隸變（參見"革"字）。

【傳鈔古文《尚書》「鞭」字構形異同表】

鞭	傳抄古尚書文字 㲋汗1.14 㲋㲋四2.5	戰國楚簡	石經	敦煌本	岩崎本	神田本b	九條本	島田本b	內野本	上圖（元）	觀智院b	天理本	古梓堂b	足利本	上圖本（影）	上圖本（八）	古文尚書晁刻	書古文訓	尚書篇目
鞭作官刑				㲋 P3315					鞭					鞭	鞭	鞭		㲋	舜典

264、扑

「扑」字在傳鈔古文《尚書》有下列不同字形：

（1）𦮀汗1.5 𦮀朴.四5.3 𥎣荓

《汗簡》錄古尚書「扑」字作𦮀汗1.5，《古文四聲韻》錄此形注作「朴」字：𦮀朴.四5.3，「朴」爲「扑」之假借字，其形構當爲从艸卜聲，二形皆訛从二人，敦煌本《經典釋文・舜典》P3315「扑」字云又作𥎣，从竹仆聲，从「⺮」爲「竹」之隸變俗寫混作，《書古文訓》「扑」字作荓。

（2）荓：荓

敦煌本《經典釋文・舜典》P3315「扑」字作荓，下云「普卜反，徐敷卜反，字及（按：當爲「又」）作𥎣，注同楚荓」，「荓」爲「扑」之假借，與「𥎣」爲聲符替換。

（3）朴：朴

內野本、上圖本（影）、上圖本（八）「扑」字作朴，从「木」爲从「手」之訛，寫本中常見。

【傳鈔古文《尚書》「扑」字構形異同表】

扑 𦮀汗1.5 𦮀朴.四5.3	戰國楚簡	石經	敦煌本	岩崎本b	神田本b 九條本	島田本b	內野本	上圖本（元）	觀智院b	天理本b	古梓堂b	足利本	上圖本（影）	上圖本（八）	古文尚書晁刻	書古文訓	尚書篇目
扑作教刑			荓 P3315				朴						朴	朴		荓	舜典

265、金

「金」字在傳鈔古文《尚書》有下列不同字形：

（1）𨤾金

敦煌本《經典釋文・舜典》P3315「金」字作𨤾，下云「古金字」《書古文訓》「金」字或作金，爲《說文》金字篆文𨥉之隸古定。

（2）𨤾魏三體金金1金2

魏三體石經〈金縢〉「金」字古文作𨤾魏三體，《書古文訓》「金」字或作金金1爲此形隸古定，皆與《說文》古文作𨥉類同，惟多土字左上一點，源自𨤾史頌簋𨤾趙孟壺𨤾曾大保盆𨤾郐公孫班鎛𨤾陳財簋𨤾沈兒鐘等形，《古文四聲韻》錄《說文》「金」字即作此形：𨤾四2.26說文，《書古文訓》或作金2，乃金1形多一橫畫。

【傳鈔古文《尚書》「金」字構形異同表】

金	戰國楚簡	石經	敦煌本	岩崎本	神田本b	九條本	島田本b	內野本	上圖（元）	觀智院b	天理本	古梓堂b	足利本	上圖本（影）	上圖本（八）	古文尚書晁刻	書古文訓	尚書篇目
金作贖刑			金 P3315															舜典
水火金木土穀																	金	大禹謨
厥貢惟金三品																	金	禹貢
若金用汝作礪																	金	說命上
金曰從革																	金	洪範
武王有疾周公作金縢																	金	金縢
乃納冊于金縢之匱中																	金	金縢
以啓金縢之書			金（魏）															金縢

266、釗

「釗」字在傳鈔古文《尚書》有下列不同字形：

（1）釗

《書古文訓》「釗」字或作釗，偏旁从 金 說文古文金之隸古定。

【傳鈔古文《尚書》「釗」字構形異同表】

釗	戰國楚簡	石經	敦煌本	岩崎本	神田本b	九條本	島田本b	內野本	上圖（元）	觀智院b	天理本	古梓堂b	足利本	上圖本（影）	上圖本（八）	古文尚書晁刻	書古文訓	尚書篇目
朕言用敬保元子釗									釗								釗	顧命

267、眚

「眚」字在傳鈔古文《尚書》有下列不同字形：

（1）眚：

《書古文訓》「眚」字或作，為《說文》篆文之隸古定。

（2）眚₁眚₂

內野本、足利本、上圖本（影）、上圖本（八）「眚」字亦多作眚₁，《尚書隸古定釋文》卷１經文「眚災肆赦怙終賊刑」作**眚₁**，其下「目」訛作「月」。上圖本（影）或作眚₂，「目」訛似「日」，寫本中偏旁「目」、「月」、「日」常相寫混。

【傳鈔古文《尚書》「眚」字構形異同表】

眚	戰國楚簡	石經	敦煌本	岩崎本 神田本b	九條本 島田本b	内野本	上圖本（元）	觀智院b 天理本	古梓堂b 足利本	上圖本（影）	上圖本（八）	古文尚書晁刻 書古文訓	尚書篇目
眚災肆赦怙終賊刑			眚 P3315							眚		眚眚	舜典
人有小罪非眚乃惟終						眚			眚	眚	眚	眚	康誥
乃惟眚災						眚			眚	眚	眚	眚	康誥

268、災

「災」字在傳鈔古文《尚書》有下列不同字形：

（1）𤈦汗 **4.55** 𤈦四 **1.30** 秋

《汗簡》、《古文四聲韻》錄古尚書「災」字作：𤈦汗 **4.55** 𤈦四 **1.30**，即《說文》古文作秋，从火才聲，源自甲骨文作 㞢後 **2.8.18** 形，《說文》篆文作 𤈦，𤈦汗 **4.55** 𤈦四 **1.30** 秋 說文古文災爲聲符更替。敦煌本《經典釋文・舜典》P3315「災」字云「古文作秋」，秋即 秋 說文古文災隸定。

（2）𤎥汗 **4.55** 𤎥四 **1.30** 㘣

《汗簡》、《古文四聲韻》錄古尚書「災」字又作：𤎥汗 **4.55** 𤎥四 **1.30**，與《說文》篆文作 𤎥 同形，《書古文訓》或作此形隸定 㘣。

（3）宊 宊

神田本、上圖本（元）、上圖本（八）「災」字或作宊，此即《說文》「災」字或體 宊 之隸定，源自甲骨文作 宊 乙 **959**，从宀、火，爲會意字。

（4）𡧡𡧡𡧡 宊 **1** 𡧡 **2**

敦煌本《經典釋文・舜典》P3315「災」字作𡧡 **1**，下云「本又作宊，皆古宊字，害也，《說文》云宊，籀文𢦏字也，宊或𢦏字也，古文作秋」。敦煌本 P3670、P2643、P2516、P2643、岩崎本、內野本、上圖本（元）、足利本、上圖本（影）、上圖本（八）、《書古文訓》「災」字多作𡧡𡧡𡧡 **1**，《書古文訓》又或作宊 **1**，上圖本（影）或作𡧡 **2**，「火」寫似「大」，𡧡形疑由《說文》「災」字或體 宊 訛變，所从「宀」訛作「乃」。《集韻》平聲 16 咍韻「𢦏」（災）字「或从乃」作「𡧡」，又上聲 34 果韻「火」字古作「𡧡」。

（5）𤈦𤈦 **1** 𤈦𤈦 **2**

敦煌本 P3670、P2643、岩崎本、上圖本（元）、足利本、上圖本（影）、上圖本（八）「災」字或作𤈦𤈦 **1**，足利本、上圖本（影）或作𤈦𤈦 **2**，皆《說文》「災」字籀文 𤈦 之隸變俗寫，「火」或寫似「大」（𤈦 **1** 𤈦 **2**），「巛」或作三點（𤈦𤈦 **2**）。

【傳鈔古文《尚書》「災」字構形異同表】

傳鈔古尚書文字 災 汗4.55 四1.30	戰國楚簡	石經	敦煌本	岩崎本	神田本b	九條本	島田本b	內野本	上圖（元）觀智院b	天理本	古梓堂b	足利本	上圖本（影）	上圖本（八）	古文尚書晁刻	書古文訓	尚書篇目
眚災肆赦怙終賊刑			〔災〕P3315					〔災〕				〔災〕	〔災〕			〔災〕	舜典
降災于夏								〔災〕				〔災〕	〔災〕	〔災〕		〔災〕	湯誥
惟天降災祥在德								〔災〕	〔災〕			〔災〕	〔災〕	〔災〕		〔災〕	咸有一德
以自災于厥身			〔災〕P2643	〔災〕				〔災〕	〔災〕			〔災〕	〔災〕	〔災〕		〔災〕	盤庚上
作福作災			〔災〕P3670 〔災〕P2643	〔災〕				〔災〕	〔災〕			〔災〕	〔災〕	〔災〕		〔災〕	盤庚上
汝不謀長以思乃災			〔災〕P3670 〔災〕P2643	〔災〕				〔災〕	〔災〕			〔災〕	〔災〕	〔災〕		〔災〕	盤庚中
王子天毒降災荒殷邦			〔災〕P2643 〔災〕P2516	〔災〕				〔災〕	〔災〕			〔災〕	〔災〕	〔災〕		〔災〕	微子
今其有災我興受其敗			〔災〕P2643 〔災〕P2516	〔災〕				〔災〕	〔災〕			〔災〕	〔災〕	〔災〕		裁	微子
降災下民			〔災〕b		〔災〕			〔災〕				〔災〕	〔災〕			〔災〕	泰誓上
乃惟眚災適爾既道極厥辜								〔災〕				〔災〕	〔災〕	〔災〕		〔災〕	康誥

舜典	戰國楚簡	漢石經	魏石經	敦煌本P3315		岩崎本	神田本	九條本	島田本	內野本	上圖本（元）	觀智院	天理本	古梓堂	足利本	上圖本（影）	上圖本（八）	晁刻古文尚書	書古文訓	唐石經
欽哉欽哉惟刑之恤哉																			欽才欽才惟劃凷邨才	

269、之

「之」字在傳鈔古文《尚書》有下列不同字形：

（1）魏三體.多方 魏三體.文侯之命 1 2 3 4

魏三體石經〈多方〉、〈文侯之命〉「之」字古文分別作 多方 文侯之命，敦煌本 P5557、P3670、P2748、島田本、內野本、足利本、上圖本（影）、上圖本（八）、《書古文訓》「之」字多作 1，與魏三體、大徐本《說文》篆文「之」字 同形，爲該形之隸古定，秦文字亦作此形：睡虎地 23.1 足臂灸經 1 26 年詔權。《書古文訓》「之」字或作 2，爲段注本《說文》篆文「之」字 之隸定，源自金文作 縣妃簋 秦公簋 王婦匜等形。上圖本（八）或作 3，乃 1 之上析離作「山」形。

神田本、岩崎本「之」字或作 4，乃篆文「之」字 之隸變俗訛，形似漢帛書作 漢帛書.老子甲後 179。

（2）上博.緇衣 14 郭店.緇衣 26

楚簡上博〈緇衣〉、郭店〈緇衣〉引〈呂刑〉「惟作五虐之刑曰法」「之」字作 上博.緇衣 14 郭店.緇衣 26，源自東周金文作 智君子鑑 中山王鼎 秦王鐘 鄂君啓舟節 鑄客鼎 中山王兆域圖 君夫人鼎等形。

（3）

九條本〈君奭〉「丕承無疆之恤」「之」字作「維」，以「維」爲「之」。

（4）

島田本、九條本「之」字作 **出、出**，爲篆文 ☲ 隸古定作（1）**屮1** 形之訛誤，與「出」字形相混同。

【傳鈔古文《尚書》「之」字構形異同表】

之	戰國楚簡	石經	敦煌本	岩崎本 神田本b	九條本 島田本b	內野本	上圖（元）	觀智院b 天理本 古梓堂b	足利本	上圖本（影）	上圖本（八）	古文尚書晁刻	書古文訓	尚書篇目
虞舜側微堯聞之聰明						出				屮		屮	屮	舜典
欽哉欽哉惟刑之恤哉									出	屮		屮	屮	舜典
以干百姓之譽						屮			出	屮		屮	屮	大禹謨
予欲觀古人之象						屮			出	屮		屮	屮	益稷
又東爲滄浪之水						出					屮	屮	屮	禹貢
須于洛汭作五子之歌					屮	出					屮	屮	屮	五子之歌
御其母以從徯于洛之汭						屮			屮	屮	屮	屮	屮	五子之歌
湯征諸侯葛伯不祀湯始征之作湯征			屮 P5557			屮			出	屮		屮	屮	胤征
先王顧諟天之明命						屮			出	屮		屮	屮	太甲上
乃話民之弗率			土 P3670			屮			出			屮	屮	盤庚中
肆上帝將復我高祖之德			土 P2516			屮			出			屮	屮	盤庚下
知之曰明哲					犬	出			出			屮	屮	說命上
曰非知之艱行之惟艱					犬	屮				屮		屮	屮	說命中
祖己訓諸王作高宗肜日高宗之訓					犬	屮				屮		屮	屮	高宗肜日
惟一心商罪貫盈天命誅之					史b	屮				屮		屮	屮	泰誓上
斮朝涉之脛						屮				屮		屮	屮	泰誓下

句例										篇名
日逖矣西土之人					屮			屮	屮	牧誓
汝則念之不協于極				屮b	屮				屮	洪範
致于異姓之邦				屮b	屮				屮	旅獒
四方之民罔不祗畏				屮b	屮			屮	屮	金滕
聽祖考之彝訓					屮				屮	酒誥
克受殷之命							屮	屮		酒誥
此厥不聽人乃訓之	魏	屮 P2748			屮			屮	屮	無逸
丕承無疆之恤		P2748 缺「之」		維	屮			屮		君奭
爾曷不忱裕之于爾多方	魏				屮			屮	屮	多方
惟羞刑暴德之人	魏				屮			屮	屮	立政
惟作五虐之刑曰法	上博.緇衣14 / 郭店.緇衣26							屮	屮	呂刑
平王錫晉文侯秬鬯圭瓚作文侯之命	魏				屮			屮	屮	文侯之命
我心之憂日月逾邁				屮	屮			屮	屮	秦誓

270、恤

「惟刑之恤哉」,《史記・五帝本紀》「恤」字作「靜」,徐廣注云:「今文惟刑云謐哉」〈索隱〉曰:「案古文作『卹哉』。且今文是伏生口誦,『卹』、『謐』音近,遂作『謐』也。」潘岳〈籍田賦〉李善注引《尚書》作「卹」。

「恤」字在傳鈔古文《尚書》有下列不同字形:

（1）[圖]魏三體[圖]卹1[圖]卹2

魏三體石經〈君奭〉「罔不秉德明恤」「恤」字古文從「卩」作[圖],〈大誥〉「無毖于恤」《說文》比部「毖」字下引作「周書曰『無毖于卹』」,「恤」字亦作「卹」,偏旁「忄」「卩」形符更替。《汗簡》錄石經作[圖]汗4.49卹.見石經,《箋正》謂「石經尚書古文卹作[圖],郭氏「血」形每改如此」,敦煌本P2748、《書

古文訓》「恤」字亦作 1，即《說文》血部「卹」字，此形源於 五祀衛鼎
縣妃簋 追簋 追簋 邾公華鐘 曾姬無卹壺 曹卹父鼎，上圖本（影）或作
2，右爲「卩」訛作「刀」形。《尚書隸古定釋文》卷2.10云：「恤與卹同。
〈唐風・羔裘〉小序「不恤其民也」《釋文》云『恤』本亦作卹。」按「邺」
即「卹」字隸變俗寫，「卩」旁俗混作「阝」。

（2） 邺1邺邺2邺3

敦煌本P2643、內野本、足利本、上圖本（影）、上圖本（八）、《書古文訓》
「恤」字或作邺1，敦煌本《經典釋文・舜典》P3315「恤」字作邺2，下云「峻
律反，憂也」敦煌本P2516、S2074岩崎本、九條本、觀智院本、上圖本（八）
亦或作邺2形，「血」上多一短橫，邺1邺邺2皆「卹」字篆文 之隸變，如
秦簡作 睡虎地53.26、漢碑作 耿勳碑。敦煌本P2630、上圖本（元）「恤」字
或作邺3，其偏旁「血」字與「面」混近。

【傳鈔古文《尚書》「恤」字構形異同表】

恤	戰國楚簡	石經	敦煌本	岩崎本	神田本b	九條本b	島田本b	內野本	上圖（元）	觀智院b	天理本b	古梓堂b	足利本	上圖本（影）	上圖本（八）	古文尚書晁刻	書古文訓	尚書篇目
惟刑之恤哉			邺 P3315					恤									卹	舜典
我后不恤我眾							邺										卹	湯誓
不易永敬大恤			邺 P2643 邺 P2516	邺				邺	邺				邺	邺	邺		卹	盤庚中
越予沖人不卯自恤														邺			卹	大誥
惟我一人弗恤						邺											卹	酒誥
亦無疆惟恤						邺		邺						邺	邺		卹	召誥
越王顯上下勤恤						邺											卹	召誥
罔不明德恤祀			血1 P2748					邺							邺		卹	多士
罔不秉德明恤		魏															卹	君奭

君奭	立政	顧命	康王之誥	呂刑	文侯之命

（恤字字形表）

字頭	隸古定本等	字形	出處
丕承無疆之恤			君奭
知恤鮮哉	S2074 / P2630		立政
延入翼室恤宅宗		b	顧命
克恤西土		b	康王之誥
乃命三后恤功于民			呂刑
惟祖惟父其伊恤朕躬			文侯之命

舜典	戰國楚簡	漢石經	魏石經	敦煌本 P3315			岩崎本	神田本	九條本	島田本	內野本	上圖本（元）	觀智院	天理本	古梓堂	足利本	上圖本（影）	上圖本（八）	晁刻古文尚書	書古文訓	唐石經
流共工于幽州放驩兜于崇山											流共工于幽洲放驩兜于崇山	流共工于幽洲放驩兜于崇山				流共工于幽洲放驩兜于崇山	流共工于幽洲放驩兜于崇山	流共工于幽洲放驩兜于崇山	流共工于幽洲放驩兜于崇山	流共工于幽洲放驩兜于崇山	流共工于幽洲放驩兜于崇山

271、洲

「幽洲」,《史記・五帝本紀》作「幽陵」,《後漢書・侯霸傳》引書作「幽都」,《孟子・萬章》、鄭玄注《禮記》引〈堯典〉、《大戴禮》、《淮南子》、《漢書・王莽傳》「洲」字皆作「州」。

「洲」字於《尚書》僅有此例,《書古文訓》作州,即《汗簡》、《古文四聲韻》錄古尚書「州」字汗1.11 汗5.62 四2.24,《說文》「州」字古文之古文形體,「州」為「洲」之初文。

【傳鈔古文《尚書》「洲」字構形異同表】

洲	戰國楚簡	石經	敦煌本	岩崎本b	神田本b	九條本	島田本b	內野本	上圖（元）b	觀智院b	天理本	古梓堂b	足利本	上圖本（影）	上圖本（八）	古文尚書晁刻	書古文訓	尚書篇目
流共工于幽洲																	巛	舜典

272、崇

「崇」字在傳鈔古文《尚書》有下列不同字形：

（1）🔲 汗 4.51 🔲 四 1.11 寴寴寴1 峉2

《汗簡》、《古文四聲韻》錄古尚書「崇」字作：🔲 汗 4.51 🔲 四 1.11，《漢書·郊祀志》「寴高」，顏師古曰：「寴，古崇字」，袁良碑亦作「寴」，此山形下移，類同「陵」字作🔲 克鼎、「嵩」字作🔲 郭店.語叢 3.15、「巍」字作🔲 睡虎地 4.15🔲 春秋事語 29。🔲 四 1.115 則其「宗」形寫誤。

敦煌本《經典釋文·舜典》P3315「崇」字作寴1，下云「古崇字」，敦煌本 S799、上圖本（八）、《書古文訓》「崇」字或作寴寴1，唐寫本《玉篇》山部「崇」字下「寴」字云：「《說文》『崇』字山或在宗下」，是《說文》「崇」下應有或體「寴」字。上圖本（元）「崇」字或作峉，為「寴」之寫誤。

（2）🔲 魏三體

〈君奭〉「其終出于不祥」魏三體石經作「其崇出于不祥」「崇」字古文作🔲，此當从宗从木之訛，即《古文四聲韻》「崇」字錄🔲 四 1.115 王存乂切韻之形，與「崇」為義符更替，「木」「山」義類可通。

（3）知：知 隸釋

《隸釋》錄漢石經尚書〈盤庚中〉「高后丕乃崇降罪疾」「崇」字作知，《撰異》云：「此今文尚書也，崇作知」「知」、「崇」一聲之轉。

（4）興：興 隸釋

《隸釋》錄漢石經尚書〈盤庚中〉「迪高后丕乃崇降弗祥」「崇」字作興，「弗祥」作「不永」，《撰異》云：「此今文尚書也，崇作興。」「崇」、「興」音義可相通。

（5）重：重

內野本〈多方〉「崇亂有夏」「崇」字作「重」重，「崇」、「重」是音義近同，其下《傳》云：「重亂有夏」，《正義》曰：《釋詁》云：『崇，重也』桀既為惡政無以悛改，乃復大下罪罰於民，重亂有夏之國，言其殘虐大也。」

（6）崇

九條本「崇」字作崇，為「崇」之寫誤，「宗」誤作「宋」。

【傳鈔古文《尚書》「崇」字構形異同表】

傳抄古尚書文字 崇〔汗4.51〕〔四1.11〕	戰國楚簡	石經	敦煌本	岩崎本	神田本b	九條本	島田本b	內野本	上圖（元）	觀智院b	天理本b	古梓堂本b	足利本	上圖本(影)	上圖本(八)	古文尚書晁刻	書古文訓	尚書篇目
放驩兜于崇山			〔崈〕P3315														〔崈〕	舜典
欽崇天道永保天命																	〔崈〕	仲虺之誥
高后丕乃崇降罪疾		知（隸釋）															〔崈〕	盤庚中
迪高后丕乃崇降弗祥		興（隸釋）						〔峉〕									〔崈〕	盤庚中
崇信姦回																	〔崈〕	泰誓下
是崇是長是信是使							〔宗〕								〔宗〕		〔崈〕	牧誓
惇信明義崇德報功			〔宗〕S799				〔宗〕										〔崈〕	武成
惟稽古崇德象賢																	〔崈〕	微子之命
矧曰其敢崇飲																	〔崈〕	酒誥
其終（魏三體作「崇」）出于不祥		道（隸釋）／〔魏形〕魏						其〔某〕									〔宋〕	君奭
崇亂有夏						崇		重							重		〔崈〕	多方
功崇惟志業廣惟勤															〔崈〕		〔崈〕	周官

舜典	戰國楚簡	漢石經	魏石經	敦煌本P3315			岩崎本	神田本	九條本	島田本	內野本	上圖本（元）	觀智院	天理本	古梓堂	足利本	上圖本（影）	上圖本（八）	晁刻古文尚書	書古文訓	唐石經
竄三苗于三危殛鯀于羽山				竄…叔又文字 叚古文三 苗 殛 紐力久練也經同 鯀							竄弎苗亐弎危殛鯀亐羽山						竄弎苗亐弎危殛鯀亐羽山	竄三苗于三危殛鯀于羽山	竅弎岀亐弎召殛骹亐羽山	竅弎苗亐三危殛鯀于羽山

273、竄

「竄」字在傳鈔古文《尚書》有下列不同字形：

（1）[image]汗3.39 竅

《汗簡》錄古尚書「竄」字作：[image]汗3.39，《書古文訓》「竄」字作竅，即此形之隸古定訛變，右下「又」訛作「殳」，此從宀叔聲，《說文》宀部「竅，塞也，從宀叔聲，讀若虞書曰『竅三苗』之竅」段注本改作「『竄三苗』之竄」謂《說文》「凡云讀若例不用本字，倘尚書作『竅』，又不當言讀若也」古音「竅」與「竄」同，是《尚書》原即作「竄」。陳喬樅《經說考》則云：「段說未審。作『竄』者今文尚書也，……『竄』字古文作『竅』，許所引《虞書》據古文也。後人轉寫，不能分別『竅』、『竅』二字，故二『竅』字誤爲『竅』。與上文『竅』本字同耳。《集韻》云：『竄，古作竅。』……《大戴禮》叔，叔字亦竅字之訛」。

（2）竄：竄竄1 竄竄2

敦煌本《經典釋文‧舜典》P3315「竄」字作竄1，內野本、上圖本（八）亦作此形竄1，足利本、上圖本（影）作竄竄2，皆「竄」字之隸變。

（3）竄

敦煌本P3462「竄」字作竄，乃偏旁「穴」俗省訛作「宀」。

【傳鈔古文《尚書》「竄」字構形異同表】

竄 傳抄古尚書文字 竄汗3.39	戰國楚簡	石經	敦煌本	岩崎本	神田本b	九條本	島田本b	內野本	上圖（元）	觀智院b	天理本	古梓堂b	足利本	上圖本（影）	上圖本（八）	古文尚書晁刻	書古文訓	尚書篇目
竄三苗于三危			竄 P3315 竄 P3462					竄						竄 竄 竄			竅	舜典

274、危

「危」字在傳鈔古文《尚書》有下列不同字形：

（1）危汗4.51 危四1.17 召

《汗簡》、《古文四聲韻》錄古尚書「危」字作：危汗4.51 危四1.17，《書古文訓》「危」字皆作召，《玉篇》山部「岙」、「峊」字云「人在山上，今作危」，即戰國作：岙郭店.六德17 危璽彙0122 危璽彙3171 危璽彙3335 等形，亦從人在山上，岙、峊、召皆為危汗4.51 危四1.17之隸古定。

（2）危危₁匥₂色₃

岩崎本、九條本「危」字或作危危₁，觀智院本或作匥₂，皆「危」字篆文隸變作危相馬經23上之訛，字形寫似「匡」字隸變俗作匡一號墓竹簡1.79 匥相馬經17下，岩崎本「危」字又或省訛作色₃，與「色」字隸變俗作色漢帛.老子甲111 色相馬經74上訛混。

【傳鈔古文《尚書》「危」字構形異同表】

危 傳抄古尚書文字 危汗4.51 危四1.17	戰國楚簡	石經	敦煌本	岩崎本	神田本b	九條本	島田本b	內野本	上圖（元）	觀智院b	天理本	古梓堂b	足利本	上圖本（影）	上圖本（八）	古文尚書晁刻	書古文訓	尚書篇目
竄三苗于三危																	召	舜典
人心惟危道心惟微																	召	大禹謨
三危既宅三苗丕敘少						危											召	禹貢
導黑水至于三危																	召	禹貢

慄慄危懼				卪	湯誥
惟難無安厥位惟危			危b	卪	太甲下
居寵思危				卪	周官
父師邦之安危		厄		卪	畢命
心之憂危		危		卪	君牙

275、殛

《說文》卷四下歺部「殛」字引《尚書》:「虞書曰殛鯀于羽山」段注云:「此引經言假借也,殛本殊殺之名……堯典殛鯀,則爲『極』之假借,非殊殺也。左傳曰:『流四凶族,投諸四裔。』劉向曰:『舜有四放之罰。』屈原曰:『永遏在羽山,夫何三年不施?』王注:『言堯長放鯀於羽山,絕在不毛之地,三年不舍其罪也。』鄭志:『荅趙商云:鯀非誅死。鯀放居東裔,至死不得反於朝……』周禮:『廢,以馭其罪。』注:『廢猶放也。舜極鯀於羽山是也。』此條〈釋文〉宋本極、紀力反可證。〈洪範〉『鯀則殛死』〈釋文〉:『殛本又作極。』〈多方〉:『我乃其大罰殛之。』〈釋文〉:『殛本又作極。』〈左傳〉昭七年:『昔堯殛鯀於羽山。』〈釋文〉:『殛本又作極』。」又指《詩》〈魯頌〉「致天之屆,于牧之野」〈箋〉引《書》「鯀則極死」、〈小雅〉「後予極焉」二〈箋〉及〈正義〉而謂「〈釋言〉之爲極誅甚明。」「〈洪範〉、〈多方〉「殛」字鄭玄皆作「極」例之。則知《周禮》注引極鯀於羽山。鄭所見《尚書》自是作極不作殛也。」段注以爲「殛」乃「極」之假藉字,〈釋文〉、《爾雅·釋言》、《周禮》、鄭玄所見、注之《尚書》皆做「極」,放逐之意。

「殛」字在傳鈔古文《尚書》有下列不同字形:

(1) 殛1 殛2 殛3 殛4 殛5

《書古文訓》「殛」字作殛1,左從「歹」字篆文𣥂之隸古形,內野本、足利本、上圖本（影）或作殛2,其右「又」形省作𠂆,足利本、上圖本（八）或作殛3,其下橫變作「灬」,寫本中常見。

上圖本（影）「殛」字或作殛4,上圖本（八）或作殛2,其右「瓸」橫筆之上訛作「豕」形,殛5則其下橫變作「灬」。

(2) 極 極

足利本、上圖本（影）「殛」字或作「極」極極。與前文《說文・段注》
謂今本「殛」乃「極」之假藉字，「極」，放逐之意，正相合。

（3）極₁極據₂

敦煌本 S2074「殛」字或作極₁，島田本、九條本或作極據₂，所從「扌」
當爲「木」之訛，扌、木偏旁寫本常相混，此亦作「極」。

【傳鈔古文《尚書》「殛」字構形異同表】

殛	戰國楚簡	石經	敦煌本	岩崎本b	神田本b	九條本b	島田本b	內野本	上圖（元）	觀智院b	天理本	古梓堂b	足利本	上圖本（影）	上圖本（八）	古文尚書晁刻	書古文訓	尚書篇目
殛鯀于羽山			殛 P3315											殛	殛			舜典
有夏多罪天命殛之						據	殛						殛	殛	殛	極		湯誓
鯀則殛死禹乃嗣興			極b				殛						殛					洪範
惟天其罰殛我													殛					康誥
我乃其大罰殛之			極 S2074				據	殛					極	極	殛			多方

舜典	戰國楚簡	漢石經	魏石經	敦煌本 P3315			岩崎本	神田本	九條本	島田本	內野本	上圖本（元）	觀智院	天理本	古梓堂	足利本	上圖本（影）	上圖本（八）	晁刻古文尚書	書古文訓	唐石經
四罪而天下咸服	▨			三辠以皇字從自辠辠從皇非之也其			三辠而天下咸服				三辠而天下咸服					三辠而天下咸服	四罪而无下咸服	四罪而天下咸服	三辠而天下咸服		四罪而天丅咸㸚

276、罪

「罪」字在傳鈔古文《尚書》有下列不同字形：

（1）皋：皋汗 6.80 皋魏三體皋皋₁皋皋₂皋皋₃皋₄皋₅皋₆

《汗簡》錄古尚書「罪」字作：皋汗 6.80，魏三體石經〈無逸〉「罪」字古

文作𦍋，爲《說文》辛部「辠」字，即「罪」本字，內野本、足利本、上圖本（影）、上圖本（八）、《書古文訓》亦或作「辠」辠辠，敦煌本《經典釋文・舜典》P3315「罪」字作辠₂，下云「古文罪字，從自辛（辛），秦始皇以其似皇字，改從罒非之也」，敦煌本 S5745、S801、岩崎本、內野本、足利本、上圖本（影）「辠」字或作此辠辠₂形，所從「辛」字寫作「幸」；P3670、P2643、P2516、S799、P2748、S2074、岩崎本、九條本、上圖本（元）或作辠辠₃，其下寫作「幸」；上圖本（八）或從白作辠₄，上圖本（影）或作辠₅從白從辛。

足利本、上圖本（影）「罪」字作「辠」或作辠₆形，其上「自」形橫作「屮」。

（2）辠：辠汗6.80𦍋魏三體辠辠₁辠辠₂辠辠₃辠₄₅辠₆

《汗簡》錄古尚書「罪」字作：辠汗6.80，魏三體石經〈無逸〉「罪」字古文作𦍋，爲《說文》辛部「辠」字，即「罪」本字，內野本、足利本、上圖本（影）、上圖本（八）、《書古文訓》亦或作「辠」辠辠，敦煌本《經典釋文・舜典》P3315「罪」字作辠₂，下云「古文罪字，從自辛（辛），秦始皇以其似皇字，改從罒非之也」，敦煌本 S5745、S801、岩崎本、內野本、足利本、上圖本（影）「辠」字或作此辠辠₂形，所從「辛」字寫作「幸」；P3670、P2643、P2516、S799、P2748、S2074、岩崎本、九條本、上圖本（元）或作辠辠₃，其下寫作「幸」；上圖本（八）或從白作辠₄，上圖本（影）或作辠₅從白從辛。

足利本、上圖本（影）「罪」字作「辠」或作辠₆形，其上「自」形橫作「屮」。

（3）罪：罪漢石經罪隸釋

漢石經殘碑〈康誥〉作罪，《隸釋》錄漢石經尚書「罪」字作罪，皆「罪」字隸寫俗變。

（4）罰：罰

〈康誥〉「惟厥罪無在大亦無在多」上圖本（八）「罪」字作罰，以義近字「罰」替換。

【傳鈔古文《尚書》「罪」字構形異同表】

傳抄古尚書文字 罪 辜汗6.80	戰國楚簡	石經	敦煌本	岩崎本／神田本b	九條本／島田本b	內野本	上圖（元）／觀智院b	天理本／古梓堂本b	足利本	上圖本（影）	上圖本（八）	古文尚書晁刻	書古文訓	尚書篇目
四罪而天下咸服			辠 P3315			辠			辠	辠			辠	舜典
罪疑惟輕功疑惟重			辠 S5745			辠			辠	辠			辠	大禹謨
奉辭罰罪			辠 S801			辠			辠	辠	辠		辠	大禹謨
負罪引慝						辠			辠	辠			辠	大禹謨
天討有罪						辠			辠	辠			辠	皋陶謨
有夏多罪					辠	辠			辠	辠	辠		辠	湯誓
奉若天命夏王有罪						辠			辠	辠	辠		辠	仲虺之誥
降災于夏以彰厥罪						辠			辠	辠	辠		辠	湯誥
無有遠邇用罪伐厥死			辠 P3670 辠 P2643	辠		辠	辠		辠	辠			辠	盤庚上
高后丕乃崇降罪疾		閈 隸釋	辠 P2643	辠		辠	辠		辠	辠			辠	盤庚中
先后丕降與汝罪疾			辠 P2643 辠 P2516	辠		辠	辠		辠	辠	辠		辠	盤庚中
民有不若德不聽罪		閈 隸釋	辠			辠	辠						辠	高宗肜日
凡有辜罪			辠 P2643	辠		辠	辠						辠	微子
非予武惟朕文考無罪			辠 S799	辠		辠					辠		辠	泰誓下
乃惟四方之多罪逋逃			辠 S799	辠		辠					辠		辠	牧誓
厎商之罪			辠 S799			辠					辠		辠	武成
凡民自得罪寇攘姦宄殺越人于貨		罪 漢				辠							辠	康誥

惟厥罪無在大亦無在多									罪	辠	康誥
予惟率肆矜爾非予罪	辠 隸釋 P2748	辠		辠						辠	多士
亂罰無罪	魏 / 辠 P3767 辠 P2748	辠		辠					辠	辠	無逸
要囚殄戮多罪	辠 S2074	辠	辠						辠	辠	多方
惟內惟貨惟來其罪惟均	辠	辠							辠	辠	呂刑

舜典	戰國楚簡	漢石經	魏石經	敦煌本 P3315		岩崎本	神田本	九條本	島田本	內野本	上圖本（元）	觀智院	天理本	古梓堂	足利本	上圖本（影）	上圖本（八）	晁刻古文尚書	書古文訓	唐石經
二十有八載帝乃殂落百姓如喪考妣				放歡…迺殂…帝乃殂落…如喪…孝妣						式十有八載帝乃殂落百姓如喪考妣						二十有八載帝乃殂落百姓如喪考妣	二十有八載帝乃殂落百姓如喪考妣	二十有八載帝乃殂落百姓如喪考妣	弍十有八載帝乃殂落百姓如喪亏妣	廿有八載帝乃殂落百姓如喪考妣

277、殂

「帝」即堯也，先秦及漢籍此文多作堯名「放勛（勳）」，「殂」或作「徂」，《撰異》云：「《孟子》、《春秋繁露》、《帝王世紀》皆作放勳字，董子用今文尚書者，許叔重、皇甫士並用古文尚書者，疑古文作『放勛』今文作『放勳』，皆不作『帝』也。」《說文》力部「勳」古文从員作「勛」，歺（歹）部「殂，往死也。……虞書曰：放勛乃殂落。（古文字），古文殂」小徐本引作「虞書曰：勛乃殂」，段注本據宋本說文及洪邁所引改作「勛乃殂」，謂「許所傳真壁中古文無放、落

二字」。敦煌本《經典釋文・舜典》P3315 作「放勛迺殂」，下云「馬鄭本同，方興本作『帝乃殂落』」。

《爾雅・釋詁》云：「殂落，死也」。重刊宋本《孟子・萬章上》引作〈堯典〉曰：「二十有八載，放勛乃殂落」，《論衡・氣壽篇》、《群書治要》皆引作「徂」，漢碑〈涼州刺史魏元丕碑〉、〈祝長嚴訢碑〉等作「徂落」，是漢今文多作「徂」。

「殂」字在傳鈔古文《尚書》有下列不同字形：

（1）𣨛汗2.20殂1殂2

《汗簡》錄古尚書「殂」字作：𣨛汗2.20，敦煌本《經典釋文・舜典》P3315「殂」字作殂，下云「本又作殂1，古文作殂2，皆古殂字（按殂疑徂之誤）」。殂1形構與《說文》「𣨛古文殂从歺从作」所云同，然𣨛說文古文殂形構實爲从古文死𣦵从乍，𣨛汗2.20即是𣨛說文古文殂，殂2則《說文》古文殂𣨛之隸定。「殂」、殂1殂2（殍殌）屬聲符替換。

（2）𣨛汗2.20

《汗簡》錄古尚書「殂」字又作：𣨛汗2.20，从古文歺尸、乍，與「殂」屬聲符替換。

（3）𣨛汗2.20

《汗簡》錄古尚書「殂」字又作：𣨛汗2.20，《古文四聲韻》錄《汗簡》此形於「徂」字下作徂四1.26，𣨛汗2.20形「虍」上少一短橫，古从且、从虘、虞、昜、偏旁可互換，如「詛」作䛐、䜘詛.汗1.3，楚簡「組」作組包山259組仰天.25.24等。

（4）祖：

上圖本（影）「殂」字作祖，當爲音同形近而作「祖」。

【傳鈔古文《尚書》「殂」字構形異同表】

傳抄古尚書文字 殂 汗2.20	戰國楚簡	石經	敦煌本	岩崎本	神田本b	九條本b	島田本b	內野本	觀智院b 上圖（元）	天理本b	古梓堂b	足利本	上圖本（影）	上圖本（八）	古文尚書晁刻	書古文訓	尚書篇目
帝乃殂落			殂 P3315													祖	舜典

278、落

《書古文訓》「殂落」作殂龍，龍為「殂」字，即《說文》古文殂龍之隸古字形，疑與上文「殂」字相涉而「落」字誤作「龍」，或其本無「落」字。

【傳鈔古文《尚書》「落」字構形異同表】

落	戰國楚簡	石經	敦煌本	岩崎本	神田本b	九條本b	島田本b	內野本	觀智院b 上圖（元）	天理本b	古梓堂b	足利本	上圖本（影）	上圖本（八）	古文尚書晁刻	書古文訓	尚書篇目
帝乃殂落														落		龍	舜典

279、喪

「喪」字在傳鈔古文《尚書》有下列不同字形：

（1）魏三體 嵼嵼嵼嵼嵼嵼嵼1 嵼2 嵼嵼嵼嵼嵼3 嵼嵼嵼4 嵼5

魏三體石經〈多士〉「喪」字古文作魏三體，《書古文訓》「喪」字作嵼嵼嵼嵼嵼嵼嵼1 嵼2等形，皆魏三體之隸古定訛變，源自易鼎形，其上或隸變俗寫作屮、出、山、止、屮、口等諸形組合，嵼2則所從「亡」訛作「土」。《古文四聲韻》「喪」字錄《汗簡》作嵼四2.17與1、2形形近。上圖本（八）或作嵼嵼嵼嵼3、內野本或作嵼3，其上俗訛或似「夾」形；內野本、足利本、上圖本（影）或作嵼嵼嵼9，其下所從「亡」俗訛似「己」；上圖本（八）或訛作嵼10。上述諸形亦由魏三體隸古定訛變。

（2）魏三體（篆）嵼嵼1 嵼2 嵼3 嵼嵼4 嵼5 嵼6 嵼7 嵼8 嵼9

魏三體石經〈多士〉「喪」字篆文作，《書古文訓》「喪」字或作嵼1，敦煌本P2643作嵼1，此即「喪」字篆文之隸古定字形，敦煌本《經典釋文·

舜典》P3315「喪」字作（字形）[2]，敦煌本 S799 作（字形）[3]、P2748、上圖本（元）分別或作（字形）（字形）[4]，九條本或作（字形）[5]，形如漢代作（字形）漢帛書.老子乙 247 上（字形）韓仁銘。敦煌本 P2516、S799「喪」字作（字形）[6]，觀智院本、上圖本（元）或作（字形）[7]，內野本、足利本、上圖本（影）、上圖本（八）或作（字形）[8]，形如漢代作（字形）漢帛書.老子甲 157（字形）武威簡.服傳 37（字形）孔彪碑，皆「喪」字篆文之隸變。

內野本、足利本、上圖本（影）、上圖本（八）〈伊訓〉「卿士有一于身家必喪」「喪」字皆作（字形）[9]，爲篆文「喪」字之隸訛，其下所从「亡」訛作「止」。

（3）（字形）

敦煌本《經典釋文‧舜典》P3315「喪」字作（字形），下云「古作（字形）」，與《古文四聲韻》「喪」字錄（字形）四 2.17 古老子（字形）張揖集形近，當由金文作：（字形）旂作父戊鼎（字形）毛公鼎（字形）洹子孟姜壺演變而訛。

【傳鈔古文《尚書》「喪」字構形異同表】

喪	戰國楚簡	石經	敦煌本	岩崎本	神田本b	九條本	島田本b	內野本	上圖（元）	觀智院b	天理本b	古梓堂本b	足利本	上圖本（影）	上圖本（八）	古文尚書晁刻	書古文訓	尚書篇目
百姓如喪考妣			字形 P3315					字形					字形	字形	字形		字形	舜典
時日曷喪								字形					字形	字形	字形		字形	湯誓
卿士有一于身家必喪								字形					字形	字形	字形		字形	伊訓
王宅憂亮陰三祀既免喪			字形 P2643					字形	字形				字形	字形	字形		字形	說命上
喪厥善矜其能			字形 P2516					字形					字形	字形	字形		字形	說命中
乃能責命于天殷之即喪			字形 P2516					字形	字形				字形	字形	字形		字形	西伯戡黎
惟受罪浮于桀剗喪元良								字形					字形	字形	字形		字形	泰誓中
上帝弗順祝降時喪			字形 S799					字形					字形	字形	字形		字形	泰誓下
重民五教惟食喪祭			字形 S799					字形					字形	字形	字形		字形	武成
玩人喪德玩物喪志								字形					字形	字形			字形	旅獒

經文			魏/P2748						篇名
天惟喪殷				〔字形〕		〔字形〕〔字形〕〔字形〕		〔字形〕	大誥
我民用大亂喪德				〔字形〕		〔字形〕〔字形〕		〔字形〕	酒誥
用燕喪威儀				〔字形〕		〔字形〕〔字形〕		〔字形〕	酒誥
故天降喪于殷罔愛于殷				〔字形〕		〔字形〕〔字形〕〔字形〕		〔字形〕	酒誥
降若茲大喪	〔字形〕魏 / 宣 P2748			〔字形〕		〔字形〕〔字形〕〔字形〕		〔字形〕	多士
凡四方小大邦喪	宣 P2748			〔字形〕		〔字形〕〔字形〕〔字形〕		〔字形〕	多士
天降喪于殷	宣 P2748			〔字形〕		〔字形〕〔字形〕〔字形〕		〔字形〕	君奭
喪大否肆念我天威	宣 P2748	〔字形〕〔字形〕				〔字形〕〔字形〕〔字形〕		〔字形〕	君奭
天惟降時喪		〔字形〕	〔字形〕			〔字形〕〔字形〕〔字形〕		〔字形〕	多方
相揖趨出出釋冕反喪服		〔字形〕 〔字形〕b				〔字形〕〔字形〕〔字形〕		〔字形〕	康王之誥

舜典	戰國楚簡	漢石經	魏石經	敦煌本 P3315			岩崎本	神田本	九條本	島田本	內野本	上圖本（元）	觀智院	天理本	古梓堂	足利本	上圖本（影）	上圖本（八）	晁刻古文尚書	書古文訓	唐石經
三載四海遏密八音				〔字形〕三泉…邊…音							〔字形〕弍載三泉邊密八音						〔字形〕	〔字形〕弍載三泉過密八音	〔字形〕三載四海遏密八音	〔字形〕弍載三泉過密八音	〔字形〕三載四海遏密八音

280、海

「海」字在傳鈔古文《尚書》有下列不同字形：

（1）〔字形〕汗5.61 〔字形〕四3.13 〔字形〕〔字形〕〔字形〕〔字形〕1 〔字形〕2

《汗簡》、《古文四聲韻》錄古尚書「海」字作：〔字形〕汗5.61 〔字形〕四3.13，《古文四聲韻》錄古孝經作：泉四3.13，敦煌本《經典釋文・舜典》P3315「海」字作〔字形〕，下云「古海字」，敦煌本《經典釋文・舜典》P3315「海」字作泉1，尚書敦煌諸本、日諸古寫本、《書古文訓》、晁刻古文尚書多作泉泉〔字形〕1，《書古文訓》或缺筆作泉2，皆作水旁下移，與「洛」字作〔字形〕汗5.61古尚書 〔字形〕四5.24古

尚書 𣲩 書古文訓類同。

（2） 𣲩 汗 5.61

《汗簡》錄古尚書「海」字又作：𣲩 汗 5.61，《古文四聲韻》錄《汗簡》則作 𣲩 四 3.13 汗簡，是知 𣲩 汗 5.61 寫誤。

（3） 𣲩

〈周官〉「統百官均四海」足利本、上圖本（影）「海」字水旁移於上作 𣲩。

【傳鈔古文《尚書》「海」字構形異同表】

傳抄古尚書文字 海 𣲩汗5.61 𣲩四3.13	戰國楚簡	石經	敦煌本	岩崎本b	神田本b 九條本	島田本b	內野本	上圖（元）觀智院b 上圖本	天理本b	古梓堂本b	足利本	上圖本（影）	上圖本（八）	古文尚書晁刻	書古文訓	尚書篇目
四海遏密八音			𣲩 P3315				𣲩				𣲩	𣲩	海			舜典
敷於四海							𣲩				𣲩	𣲩	海		𣲩	大禹謨
四海困窮天祿永終			𣲩 S801				𣲩				𣲩	𣲩			𣲩	大禹謨
予決九川距四海							𣲩				𣲩	𣲩	𣲩		𣲩	益稷
外薄四海咸建五長							海						𣲩		𣲩	益稷
海岱惟青州嵎夷既略			𣲩 P3615	𣲩			𣲩						𣲩			禹貢
海濱廣斥厥田惟上下			海 P3615	𣲩										𣲩	𣲩	禹貢
導黑水至于三危入于南海			𣲩 P4033		𣲩		𣲩						𣲩		𣲩	禹貢
東漸于海			𣲩 P5543 𣲩 P2533		𣲩		𣲩						𣲩		𣲩	禹貢
四海胤侯命掌六師			𣲩 P2533 𣲩 P3752		𣲩		𣲩				𣲩	𣲩	𣲩		𣲩	胤征
始于家邦終于四海							𣲩				𣲩	𣲩			𣲩	伊訓
說四海之內咸仰朕德			𣲩 P2643	𣲩			𣲩	𣲩							𣲩	說命下

毒痡四海崇信姦回	彙 S799				彙			彙	泰誓下
丕冒海隅出日罔不率俾	彙 P2748	彙 彙							君奭
至于海表罔有不服		彙 彙				彙		彙	立政
統百官均四海		彙 b		彙 彙		彙		彙	周官
以康四海	彙	彙				彙		彙	畢命

281、密

「密」字在傳鈔古文《尚書》有下列不同字形：

（1）密：密1密2密3

「密」字內野本作密1，足利本、上圖本（影）或作密2，上圖本（八）或作密3，皆爲篆文「密」字之隸變俗寫，如漢代作密相馬經67上密武威醫簡80等形。

（2）蜜：蜜1蜜和闐本蜜2

和闐本、足利本、上圖本（影）〈太甲上〉「密邇先王其訓」「密」字作「蜜」蜜1，和闐本隸變俗寫作蜜2形，上圖本（八）〈畢命〉「密邇王室」「密」字亦作蜜2，與和闐本同形，是假「蜜」爲「密」。

【傳鈔古文《尚書》「密」字構形異同表】

密	戰國楚簡	石經	敦煌本	和闐本	岩崎本	神田本b	九條本	島田本b	內野本	上圖（元）	觀智院b	天理本	古梓堂b	足利本	上圖本（影）	上圖本（八）	古文尚書晁刻	書古文訓	尚書篇目
四海遏密八音									密					密	密	密			舜典
密邇先王其訓				蜜 和闐本										蜜	蜜	密			太甲上
密邇王室									密							蜜			畢命

282、音

「音」字在傳鈔古文《尚書》有下列不同字形：

（1）音六152

《訂正六書通》錄古尚書「音」字作音六152，與金文作音●王子鐘音曾侯乙

鐘![曾侯乙鐘]曾侯乙鐘類同，而其上少一筆。

【傳鈔古文《尚書》「音」字構形異同表】

尚書篇目	書古文訓	古文尚書晁刻	上圖本（八）	上圖本（影）	上圖本（元）	觀智院b	天理本	古梓堂b	足利本	內野本	島田本b	九條本	神田本b	岩崎本b	敦煌本	石經	戰國楚簡	傳抄古尚書文字 音 ![六152]
舜典																		四海遏密八音

唐石經	書古文訓	晁刻古文尚書	上圖本（八）	上圖本（影）	上圖本（元）	觀智院	天理本	古梓堂	足利本	內野本	九條本	島田本	神田本	岩崎本	敦煌本 P3315	魏石經	漢石經	戰國楚簡	舜典
																			月正元日舜格于文祖
																			詢于四岳闢四門明四目達四聰

283、闢

　　「闢」，《史記·五帝本紀》、《漢書·梅福傳》皆作「辟」。《說文》門部「闢」字下「![古文闢]」字引虞書曰「闢四門，从門从![字]」，「![闢]」字上當依《匡謬正俗》、《玉篇》補「古文闢」三字，「![古文闢]」象以手推開左右門扇之形，《撰異》

以爲「，引也，普班切，所引虞書則壁中故書然也。……孔安國以今文讀之改爲潘」。

「闢」字在傳鈔古文《尚書》有下列不同字形：

（1）辟：

敦煌本《經典釋文・舜典》P3315「闢」字作，下云「本又作『闡』，婢亦反，徐甫赤反，開也，《說文》作」，此處以「辟」爲「闢」。

（2）闢：四5.17夏書 1 2

《古文四聲韻》錄夏書「闢」字作：四5.17夏書，與《汗簡》錄《說文》「闢」字汗5.65同形，然《尚書》「闢」僅此虞書一見，《汗簡》又錄《說文》「闢」字作汗5.65，爲說文古文闢形之寫誤。

敦煌本《經典釋文・舜典》P3315「闢」字下云《說文》作，即《說文》「闢」字下當爲古文闢之「」字隸定，金文作盂鼎 闢尊 伯闢簋 象伯簋 中山王鼎，古文字从、从（屮）或無別，如金文「羈」字作子璋鐘 邾公華鐘 陳貼簋等。《書古文訓》「闢」字作2，《尚書隸古定釋文》卷2.11作1，1爲《說文》之隸古定，2當爲此字古文形體訛變。

【傳鈔古文《尚書》「闢」字構形異同表】

闢	傳抄古尚書文字 四5.17夏書	戰國楚簡	石經	敦煌本	岩崎本	神田本b	九條本	島田本b	內野本	上圖（元）	觀智院b	天理本b	古梓堂b	足利本	上圖本（影）	上圖本（八）	古文尚書晁刻	書古文訓	尚書篇目
闢四門				P3315															舜典

284、目

「目」字在傳鈔古文《尚書》有下列不同字形：

（1）

「明四目」上圖本（八）作「四目明」，足利本「目」字寫誤作，與「因」字俗作形混同（參見“因”字）。

【傳鈔古文《尚書》「目」字構形異同表】

目	戰國楚簡	石經	敦煌本	岩崎本	神田本b	九條本	島田本b	內野本	上圖本(元)	觀智院b	天理本	古梓堂b	足利本	上圖本(影)	上圖本(八)	古文尚書晁刻	書古文訓	尚書篇目
明四目達四聰													曰					舜典

285、達

「達四聰」，《史記・五帝本紀》、《漢書・王莽傳》、《韓詩外傳》皆引作「通四聰」，《後漢書》郅壽傳、魯丕傳、班昭傳並作「開四聰」。

「達」字在傳鈔古文《尚書》有下列不同字形：

（1）達：達達1逵2

敦煌本 P3871、岩崎本、九條本、內野本、足利本、上圖本（影）、上圖本（八）「達」字多從「幸」作達達1，《書古文訓》則作逵2，皆隸變之形，如漢代作達漢石經.詩.子矜達華山廟碑等。

（2）通：通隸釋

《隸釋》錄漢石經尚書〈顧命〉「用克達殷集大命」「達」字作通，「通」「達」二字同義。

【傳鈔古文《尚書》「達」字構形異同表】

達	戰國楚簡	石經	敦煌本	岩崎本	神田本b	九條本	島田本b	內野本	上圖本(元)	觀智院b	天理本	古梓堂b	足利本	上圖本(影)	上圖本(八)	古文尚書晁刻	書古文訓	尚書篇目
闕四門明四目達四聰								達					達	達	達			舜典
達于上下敬哉有土													達	達	達			皋陶謨
浮于濟漯達于河			達					達						達	達			禹貢
封以厥庶民暨厥臣達大家						達		達						達	達		逵	梓材
用克達殷集大命		通 隸釋						達						達	達		逵	顧命
人之彥聖而違之俾不達			達 P3871			達		達					達b	達	達			秦誓

286、聰

「達四聰」《左傳》文公 18 年注引「聰」字作「窻」，《風俗通》引作「開窻」，《撰異》據此謂「聰」字古文尚書本「囱」，「窗」爲「囱」之或字，「窻」又「窗」之俗體，「聰」又「囱」之同音字。《覈詁》則據《後漢書》邳壽傳、魯丕傳、班昭傳只作「闢四門，開四聰」直讀「聰」爲「窗」，蓋疑有一本無「明四目」。

「聰」字在傳鈔古文《尚書》有下列不同字形：

（1）聰：聰1 聰聰2 聰聰3

內野本、足利本、上圖本（影）、上圖本（八）、《書古文訓》「聰」字或作聰1，與 耳忽 譙敏碑同形，爲「聰」字篆文 耳忽 之隸訛，右變作从「忽」，亦爲聲符替換，足利本、上圖本（影）或作聰聰2，右所从「忽」訛作「忽」。上圖本（八）或作聰聰3，左所从「耳」訛似「聽」之左形。

（2）聦：聦1 聦聦2 耳忽3

島田本、九條本、上圖本（元）、上圖本（影）、上圖本（八）「聰」字或作聦1，與 耳忽 楊叔恭殘碑類同，亦「聰」字篆文 耳忽 之隸體，敦煌本 P2516、S6259、S2074 或作聦聦2，左所从「耳」下多一筆或似「身」形（耳忽 P2516），與 耳忽 張遷碑類同，岩崎本、九條本或作耳忽3，左所从「耳」訛似「聽」之左形。

（3）聽：聽

〈太甲中〉「視遠惟明聽德惟聰」「聰」字內野本、上圖本（元）、足利本、上圖本（影）、上圖本（八）作聽，與前文「聽」字相涉訛混。

【傳鈔古文《尚書》「聰」字構形異同表】

聰	戰國楚簡	石經	敦煌本	岩崎本b	神田本b	九條本b	島田本b	內野本	上圖本（元）	觀智院b	天理本b	古梓堂b	足利本	上圖本（影）	上圖本（八）	古文尚書晁刻	書古文訓	尚書篇目
聰明文思光宅天下								聰					聰	聰	聰		聰	堯典
虞舜側微堯聞之聰明								聰					聦	聰	聰		聰	舜典
明四目達四聰								聦					聰	聰	聰		聰	舜典

【傳鈔古文《尚書》「目」字構形異同表】

目	戰國楚簡	石經	敦煌本	岩崎本	神田本b	九條本 島田本b	內野本	上圖本（元） 觀智院b	天理本 古梓堂b	足利本	上圖本（影）	上圖本（八）	古文尚書晁刻	書古文訓	尚書篇目
明四目達四聰										目					舜典

285、達

「達四聰」,《史記・五帝本紀》、《漢書・王莽傳》、《韓詩外傳》皆引作「通四聰」,《後漢書》郅壽傳、魯丕傳、班昭傳並作「開四聰」。

「達」字在傳鈔古文《尚書》有下列不同字形:

（1）達:達達1建2

敦煌本 P3871、岩崎本、九條本、內野本、足利本、上圖本（影）、上圖本（八）「達」字多從「幸」作達達1,《書古文訓》則作建2,皆隸變之形,如漢代作達漢石經.詩.子矜達華山廟碑等。

（2）通:通隸釋

《隸釋》錄漢石經尚書〈顧命〉「用克達殷集大命」「達」字作通,「通」「達」二字同義。

【傳鈔古文《尚書》「達」字構形異同表】

達	戰國楚簡	石經	敦煌本	岩崎本 神田本b	九條本 島田本b	內野本	上圖本（元） 觀智院b	天理本 古梓堂b	足利本	上圖本（影）	上圖本（八）	古文尚書晁刻	書古文訓	尚書篇目
闢四門明四目達四聰						達			運	達	達			舜典
達于上下敬哉有土									達	達	達			皋陶謨
浮于濟漯達于河			達			達				達	達			禹貢
封以厥庶民暨厥臣達大家					達	達				達	達		建	梓材
用克達殷集大命	通隸釋					達				達	達		建	顧命
人之彦聖而違之俾不達		達 P3871			達	達			達b	達	達			秦誓

286、聰

「達四聰」《左傳》文公 18 年注引「聰」字作「窻」，《風俗通》引作「開窗」，《撰異》據此謂「聰」字古文尚書本「囱」，「窻」爲「囱」之或字，「窗」又「窻」之俗體，「聰」又「囱」之同音字。《覈詁》則據《後漢書》郅壽傳、魯丕傳、班昭傳只作「闢四門，開四聰」直讀「聰」爲「窗」，蓋疑有一本無「明四目」。

「聰」字在傳鈔古文《尚書》有下列不同字形：

（1）聰：聰1聰聰2聰聰3

內野本、足利本、上圖本（影）、上圖本（八）、《書古文訓》「聰」字或作聰1，與聰譙敏碑同形，爲「聰」字篆文𦕤之隸訛，右變作從「忽」，亦爲聲符替換，足利本、上圖本（影）或作聰聰2，右所從「忽」訛作「忽」。上圖本（八）或作聰聰3，左所從「耳」訛似「聽」之左形。

（2）聰：聰1聰聰2耳慈3

島田本、九條本、上圖本（元）、上圖本（影）、上圖本（八）「聰」字或作聰1，與聰楊叔恭殘碑類同，亦「聰」字篆文𦕤之隸體，敦煌本 P2516、S6259、S2074 或作聰聰2，左所從「耳」下多一筆或似「身」形（聰P2516），與聰張遷碑類同，岩崎本、九條本或作耳慈3，左所從「耳」訛似「聽」之左形。

（3）聽：聽

〈太甲中〉「視遠惟明聽德惟聰」「聰」字內野本、上圖本（元）、足利本、上圖本（影）、上圖本（八）作聽，與前文「聽」字相涉訛混。

【傳鈔古文《尚書》「聰」字構形異同表】

聰	戰國楚簡	石經	敦煌本	岩崎本	神田本b	九條本	島田本b	內野本	上圖本（元）	觀智院b	天理本	古梓堂b	足利本	上圖本（影）	上圖本（八）	古文尚書晁刻	書古文訓	尚書篇目
聰明文思光宅天下								聰					聰	聰	聰		聰	堯典
虞舜側微堯聞之聰明								聰					聰	聰	聰		聰	舜典
明四目達四聰								聰					聰	聰	聰		聰	舜典

皋陶謨	仲虺之誥	太甲中	說命中	泰誓上	洪範	蔡仲之命	冏命

（上表各欄為「聰」字之傳鈔字形，依經文排列）

- 天聰明自我民聰明（皋陶謨）
- 惟天生聰明時又（仲虺之誥）
- 視遠惟明聽德惟聰（太甲中）
- 惟以亂民惟天聰明（說命中，P2643、P2516）
- 惟人萬物之靈亶聰明作元后（泰誓上）
- 聽曰聰思曰睿恭作肅（洪範）
- 率自中無作聰明亂舊章（蔡仲之命，S6259、S2074）
- 昔在文武聰明齊聖（冏命）

舜典	戰國楚簡	漢石經	魏石經	敦煌本 P3315		岩崎本	神田本	九條本	島田本	內野本	上圖本（元）	觀智院	天理本	古梓堂	足利本	上圖本（影）	上圖本（八）	晁刻古文尚書	書古文訓	唐石經
咨十有二牧曰食哉惟時				食才（古食字）						咨十有二牧曰食才惟當					咨十有二牧曰食才惟當	咨十有二牧曰食才惟時	咨十有二牧曰食才惟當	資十又式坶曰食才惟當	咨十有二牧曰食哉惟時

287、食

「食」字在傳鈔古文《尚書》有下列不同字形：

（1）食₁食₂食食食食₃食食₄

敦煌本《經典釋文‧舜典》P3315「食」字作食₁，下云「古食字」，內野本、足利本、上圖本（影）、上圖本（八）或作食₂，《書古文訓》「食」字作

　　𩚬𩚥𩚤𩚦3，皆《說文》「食」字篆文𩚗之隸古定，𩚤1末二筆併作一橫，《書古文訓》又作𩚡𩚜4等形，如秦、漢簡作𩚏睡虎地10.7 𩚐一號墓簡130 𩚑武威簡.士相見 12 等形，源自金文作𩚒（𩚓父乙觶）、𩚔（𩚕黃韋俞父盤.皆「飤」字偏旁）。

【傳鈔古文《尚書》「食」字構形異同表】

食	戰國楚簡	石經	敦煌本	岩崎本	神田本b	九條本	島田本b	內野本	上圖 上圖（元）觀智院b	天理本 古梓堂本b	足利本	上圖本（影）	上圖本（八）	古文尚書晁刻	書古文訓	尚書篇目
食哉惟時			𩚖 P3315					𩚗			𩚘		𩚙		𩚚	舜典
暨益奏庶鮮食								𩚛					𩚜		𩚝	益稷
朕不食言								𩚞			𩚟					湯誓
惟賢非后不食								𩚠			𩚡	𩚢	𩚣		𩚤	說命下
故天棄我不有康食								𩚥			𩚦	𩚧	𩚨		𩚩	西伯戡黎
以容將食無災											𩚪	𩚫	𩚬		𩚭	微子
重民五教惟食喪祭								𩚮					𩚯		𩚰	武成
一曰食二曰貨								𩚱			𩚲	𩚳	𩚴		𩚵	洪範
惟服食器用								𩚶				𩚷	𩚸		𩚹	旅獒
爾乃飲食醉飽								𩚺				𩚻	𩚼		𩚽	酒誥
我乃卜澗水東瀍水西惟洛食								𩚾							𩚿	洛誥
不遑暇食								𩛀			𩛁	𩛂			𩛃	無逸

舜典	戰國楚簡	漢石經	魏石經	敦煌本 P3315			岩崎本	神田本	九條本	島田本	內野本	上圖本（元）	觀智院	天理本	古梓堂	足利本	上圖本（影）	上圖本（八）	晁刻古文尚書	書古文訓	唐石經
柔遠能邇惇德允元				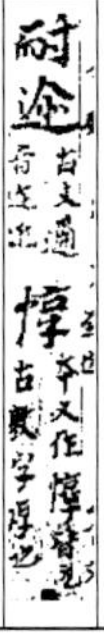 耐迻							 柔遠能邇惇惠允元					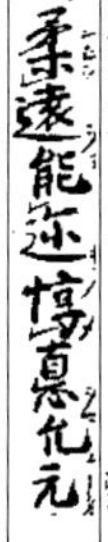	 柔遠能迩惇惠允元	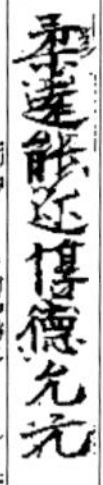 柔遠能迩惇惠允元		柔遠耐迩惇惠允元	 柔遠能邇惇德允元

288、遠

「遠」字在傳鈔古文《尚書》有下列不同字形：

（1）遠逺1逺2

《書古文訓》「遠」字多作遠逺1，爲《說文》古文「遠」逪之隸古定，又或隸古定訛變作逺2，源於金文作：�盄簋 克鼎 番生簋，从辵、从彳可通，戰國楚簡作：郭店.成之37 包山207等形，止（逺1右上形）、古（逺2右上形）形爲止之訛，少（山）（逺1逪右下形）、夂（逺2右下形）形爲止丨之訛，黃錫全由此謂此形所从之壴即「袁」字訛變〔註203〕。

（2）逤四3.15 徆魏三體

《古文四聲韻》錄古尚書「遠」字作：逤四3.15古老子又古尚書，魏三體石經〈君奭〉「遠」字古文作徆，此形从彳，源於金文作：番生簋，戰國楚簡作郭店.六德48形，《說文》古文「遠」逪則从辵。

（3）遠1遠2

上圖本（影）「遠」字作遠1，右下作「衣」，爲篆文逪之隸訛，原「衣」之下半與「口」合書作「衣」，形近漢簡或作遠武威醫簡85乙，岩崎本、觀智院本「遠」字則俗作遠2。

〔註203〕說見：黃錫全，《汗簡注釋》，武漢：武漢大學出版社，1993，頁106。

【傳鈔古文《尚書》「遠」字構形異同表】

傳抄古尚書文字 遠 （四3.15古老子又古尚書）	戰國楚簡	石經	敦煌本	岩崎本／神田本b	九條本／島田本b	內野本	上圖（元）／觀智院b	天理本／古梓堂b	足利本	上圖本（影）	上圖本（八）	古文尚書晁刻	書古文訓	尚書篇目
柔遠能邇惇德允元						遠			遠	遠	遠		遠	舜典
惟德動天無遠弗屆			遠 S801			遠			遠	遠	遠		遠	大禹謨
邇可遠在茲						遠				遠	遠		遠	皋陶謨
遠耆德比頑童													遠	伊訓
視遠惟明聽德惟聰													遠	太甲中
乃不畏戎毒于遠邇			遠 P2643	遠		遠				遠	遠		遠	盤庚上
無胥絕遠				遠							遠		遠	盤庚中
厥監惟不遠在彼夏王													遠	泰誓中
四夷咸賓無有遠邇					遠b	遠			遠	遠	遠		遠	旅獒
爾惟舊人爾丕克遠省													遠	大誥
汝丕遠惟商耇成人									遠	遠	遠		遠	康誥
顧乃德遠乃猷裕						遠			遠	遠	遠		遠	康誥
肇牽車牛遠服賈					遠	遠			遠	遠	遠		遠	酒誥
無遠用戾			遠 S6017										遠	洛誥
弗永遠念天威		遠 魏	遠 P2748			遠			遠				遠	君奭
爾乃惟逸惟頗大遠王命					遠	遠					遠		遠	多方
弘濟于艱難柔遠能邇							遠b			遠	遠		遠	顧命
柔遠能邇惠康小民						遠				遠	遠		遠	文侯之命

289、邇

「邇」字在傳鈔古文《尚書》有下列不同字形：

（1）迩：迩迩₁迩₂迩₃

敦煌本《經典釋文‧舜典》P3315「邇」字作「迩」₁，下云「古文邇」，敦煌本 P2643、岩崎本、九條本、內野本、上圖本（元）、足利本、上圖本（影）、上圖本（八）亦或作「迩」，《書古文訓》作迩 迩₁，皆《說文》「邇」字古文之隸定或隸古定（迩₁），古璽作璽彙 0221璽彙 5218 與此同。上圖本（八）或由「迩」訛變寫作迩₂，島田本、上圖本（元）或訛作迩₃，所從「尔」（尒）與「介」形近而誤。

（2）逋：

內野本「邇」字多寫作逋，爲篆文隸變省形。

（3）迋迋₁迋迋₂

《書古文訓》「邇」字或作迋迋₁，爲《說文》迋字之隸定，或訛變作迋迋₂，《說文》：「，近也」，與「邇」同訓，惠棟《讀說文記》謂古文「邇」亦作「迋」，二字「文同誼同，疑重出」，當爲聲符更替之異體。

（4）介（尔）：夲₁夲₂

和闐本〈太甲上〉「密邇先王」、岩崎本〈畢命〉「密邇王室」、「邇」字各作₁夲₂，敦煌本 P3670 亦皆作夲，「邇」之古文作「迩」，此借「介」爲「迩」。

【傳鈔古文《尚書》「邇」字構形異同表】

邇	戰國楚簡	石經	敦煌本	和闐本	岩崎本	神田本b	九條本	島田本b	內野本	上圖（元）	觀智院b	天理本b	古梓堂b	足利本	上圖本（影）	上圖本（八）	古文尚書晁刻	書古文訓	尚書篇目
柔遠能邇惇德允元			迩 P3315											迩	迩	迩		迩	舜典
邇可遠在茲									逋					迩	迩	迩		迩	皋陶謨
惟王不邇聲色									逋					迩	迩	逋		迩	仲虺之誥
密邇先王			夲 和闐本						逋	迩				迩	迩	迩		迋	太甲上
若陟遐必自邇									逋	迩				迩	迩	迩		迋	太甲下
乃不畏戎毒于遠邇			迩 P2643						逋	迩				迩	迩	迩		迋	盤庚上

不可嚮邇		夳 P3670	✓	迡	✓		✓	迡	鏈	盤庚上
無有遠邇用罪伐厥死		夳 P3670 还 P2643	✓		✓	迩			✓	鏈	盤庚上
四夷咸賓無有遠邇				迩b	邇			迩	迩 迩	迡	旅獒
弘濟于艱難柔遠能邇					邇			迡	迡 迡	邇	顧命
密邇王室			邇	邇			迡	迩 迡		畢命
柔遠能邇惠康小民				迡 迡			迡	迡 迡	迡	文侯之命

290、惇

「惇德允元」,「惇」字《群書治要》引作「敦」。

「惇」字在傳鈔古文《尚書》有下列不同字形:

(1)𢛜汗 4.59 惇1 惇2 惇3 惇4 惇5

《汗簡》錄古尚書「惇」字作:𢛜汗 4.59,與《說文》心部「惇」字篆文 𢛜 同形,《書古文訓》「惇」字作此形之隸古定惇1,或少一畫作惇2。敦煌本《經典釋文·舜典》P3315「惇」字作惇,下云「本又作惇3,皆古敦字,厚也」,敦煌本 P3169、S799 各作惇4惇5,皆篆文形體 𢛜 之隸古定訛變。

(2)惇:惇惇1惇2

敦煌本 P2748、九條本、足利本、上圖本(影)、上圖本(八)、《書古文訓》「惇」字或作惇惇1,為篆文 𢛜 之隸變,如孔彪碑作惇。內野本、足利本或作惇2,所從「忄」旁與「十」寫混,寫本中常見。

(3)敦:敦

〈洛誥〉「惇宗將禮稱秩元祀」上圖本(八)「惇」字作敦,為「敦」字之訛變,二字古相通,〈皋陶謨〉「惇敘九族」《史記·夏本紀》作「敦序九族」,「惇」即「敦厚」本字,《說文·心部》、《爾雅·釋詁》均謂「惇,厚也」。

【傳鈔古文《尚書》「惇」字構形異同表】

傳抄古尚書文字 惇（惇汗4.59）	戰國楚簡	石經	敦煌本	岩崎本／神田本b／九條本／島田本b	內野本	上圖本（元）	觀智院b	天理本	古梓堂b	足利本	上圖本（影）	上圖本（八）	古文尚書晁刻	書古文訓	尚書篇目
柔遠能邇惇德允元			惇 P3315		惇							惇		惇	舜典
惇敘九族					惇				惇		惇			惇	皋陶謨
天敘有典敕我五典五惇哉					惇									惇	皋陶謨
終南惇物至于鳥鼠			惇 P3169		惇							惇		惇	禹貢
惇信明義崇德報功			惇 S799											惇	武成
惇大成裕汝永有辭			惇 P2748		惇				惇		惇			惇	洛誥
惇宗將禮稱秩元祀					惇						敦			惇	洛誥
孺子來相宅其大惇典殷獻民			惇 P2748		惇						惇			惇	洛誥

舜典	戰國楚簡	漢石經	魏石經	敦煌本 P3315		岩崎本	神田本	九條本	島田本	內野本	上圖本（元）	觀智院	天理本	古梓堂	足利本	上圖本（影）	上圖本（八）	晁刻古文尚書	書古文訓	唐石經
而難任人蠻夷率服	難任人	而難…		而難…						而難任人… 徹服						而難任人… 衛服	而難任人蠻夷衛服	而難任人蠻尼衛船	而難任人蠻夷率服	而難任人蠻夷率服

291、難

「難」字在傳鈔古文《尚書》有下列不同字形：

（1） 難汗2.18　難四1.37　難六80

《汗簡》、《古文四聲韻》、《訂正六書通》錄古尚書「難」字作：難汗2.18 難四1.37 難六80，此即《說文》鳥部「難」（難）字古文難，源於戰國難包山236 難郭店.老子甲14等形。

（2）🔲 魏三體 🔲1 🔲2 🔲3

魏三體石經〈君奭〉「難」字古文作🔲，應即《說文》「鸛」（難）字古文🔲，《書古文訓》「難」字或作🔲1 🔲2 🔲3 形，爲🔲說文古文鸛（難）之隸古定訛變，此形亦源於🔲 包山 236 🔲 郭店.老子甲 14 等。

（3）🔲 漢石經 🔲 隸釋 🔲 🔲1 🔲2 🔲3 🔲 🔲4 🔲 🔲 🔲5

漢石經尚書「難任人」「難」字作🔲，《隸釋》錄漢石經尚書〈無逸〉「厥子乃不知稼穡之艱難」「難」字作🔲，敦煌本 P2516、P2748、P3871、岩崎本、九條本、內野本、上圖本（八）或作🔲 🔲1，爲《說文》「鸛」字或體🔲（難）之隸定，源自金文作：🔲 歸父盤 🔲 殳季良父壺 🔲 中山王鼎等形。敦煌本《經典釋文‧舜典》P3315「難」字作🔲2，上圖本（八）或作🔲3，敦煌本 P2643、內野本、觀智院本、上圖本（元）、上圖本（影）、上圖本（八）或作🔲 🔲4，足利本、上圖本（影）、上圖本（八）或作🔲 🔲 🔲5，皆爲🔲 說文或體鸛之隸變俗寫或訛變，🔲 🔲 🔲5 應是🔲 🔲4 形之省作，由🔲 漢簡.孫臏 4 省變。

（4）🔲1 🔲2 🔲3 🔲 🔲4 🔲5 🔲6

《書古文訓》「難」字或作🔲1，爲《說文》「鸛」字古文一作🔲之隸定，《書古文訓》又或隸古定訛變作🔲2 🔲3 🔲 🔲4 🔲5 🔲6 等形，此當本於戰國楚簡作🔲 郭店.語叢 3.45。

（5）🔲

《書古文訓》「難」字或作🔲，與《汗簡》錄🔲 汗 2.17 孫強古文、《古文四聲韻》錄🔲 四 1.37 王庶子碑 🔲 🔲 王存乂切韻同形，其左與（2）🔲3 相類，當由🔲中山王鼎 🔲 𣄰鐘 🔲 上博印選 39 🔲 魏三體 🔲 說文古文鸛（難）🔲 漢印徵 🔲 漢簡.孫臏 4 等形訛變。

（6）艱：🔲

〈太甲下〉「無輕民事惟難」內野本「難」字作🔲，爲「艱」字，二字同義；〈無逸〉「生則逸不知稼穡之艱難」上圖本（八）「艱難」作倒文「難艱」，前文同詞則作「艱難」無誤。

【傳鈔古文《尚書》「難」字構形異同表】

傳抄古尚書文字 難 鸏汗2.18 鸏四1.37 鸏六書通80	戰國楚簡	石經	敦煌本	岩崎本 神田本b	九條本 島田本b	內野本	觀智院b 天理本	古梓堂b 足利本	上圖本（影）	上圖本（八）	古文尚書晁刻	書古文訓	尚書篇目
將使嗣位歷試諸難作舜典			難 P3315			難		難	難			鸏	舜典
而難任人		鸏 漢	鸏 P3315			難		難	難	難			舜典
咸若時惟帝其難之						難		難	難	難	雖	皋陶謨
無輕民事惟難						艱	難	難	難	難	雖	太甲下
嗚呼天難諶命靡常						難	難	難	難	難	鸏	咸有一德
其難其慎惟和惟一						難	難	難	難	難	雖	咸有一德
予告汝于難			難				難	難	難	難	難	盤庚上
禮煩則亂事神則難			難 P2643 難 P2516	難		難	難	難	難	難	雖	說命中
民情大可見小人難保						難		難	難		雖	康誥
先知稼穡之艱難乃逸			難 P2748			難		難	難	雖	雖	無逸
厥子乃不知稼穡之艱難	難 隸釋		難 P2748			難		難	難	難	雖	無逸
生則逸不知稼穡之艱難			難 P2748			難		難	難	艱（作難艱）	雖	無逸
天命不易天難諶	難 魏		難 P2748			難		難	難	難	雖	君奭
弘濟于艱難柔遠能邇						難	難b	難	難	雖	雖	顧命
責人斯無難			難 P3871			難	難	難	難	難	雖	秦誓

292、任

《史記・五帝本紀》「難任人」作「遠佞人」，《爾雅・釋詁》:「任、壬，佞也。」敦煌本《經典釋文・舜典》P3315「任」字作「壬」，下云「如字，又而鳩反，注同壬人、佞人」，《撰異》謂一本作「荏」字:「皇侃《論語義疏》『色厲而內荏』，章江熙曰:『古聖人難於荏人』江所據《上書》作『荏』字也」。

「任」字在傳鈔古文《尚書》有下列不同字形:

（1）任：**任任**

敦煌本 P3670、P2643、九條本「任」字作**任任**，偏旁「壬」字變似「王」，與漢碑作**任**韓勒碑**任**夏承碑同形。〈盤庚上〉「遲任有言曰」，于省吾謂「『任』本應作『壬』，殷人多以十幹（干）爲名」〔註204〕。

（2）壬：**壬**

敦煌本《經典釋文・舜典》P3315「任」字作**壬**，《爾雅・釋詁》:「任、壬，佞也。」「任」、「壬」音義近同通用。

（3）狂：**狂**

上圖本（八）「難任人」「任」字誤作「狂」。

【傳鈔古文《尚書》「任」字構形異同表】

任	戰國楚簡	石經	敦煌本	岩崎本	神田本b	九條本	島田本b	內野本	上圖（元）	觀智院b	天理本b	古梓堂b	足利本	上圖本（影）	上圖本（八）	古文尚書晁刻	書古文訓	尚書篇目
而難任人			壬 P3315												狂			舜典
遲任有言曰			任 P3670 任 P2643															盤庚上
王左右常伯常任準人						任												立政

293、蠻

「蠻」字在傳鈔古文《尚書》有下列不同字形:

（1）**蠻蠻₁蠻₂**

〔註204〕于省吾，《尚書新證》卷1.17，台北：藝文印書館，頁72。

「蠻」字神田本、九條本、內野本、足利本、上圖本（八）或作𧎾𧎾1，所從「絲」省作「𢆯」，足利本、上圖本（影）、上圖本（八）或俗寫省作𧎾2，「絲」省作「亦」。

【傳鈔古文《尚書》「蠻」字構形異同表】

蠻	戰國楚簡	石經	敦煌本	岩崎本	神田本b	九條本b	島田本b	內野本	上圖（元）b	觀智院b	天理本	古梓堂b	足利本	上圖本（影）	上圖本（八）	古文尚書晁刻	書古文訓	尚書篇目
而難任人蠻夷率服							𧎾								𧎾			舜典
蠻夷猾夏寇賊姦宄							𧎾								𧎾			舜典
三百里蠻二百里流						𧎾							𧎾		𧎾			禹貢
華夏蠻貊罔不率俾													𧎾	𧎾	𧎾			武成
遂通道于九夷八蠻				𧎾b									𧎾	𧎾				旅獒

294、率

「率」，《漢書・景武昭宣元成功臣侯表》引作「帥」。

「率」字在傳鈔古文《尚書》有下列不同字形：

（1）𧗠汗1.10 𧗠四5.8 𧗠魏三體 衛 衛 衛1 衛 衛2 衛3 徵衛4 衛 衛6 僑7

《汗簡》、《古文四聲韻》錄古尚書「率」字作：𧗠汗1.10 𧗠四5.8，與𧗠詛楚文 𧗠睡虎地42.198 衛漢帛.春秋事語46 同形，即《說文》行部「衛」字，訓「將衛也」。魏三體石經〈君奭〉「率惟茲有陳」「率」字古文作𧗠，其下從「止」，為辵部「𧗛」字，訓「先導也」，或行部「衛」字下增「止」。段注云：「衛，導也，循也，今之『率』字，『率』行而『衛』廢也。……『衛』與辵部『𧗛』音義同。」王國維謂「衛」、「𧗛」二字實一字，毛公鼎作𧗠，師袁簋作𧗠，十三年上官鼎作𧗠，與𧗠魏三體同〔註205〕。《說文》三分「率」捕鳥畢也，「𧗛」先導也，「衛」將衛也，其古本一字，係由𧗠甲3777 𧗠乙4538 𧗠盂鼎，演變作：𧗠毛公鼎，再變作：𧗠小臣●簋 𧗠師袁簋 𧗠永盂 𧗠庚壺 𧗠上官鼎 𧗠羌鐘 中

〔註205〕說見：王國維，《殘字考》，頁32。

山王鼎等形，戰國楚簡作 慫 郭店.尊德 **28**。

敦煌本《經典釋文・舜典》P3315「率」字作衛₁，下云「古雫字」P3315、S801、P3605.3615、S799、九條本、《書古文訓》「率」字或作衛₁，為衛汗 **1.10** 𢎣睡虎地 **42.198** 之隸定，《書古文訓》又隸訛作衛衛₁，岩崎本、上圖本（元）或訛作衛衛₂。敦煌本 P3670、P2516、《書古文訓》或變作衛₃，其中下「十」變作「小」形。足利本、上圖本（影）或變作徽衛₄，與「徽」字訛混；內野本、足利本、上圖本（影）、上圖本（八）或變作衛衛衛₅；《書古文訓》又訛變作衛₆，與「衛」字形訛近；敦煌本 P2748或作衛₇，與衛₃形類同而偏旁「彳」變作「亻」。上述諸形皆為衛汗 **1.10** 𢎣睡虎地 **42.198** 之訛。

（2）樂：雫₁雫₂

敦煌本 S799、P2748、S2074、岩崎本、九條本、上圖本（元）、上圖本（八）「率」字或作雫₁，上圖本（影）、上圖本（八）或作雫₂，此形由「率」字篆文率訛變，與「亂」字古文作𤔔召伯簋𤔣魏三體.呂刑隸古定變作𤔔書古文訓𤔔P3169 相混（詳見下表，參見 "亂" 字）。「率」字由率而雫₂再變作從䜌作雫₁，魏靈藏造像記亦作雫₁ 形，唐李惟一墓志則從䜌作樂，徐在國謂此乃俗字［註206］。

亂	石經	敦煌本	岩崎本	神田本b	九條本	島田本b	內野本	觀智院b 上圖（元）	足利本	上圖本（影）	上圖本（八）	書古文訓	
入于渭亂于河		𤔔 P3169			樂	𤔣		率	率	率		𤔔	禹貢
不惟逸豫惟以亂民		牽 P2643 牽 P2516	牽				率	率	乱	乱		𤔔	說命中
以遏亂略		牽 S799	牽				率		乱	率		𤔔	武成
天惟與我民彝大泯亂							牽		乱	乱	乱	牽	康誥

〔註206〕所引碑字見《廣碑》頁 280～281，參見：徐在國，《隸定古文疏證》，合肥：安徽大學出版社，2002，頁 271。

無若殷王受之迷亂	魏	率 P3767 / 肇 P2748			率		乱	乱	樂	𢿛	無逸
民之亂罔不中	魏	樂			率		乱	乱	樂	𢿛	呂刑

（3）帥：帥₁帥₂卌₃帀₄

內野本（帥₁帥₂）、觀智院本（帥₂帀₄）、足利本、上圖本（影）（卌₃）、上圖本（八）（帀₄）〈周官〉「六卿分職各率其屬」、〈顧命〉「命汝嗣訓臨君周邦率循大下」、〈康王之誥〉「太保率西方諸侯」、敦煌本 P4509（帀₄）〈顧命〉該句「率」字亦作「帥」，魏三體僖公「公子遂衛師伐邾」古文作衛（其下從止或隸定爲「衛」），小篆作「衛」，今本作「帥」，章太炎謂「率」字「春秋今本作帥，從二家經改耳，據〈聘禮〉注，古文『帥』皆作『率』，知古經字例同。〔註207〕」「帥」爲「率」（衛）之假借。

（4）修：修

上圖本（八）〈說命上〉「俾率先王迪我高后」「率」字誤作修，疑爲「衛」字之誤作「修」。

【傳鈔古文《尚書》「率」字構形異同表】

率 傳抄古尚書文字 衛 汗1.10 / 率 四5.8	戰國楚簡	石經	敦煌本	岩崎本b	神田本b	九條本	島田本b	內野本	上圖（元）	觀智院b	天理本b	古梓堂b	足利本	上圖本（影）	上圖本（八）	古文尚書晁刻	書古文訓	尚書篇目
蠻夷率服			衛 P3315					徹		衛			衛	率			衛	舜典
百獸率舞			衛 P3315					徹		衛			衛	率			衛	舜典
禹惟時有苗弗率			衛 S801					衛		衛			衛	衛			衛	大禹謨
百獸率舞			衛 P3605.3615					衛		衛₁			衛	衛			衛	益稷
夏王率遏眾力率割夏邑								率									衛	湯誓
纘禹舊服茲率厥典								率									衛	仲虺之誥

〔註207〕說見：章太炎，《新考》，頁17。

經文										篇名
率乃祖攸行						衛			衛	太甲上
率籲眾慼						衛			衛	盤庚上
乃話民之弗率	衛 P3670	率	衛		衛	衛			衛	盤庚中
俾率先王迪我高后	衛 P2516	衛	衛		徽	衛	修		衛	說命上
華夏蠻貊罔不率俾	率 S799		衛		率	率	衛		衛	武成
俟天休命甲子昧爽受率其旅若林	衛 S799		✓				✓		✓	武成
予曷其極卜敢弗于從率寧人有指疆土			衛		率	率	衛		衛	大誥
率由典常以蕃王室		率	衛		率		衛		衛	微子之命
己汝乃其速由茲義率殺							率		衛	康誥
予惟率肆矜爾	衛 P2748		衛						衛	多士
率惟茲有陳	魏 / 率 P2748								衛	君奭
丕冒海隅出日罔不率俾	率 P2748		齋						衛	君奭
亦越武王率惟敉功	率 S2074		衛						衛	立政
六卿分職各率其屬			帥	帥b	師	師	陟		衛	周官
進厥良以率其或不良									衛	君陳
率循大卞	帥 P4509		帥	帥b	帥	帥	師		衛	顧命
太保率西方諸侯			帥	帥b	帥	帥	師		衛	康王之誥
弼亮四世正色率下		衛							衛	畢命
率乂于民棐彝典獄非訖于威		衛	衛						衛	呂刑
越小大謀猷罔不率從			衛		徽	徽	衛		衛	文侯之命

唐石經	書古文訓	晁刻古文尚書	上圖本（八）	上圖本（影）	足利本	古梓堂	天理本	觀智院	上圖本（元）	內野本	島田本	九條本	神田本	岩崎本		敦煌本 P3315	魏石經	漢石經	戰國楚簡	舜典
舜曰咨四岳有能奮庸	舜曰資三岳大耐奮庸	舜曰咨四岳有能奮庸	舜曰咨四岳有能奮庸		舜曰咨三岳有能奮庸				舜曰咨三岳大能奮庸											舜曰咨四岳有能奮庸

295、奮

「奮」字在傳鈔古文《尚書》有下列不同字形：

（1）奮1 奮2

敦煌本《經典釋文·舜典》P3315「奮」字作奮1，與漢隸變作奮孫臏159 奮楊叔恭殘碑類同。九條本、內野本、上圖本（影）、上圖本（八）或作奮2，奮1 奮2 形其下「田」形俗訛作「旧」，與「舊」字形相混。

（2）奮

足利本、上圖本（影）「奮」字或作奮，亦與「舊」字形相混，其下「田」形訛作「臼」。

【傳鈔古文《尚書》「奮」字構形異同表】

奮	戰國楚簡	石經	敦煌本	岩崎本	神田本b	九條本	島田本b	內野本	上圖本（元）	觀智院b	天理本b	古梓堂b	足利本	上圖本（影）	上圖本（八）	古文尚書晁刻	書古文訓	尚書篇目
有能奮庸			奮 P3315										奮	奮	奮			舜典
二百里奮武衛			奮	奮									奮	奮	奮			禹貢

唐石經	書古文訓	晁刻古文尚書	上圖本（八）	上圖本（影）	足利本	古梓堂	天理本	觀智院	上圖本（元）	內野本	島田本	九條本	神田本	岩崎本		敦煌本P3315	魏石經	漢石經	戰國楚簡	舜典
熙帝之載使宅百揆亮采惠疇	癸帝出覹冘宅百揆亮采惠疇	熙帝之戴使宅百揆高采惠疇	熙帝出戴使宅百揆亮采惠疇	照帝出戴使宅百揆亮采惠疇	照帝出戴使宅百揆亮采惠疇				熙帝之戴使宅百揆亮采惠疇							寬				熙帝之載使宅百揆亮采惠疇

296、使

「使」字在傳鈔古文《尚書》有下列不同字形：

（1）𢎀1𢎁𢎁2𢎂3

《書古文訓》「使」字作𢎀1𢎁𢎁2，即《說文》「事」字古文𢎓之隸古定，或訛作𢎂3，此以「事」為「使」。《汗簡》錄𢎓汗3.31使亦事字見石經，《箋正》云：「石經春秋古『使』、尚書古文『事』竝如此」，按魏三體石經《尚書》「事」字古文作𢎓，與三體石經僖公古文「使」作𢎓同形，事、使古同字（參見 "事" 字）。

（2）𢎃𢎄1𢎅2

敦煌本《經典釋文·舜典》P3315「使」字作𢎃1，下云「古使字」P2516、S799、岩崎本、島田本、九條本、內野本、上圖本（元）、上圖本（八）「使」字亦或作此形𢎄1，敦煌本P2643則作𢎅2，其上寫似「火」形，𢎃𢎄1𢎅2形當為𢎓汗3.31使亦事字見石經𢎓魏三體.事𢎓說文古文事之隸古定訛變，「又」轉向上且與「口」合書訛作「𢎆」而隸定从「子」。

（3）𢎇：𢎈𢎈

足利本、上圖本（影）、上圖本（八）「使」字或作𢎈𢎈，為（2）𢎃1之訛變，亦訛自𢎓汗3.31使亦事字見石經𢎓魏三體。

【傳鈔古文《尚書》「使」字構形異同表】

使	戰國楚簡	石經	敦煌本	岩崎本	神田本b	九條本	島田本b	內野本	上圖（元）觀智院b	天理本	古梓堂b	足利本	上圖本（影）	上圖本（八）	古文尚書晁刻	書古文訓	尚書篇目
將使嗣位歷試諸難作舜典			𡱯 P3315					𡱯					𡱯	𡱯		㞢	舜典
使宅百揆																㞢	舜典
后非民罔使民非后罔事																㞢	咸有一德
高宗夢得說使百工營求諸野			𡱯 P2643 𡱯 P2516	𡱯				𡱯	𡱯							㞢	說命上
是崇是長是信是使			𡱯 S799					𡱯					𡱯			㞢	牧誓
使羞其行而邦其昌						𡱯b	𡱯						𡱯			㞢	洪範
使召公先相宅作召誥						𡱯	𡱯									㞢	召誥
使來告卜作洛誥							𡱯						𡱯			㞢	洛誥

297、亮

「亮」字在傳鈔古文《尚書》有下列不同字形：

（1）亮：亮₁亮₂亮高₃

《書古文訓》「亮」字多作亮₁亮₂，敦煌本 P2643、P2516、P2748 作亮₂形，日寫本多作亮₂亮高₃形，皆「亮」字之隸寫，如漢代作：⬚漢印徵亮孔彪碑等形。

（2）高：高

上圖本（八）「亮采惠疇」「亮」字作「高」高，是二字形近而誤。

【傳鈔古文《尚書》「亮」字構形異同表】

亮	戰國楚簡	石經	敦煌本	岩崎本	神田本b	九條本	島田本b	內野本	上圖（元）	觀智院b	天理本	古梓堂本	足利本	上圖本（影）	上圖本（八）	古文尚書晁刻	書古文訓	尚書篇目
亮采惠疇								亮					亮	亮	高		亮	舜典
惟時亮天功三載考績															亮			舜典
亮采有邦								亮					高	亮	亮			皋陶謨
王宅憂亮陰三祀			亮 P2643 / 亮 P2516	亮				亮	高					亮	亮		亮	說命上
乃或亮陰三年不言			亮 P2748					亮					高	亮			亮	無逸
貳公弘化寅亮天地								亮	亮				亮	亮	亮		亮	周官
弼亮四世正色率下			高					亮					亮	亮				畢命

298、惠

「惠」字在傳鈔古文《尚書》有下列不同字形：

（1）[glyph]汗4.59 [glyph][glyph]1 [glyph]2惠3

《汗簡》錄古尚書「惠」字作：[glyph]汗4.59，即《說文》「惠」字古文[glyph]，《書古文訓》「惠」字隸古定或古文字形作[glyph][glyph]1，敦煌本《經典釋文·舜典》P3315「惠」字則隸變作[glyph]2，下云「古文惠字，順也」，內野本、上圖本（八）「惠」字或俗訛作惠3。「惠」字從「叀」，古「叀」字作：[glyph]何尊 [glyph]無叀鼎 [glyph]毛公鼎 [glyph]諫簋 [glyph]克鼎等形。

（2）[glyph]魏品式.皋陶謨 [glyph]魏三體.無逸

魏品式三體石經〈皋陶謨〉、直式三體石經〈無逸〉「惠」字古文分別作：[glyph]，源自：[glyph]衛盉 [glyph]邾大宰簠 [glyph]王孫鐘 [glyph]中山王壺等形，與戰國作[glyph]鎛[glyph]郭店.緇衣41類同。

（3）[glyph]惠惠1.惠2

內野本、上圖本（元）、足利本、上圖本（影）、上圖本（八）「惠」字或作惠惠惠形，為《說文》篆文[glyph]之隸定。敦煌本P2748、P3767、S6259、S2074、

岩崎本、九條本、觀智院本、上圖本（元）、上圖本（影）、上圖本（八）或省作 惠2，形如漢代作：惠 縱橫家書133 惠 老子乙前52上 惠 西狹頌等。

【傳鈔古文《尚書》「惠」字構形異同表】

傳抄古尚書文字　惠　汗4.59	戰國楚簡	石經	敦煌本	岩崎本b	神田本b	九條本	島田本b	內野本	上圖本（元）	觀智院b	天理本	古梓堂b	足利本	上圖本（影）	上圖本（八）	古文尚書晁刻	書古文訓	尚書篇目
亮采惠疇			惠 P3315					惠							惠		悳	舜典
惠迪吉從逆凶惟影響															惠		悳	大禹謨
能官人安民則惠								惠						惠	惠		悳	皋陶謨
皋陶曰朕言惠可底行		魏品													✓		✓	皋陶謨
惟嗣王不惠于阿衡								惠	惠					惠	惠		悳	太甲上
惟明后先王子惠困窮								惠	惠					惠	惠		悳	太甲中
惟天惠民惟辟奉天				惠				惠							惠		悳	泰誓中
惠不惠													惠	惠	惠		悳	康誥
能保惠于庶民			惠 P2748					惠					惠	惠	惠		悳	無逸
懷保小民惠鮮鰥寡		惠 隸釋	惠 P2748					惠					惠	惠	惠		悳	無逸
猶胥訓告胥保惠胥教誨		魏	惠 P3767 惠 P2748					惠					惠	惠	惠		悳	無逸
民心無常惟惠之懷			惠 S6259					惠	惠				惠	惠			悳	蔡仲之命
爾曷不惠王熙天之命			惠 S2074					惠	惠				惠	惠	惠		悳	多方
二人雀弁執惠								惠	惠-b				惠	惠	惠		悳	顧命

舜典	戰國楚簡	漢石經	魏石經	敦煌本P3315		岩崎本	神田本	九條本	島田本	內野本	上圖本(元)	觀智院	天理本	古梓堂	足利本	上圖本(影)	上圖本(八)	晁刻古文尚書	書古文訓	唐石經
僉曰伯禹作司空帝曰俞			僉（魏三體）	柏 僉						僉曰伯會作司空帝曰俞					僉曰伯會作同空帝曰俞	僉曰伯會作同空帝曰俞	僉曰伯禹作司空帝曰俞		僉曰柏𢓜迲司空帝曰俞	僉曰伯禹作司空帝曰俞

299、伯

「伯」字在傳鈔古文《尚書》有下列不同字形：

（1）柏：柏柏柏柏

敦煌本《經典釋文・舜典》P3315「伯」字作柏，下云「古以此為伯仲字」敦煌本 P2643、P2516、岩崎本、觀智院本、《書古文訓》「伯」字或作柏柏柏，「伯」、「柏」音同通假，《尚書隸古定釋文》卷 2.11 謂「伯」與「柏」通，引證《漢書・古今人表》「柏封」即「伯封」，「柏奮」、「柏虎」等俱以「柏」為「伯」。

（2）白：白魏三體

魏三體石經〈立政〉「大都小伯」「伯」字古文作白，「伯」、「白」古通用，魏三體春秋文公 11 年、僖公 28 年古文亦皆借「白」為「伯」，金文「伯仲」字亦作「白」，如白魯伯愈父鬲，郭沫若謂金文伯仲王伯之「伯」均作「白」〔註208〕。

（3）柏

敦煌本《經典釋文・舜典》P3315「伯與」、「伯夷」條「伯」字均作柏，此為「柏」字，寫本中偏旁「木」字與「扌」常相寫混。

〔註208〕說見：郭沫若，〈釋自〉，《金文叢考》，北京：北京人民出版社，1954，頁 199。

（4）栢：栢

敦煌本 P5557、P2630、S2074、岩崎本、九條本、上圖本（元）、上圖本（八）「伯」字作**栢**，从木百聲，「柏」「栢」聲符替換。

【傳鈔古文《尚書》「伯」字構形異同表】

伯	戰國楚簡	石經	敦煌本	岩崎本	神田本b	九條本	島田本b	內野本	上圖本（元）	觀智院b	天理本	古梓堂b	足利本	上圖本（影）	上圖本（八）	古文尚書晁刻	書古文訓	尚書篇目
僉曰伯禹作司空			柏 P3315														柏	舜典
讓于殳斨暨伯與			柏 P3315														柏	舜典
僉曰伯夷			柏 P3315														柏	舜典
湯征諸侯葛伯不祀 湯始征之作湯征			栢 P5557														柏	胤征
彰信兆民乃葛伯仇餉															栢			仲虺之誥
邦伯師長百執事之人			柏 P2643 栢 P2516						栢									盤庚下
王左右常伯常任準人			栢 S2074 柏 P2630	栢													柏	立政
大都小伯		魏	栢 S2074	栢													柏	立政
王俾榮伯作賄肅慎之命																	柏	周官
乃同召太保奭芮伯彤伯								栢b									柏	顧命
今予一二伯父								柏b									柏	康王之誥
伯冏惟予弗克于德			柏														柏	冏命
伯夷降典折民惟刑			柏														柏	呂刑
非時伯夷播刑之迪			伯														柏	呂刑
伯父伯兄仲叔季弟幼子童孫			狛														柏	呂刑

嗚呼敬之哉官伯族姓			𥝆								柏	呂刑

300、禹

「禹」字在傳鈔古文《尚書》有下列不同字形：

（1）𥝆汗3.41 𥝆汗6.78 𥝆𥝆四3.9 𥝆魏品式 𥝆1 𥝆2 𥝆3 𥝆4 𥝆𥝆5 𥝆 𥝆6 �æ �7 � �8

《汗簡》、《古文四聲韻》錄古尚書「禹」字作：𥝆汗3.41 𥝆汗6.78 �æ四3.9，魏品式三體石經皋陶謨「禹」字古文作 �æ魏品式，皆即《說文》「禹」字古文�æ，許師學仁謂�æ汗3.41 �æ汗6.78 �æ四3.9等其下作「巾」形為「㒸」（内）變作「九」之訛〔註209〕，其說是也。

《書古文訓》「禹」字或作�æ1，與�æ汗3.41 �æ汗6.78 �æ四3.9同形，岩崎本〈呂刑〉「禹平水土主名山川」「禹」字上形「𠆢」變作「亼」寫作�æ2，敦煌本 P2533 則上形內變作二短橫作�æ3。《書古文訓》「禹」字或作�æ �æ4，上形「𠆢」內「ˇ」或多一畫或再變作「口」形，敦煌本《經典釋文・舜典》P3315「禹」字作�æ5，下云「古禹字，《說文》古文作�æ」九條本或作�æ5，猶存�æ魏品式石經�æ四3.9之下形「九」。敦煌本 S5745、S801、內野本、足利本、上圖本（影）或作�æ �æ6 則上形「𠆢」變作「合」形，敦煌本 P3615、內野本、上圖本（八）或作� �æ7，中間直筆貫穿「合」形，其中間上形似「禹」之上形。內野本或下加一短橫作�æ8，上圖本（影）或下加一點作�æ8，均猶存「九」其中筆右勾起之「㒸」（内）形，如古陶、古璽作：�æ陶彙5.276 �æ璽彙5124 �æ璽彙5125，源自「禹」字古作：�鼎文 �æ鼎文 �æ弔向簋 �æ禹鼎 �æ秦公簋等形，《集韻》上聲9麌「禹」字古作�æ �æ，許師學仁謂上述諸形所從「巾」形皆「㒸」（内）形之傳抄之訛變，「當从古文作『㒸』為正」〔註210〕。

（2）�æ

足利本「禹」字多作�æ，「人」形下從「禹」，由（1）�æ �æ8再變，亦由�æ說文古文禹訛變。

〔註209〕說見：許師學仁，〈釋禹〉，《古文四聲韻古文研究》，台北：文史哲出版社，1999，頁90～91。

〔註210〕說見：許師學仁，〈釋禹〉，《古文四聲韻古文研究》，台北：文史哲出版社，1999，頁90～91。

（3）[glyph]

〈洪範〉「禹乃嗣興」島田本「禹」字作[glyph]，為（1）[glyph]6之訛變，而與「弇」字混同。

【傳鈔古文《尚書》「禹」字構形異同表】

傳抄古尚書文字 禹　[glyph]汗3.41 [glyph]汗6.78 [glyph][glyph]四3.9	戰國楚簡	石經	敦煌本	岩崎本b 神田本b 九條本 島田本b	內野本	上圖(元) 觀智院b 天理本 古梓堂b	足利本	上圖本(影)	上圖本(八)	古文尚書晁刻	書古文訓	尚書篇目
僉曰伯禹作司空			[glyph]P3315		[glyph]			[glyph]	[glyph]		[glyph]	舜典
禹拜稽首讓于稷契暨皋陶					[glyph]			[glyph]	[glyph]			舜典
皋陶矢厥謨禹成厥功					[glyph]			[glyph]	[glyph]		[glyph]	大禹謨
帝舜申之作大禹皋陶謨益稷					[glyph]			[glyph]	[glyph]		[glyph]	大禹謨
帝曰格汝禹			[glyph]S5745		[glyph]			[glyph]	[glyph]		[glyph]	大禹謨
禹曰枚卜功臣			[glyph]S801		[glyph]			[glyph]	✓		[glyph]	大禹謨
帝曰禹官占惟先蔽志			[glyph]S801								[glyph]	大禹謨
禹曰俞如何					[glyph]			[glyph]			[glyph]	皋陶謨
禹拜昌言曰俞					[glyph]			[glyph]	[glyph]		[glyph]	皋陶謨
帝曰來禹汝亦昌言					[glyph]			[glyph]	[glyph]		[glyph]	益稷
禹拜曰都帝予何言	[glyph]魏品				[glyph]			[glyph]	[glyph]		[glyph]	益稷
禹別九州隨山濬川			[glyph]P3615		[glyph]			[glyph]	[glyph]	[glyph]	[glyph]	禹貢
禹敷土隨山刊木					[glyph]			[glyph]	[glyph]	[glyph]	[glyph]	禹貢
禹錫玄圭告厥成功			[glyph]P2533	[glyph]	[glyph]			[glyph]	[glyph]	[glyph]	[glyph]	禹貢
五子咸怨述大禹之戒以作歌			[glyph]P2533	[glyph]	[glyph]			[glyph]	[glyph]	[glyph]	[glyph]	五子之歌
禹乃嗣興			[glyph]b	[glyph]							[glyph]	洪範

面稽天若今時既墜厥命 *日寫本多禹字作「禹面稽天」					第		龠 龠 龠		召誥
以陟禹之迹方行天下		龠 龠					龠	俞	立政
禹平水土主名山川		俞 龠					龠	俞	呂刑

301、司

「司」字在傳鈔古文《尚書》有下列不同字形：

（1）魏三體 司1 司2

魏三體石經〈立政〉「司」字古文作，源自 司 司母戊鼎 商尊 毛公鼎 司 大梁鼎 盄壺 等形，敦煌本 P2630「司」字作，短橫與其上合書，形似缺筆，《書古文訓》或作司2。

（2）同 旦

足利本、上圖本（影）〈胤征〉「俶擾天紀遐棄厥司」「司」字作同 旦，口形訛誤其左與 相接而似从口。

【傳鈔古文《尚書》「司」字構形異同表】

司	戰國楚簡	石經	敦煌本	岩崎本b	神田本b	九條本	島田本b	內野本	上圖（元）	觀智院b	天理本	古梓堂b	足利本	上圖本（影）	上圖本（八）	古文尚書晁刻	書古文訓	尚書篇目
僉曰伯禹作司空																		舜典
俶擾天紀遐棄厥司														同	旦			胤征
百司太史尹伯庶常吉士			司 P2630															立政
司徒司馬司空亞旅			司 P2630															立政
司徒司馬司空亞旅		司 魏																立政
司牧人以克俊有德			司 P2630															立政
欽乃攸司慎乃出令																	司	周官

舜典	戰國楚簡	漢石經	魏石經	敦煌本 P3315			岩崎本	神田本	九條本	島田本	內野本	上圖本（元）	觀智院	天理本	古梓堂	足利本	上圖本（影）	上圖本（八）	晁刻古文尚書	書古文訓	唐石經
咨禹汝平水土惟時懋哉											咨禹女平水土惟旹懋才					咨禹汝平水土惟旹懋哉	咨禹汝乎水土惟旹懋哉	咨禹汝乎水土惟旹懋哉	咨禹女釆水土惟旹懋才	咨禹汝平水土惟旹懋哉

302、土

「土」字在傳鈔古文《尚書》有下列不同字形：

（1）［土字諸形］

敦煌本《經典釋文·舜典》P3315「土」字作［土］，尚書敦煌各本、日諸古寫本「土」字或右加一點作［土諸形］，「土」字古作［土］盂鼎［土］亳鼎［土］司土司簋［土］陶彙3.499［土］璽彙2837形，［土諸形］或變自戰國文字偏旁「土」作：［土］地.郭店.太一1［土］坡.包山188［土］坡.璽彙2161［土］坤.璽彙1263，或為《隸辨》謂「按『土』本無點，諸碑『士』或作『土』，故加點以別之」，由漢碑作［土］衡方碑而來。

【傳鈔古文《尚書》「土」字構形異同表】

土	戰國楚簡	石經	敦煌本	岩崎本	神田本b	九條本	島田本b	內野本	上圖（元）	觀智院b	天理本	古梓堂b	足利本b	上圖本（影）	上圖本（八）	書古文訓	古文尚書晁刻	尚書篇目
咨禹汝平水土															土			舜典
帝釐下土方設居方別生分類			土 P3315											土	土			舜典
惟荒度土功弼成五服														土	土			益稷
隨山濬川任土作貢			土 P3615	土										土	土			禹貢
濰淄其道厥土白墳			土	土											土			禹貢

經文							篇名
下土墳壚	土(P5522) 圡(P3169)	土			土 土		禹貢
光于四方顯于西土	圡(S799) 圭						泰誓下
肇國在西土		圡					酒誥
予乃胤保大相東土	圭(P2748)				土		洛誥
爾不啻不有爾土	圡(P2748)	土					多士
肆予命爾侯于東土		圡			土		蔡仲之命
我則致天之罰離逖爾土	圭(S2074)	圡			土		多方
司空掌邦土			圡b				周官
禹平水土主名山川					土		呂刑
來有邦有土告爾祥刑	圭						呂刑

303、懋

「惟時懋哉」，《說文》心部「懋」字下引虞書作「時惟懋哉」。董仲舒〈天人策〉、《爾雅·釋詁》郭璞注引書曰「茂哉」疏云：「《書》作『懋』，茂、懋古今字也」。

「懋」字在傳鈔古文《尚書》有下列不同字形：

（1）楙：楙 楙 楙 1 楙 楙 楙 2 楙 3 楙 4 楙 5

敦煌本 S5745、P5557、P2516、S6259、S2074、岩崎本、九條本、內野本、觀智院本、上圖本（元）、足利本、《書古文訓》「懋」字或作「楙」楙 楙 楙 1，《說文》林部「楙，木盛也」《漢書·律歷志》顏師古注云：「楙，古茂字」，「楙」、「茂」、「懋」古相通用。敦煌本《經典釋文·舜典》P3315「懋」字作「楙」楙 2，中所從「矛」誤作「予」，下云「古茂字，王云勉也，馬云美」，敦煌本 P2643、九條本亦或作楙 楙 2，九條本又或訛作楙 3；上圖本（影）或訛作楙 4，上圖本（八）或作楙 5，則所從木訛作「才」或「寸」形。

（2）懋：懋 1 懋 2 懋 3 懋 4 懋 5

　　上圖本（影）「懋」字或作**懋₁懋₂**，上圖本（八）或作**懋₃懋₄徳₅**，皆「懋」字之訛變。

　　（3）勖：**勖** **隸釋**

　　《隸釋》錄漢石經尚書〈盤庚下〉「無戲怠懋建大命」、「予其懋簡相爾」「懋」字皆作**勖**，《說文》「懋」、「勖」皆訓「勉也」。

　　（4）茂：**茂** **漢石經**

　　漢石經尚書殘碑〈康誥〉「惟民其敕懋和」「懋」字作**茂**，「懋」「茂」相通用。

【傳鈔古文《尚書》「懋」字構形異同表】

懋	戰國楚簡	石經	敦煌本	岩崎本b	神田本b	九條本	島田本b	內野本	上圖（元）	觀智院b	天理本	古梓堂b	足利本	上圖本（影）	上圖本（八）	古文尚書晁刻	書古文訓	尚書篇目
惟時懋哉			楙 P3315															舜典
民協于中時乃功懋哉			楙 S5745											懋	徳		楙	大禹謨
予懋乃德嘉乃丕績														懋	懋			大禹謨
政事懋哉懋哉																	楙	皋陶謨
庶艱食鮮食懋遷																	楙	益稷
其爾眾士懋戒哉			楙 P5557	楙懋										懋	懋		楙	胤征
不殖貨利德懋懋官功懋懋賞					楙												楙	仲虺之誥
古有夏先后方懋厥德																	楙	伊訓
后來無罰王懋乃德								楙									楙	太甲中
先王惟時懋敬厥德								楙									楙	太甲下
無戲怠懋建大命	勖 隸釋		楙 P2643 楙 P2516	楙				楙									楙	盤庚下

尚書文句	隸釋														篇名
予其懋簡相爾	勛 隸釋 / P2643 / P2516														盤庚下
惠不惠懋不懋						懋			懋 懋 懋					懋	康誥
惟民其敕懋和	（茂）漢					✓			✓ ✓					✓	康誥
其眷命用懋王其疾敬德						懋								懋	召誥
終以困窮懋乃攸績	S6259 / S2074													懋	蔡仲之命
懋昭周公之訓								懋b						懋	君陳
惟公懋德克勤小物					懋	懋								懋	畢命
懋乃后德					懋	懋								懋	冏命

舜典	戰國楚簡	漢石經	魏石經	敦煌本 P3315		岩崎本	神田本	九條本	島田本	內野本	上圖本（元）	觀智院	天理本	古梓堂	足利本	上圖本（影）	上圖本（八）	晁刻古文尚書	書古文訓	唐石經
禹拜稽首讓于稷契暨皋陶				（古文字形）						（字形）						（字形）	（字形）	（字形）	（字形）	（字形）

304、拜

「拜」字在傳鈔古文《尚書》有下列不同字形：

（1）𣎴魏品式.皋陶謨

魏品式三體石經「禹拜曰都帝予何言」「拜」字古文作𣎴，與《汗簡》錄《說文》𣎴汗 5.66 說文同形，源於金文本作从手从𣎴：𣎴井侯簋𣎴沈子它簋𣎴靜簋𣎴師酉簋𣎴臣諫簋𣎴柞鐘𣎴幾父壺，又手、𣎴形訛變相似，作：𣎴師酉簋𣎴善夫山鼎，故𣎴魏品式石經𣎴汗 5.66 說文形从二𣎴說文古文手，戰國楚簡作𣎴包山 272𣎴郭店.性自 21 與此同。

（2）𣎴1𣎴2

敦煌本《經典釋文・舜典》P3315「拜」字作𣎴，下云「古拜字，《說文》以爲今字，云古文作𣎴1又作𣎴2，今本止作拜字」，𣎴2爲《說文》「拜」字古文𣎴之隸古定，𣎴1則爲此形之訛變，皆源自𣎴包山 272、𣎴魏品式.皋陶謨形訛變。

（3）𣎴汗 5.66 𣎴魏品式（篆）𣎴𣎴𣎴1𣎴𣎴2𣎴𣎴3𣎴4

《汗簡》錄古尚書「拜」字作：𣎴汗 5.66，魏品式三體石經「拜」字篆文作𣎴，皆即《說文》篆文作𣎴，《書古文訓》「拜」字𣎴𣎴𣎴1𣎴𣎴2等形，皆爲𣎴說文篆文拜之隸古定，又或訛變作𣎴𣎴3𣎴4形。

（4）𣎴

敦煌本《經典釋文・舜典》P3315「拜」字作𣎴5，下云「古拜字，《說文》以爲今字」，𣎴右爲𣎴說文篆文拜之右旁隸古定，左則从「搜」字古文𣎴之「扌」旁，爲𣎴說文籀文折之所从之左形「𣎴」訛變，與傳鈔古尚書「遷」字作：𣎴汗 5.64𣎴四 2.4、《書古文訓》作𣎴所从「扌」同形。

（5）𣎴1𣎴𣎴2𣎴𣎴3𣎴4𣎴5

《說文》「拜」字或體「𣎴揚雄說拜从兩手下」，𣎴爲𣎴說文篆文拜之變，𣎴爲𣎴訛變（𣎴之右形）。上圖本（影）或作𣎴說文拜或體之隸定𣎴1，敦煌本 P2748、岩崎本、九條本、觀智院本、上圖本（元）、足利本、上圖本（影）、上圖本（八）或隸變作𣎴𣎴2，右形作手、下共筆合書，九條本、內野本、上圖本（影）、上圖本（八）「拜」字或作𣎴𣎴2，其右手、下合書未共筆，故較 2 形多一畫；敦煌本 P4509 則變作𣎴5。

（6）𣎴

足利本、上圖本（影）「拜」字或作𣎴，从玨从下，上从二「手」之省訛，

下則二手末橫筆、直筆皆共用而作「下」，形構與《說文》「拜」字或體「羍揚雄說拜从兩手下」相合，疑爲（5）拜�3形之省變。

（7）拜拜1拜2

內野本、上圖本（影）「拜」字或作从二手：拜拜1，上圖本（八）或作拜2。

【傳鈔古文《尚書》「拜」字構形異同表】

傳抄古尚書文字 拜 𤮫 汗5.66	戰國楚簡	石經	敦煌本	岩崎本 / 神田本b	九條本 / 島田本b	內野本	上圖（元）/觀智院b/天理本b/古梓堂本b	足利本	上圖本（影）	上圖本（八）	古文尚書晁刻	書古文訓	尚書篇目
禹拜稽首讓于稷契暨皋陶			拜 P3315					拜	拜	拜		拜	舜典
俞咨垂汝共工垂拜稽首								拜	拜	拜		拜	舜典
伯拜稽首讓于夔龍										拜		拜	舜典
禹拜稽首固辭						拜		拜		拜		拜	大禹謨
禹拜昌言曰							✓	拜	拜	拜		拜	大禹謨
禹拜昌言曰俞						拜		拜	拜	拜		拜	皋陶謨
禹拜曰都帝予何言		拜 魏品				拜		拜	拜	拜		拜	益稷
皋陶拜手稽首						拜		拜	拜	拜		拜	益稷
帝拜曰俞往欽哉			*P3605.3615'「帝拜日」作「帝日日」							拜		拜	益稷
實萬世無疆之休王拜手稽首						拜	拜	拜	拜	拜		拜	太甲中
伊尹拜手稽首曰修厥身允德協于下						✓		✓	拜	拜		拜	太甲中
乃不良于言予罔聞于行說拜稽首			拜				拜	拜	拜				說命中
拜手稽首旅王若公誥告庶殷					拜	拜		拜	拜	拜		拜	召誥
拜手稽首曰予小臣						拜		拜	拜	拜		拜	召誥

周公拜手稽首日朕復子明辟				𢂾		拜 拜 𢂾			撛	洛誥
王拜手稽首日公不敢不敬天之休	� P2748			𢂾		𢂾 拜 𢂾			撛	洛誥
四方其世享周公拜手稽首日	拜 P2748			𢂾		𢂾 𢂾 拜			撛	洛誥
周公若日拜手稽首				𢂾		拜 拜			撛	立政
乃敢告教厥后日拜手稽首后矣			𢂾 𢂾			𢂾 𢂾			撛	立政
王再拜興荅日眇眇予末小子	拜 P4509		拜 𢂾b		拜 𢂾 𢂾				撛	顧命
秉璋以酢授宗人同拜王荅拜			𢂾 𢂾b		𢂾 𢂾 𢂾				撛	顧命
皆再拜稽首王義嗣德荅拜			𢂾 拜b		𢂾 𢂾 拜				撛	康王之誥

305、首

「首」字在傳鈔古文《尚書》有下列不同字形：

（1）𩠐 𩠐 𩠐 𩠐 1 𩠐,𩠐 2 𩠐 3 𩠐 4

敦煌本《經典釋文・舜典》P3315「首」字作 𩠐 1，下云「古首字」，P3605.3615 作 𩠐 1，《書古文訓》「首」字皆作 𩠐 1，內野本、足利本、上圖本（影）、上圖本（八）或作此形 𩠐 1，上圖本（影）、上圖本（八）又或作 𩠐,𩠐 2，皆爲《說文》首部篆文 𩠐 之隸古定，源自：𩠐 農卣 𩠐 令鼎 𩠐 吳方彝 𩠐 頌鼎 𩠐 兮甲盤等形。敦煌本 P2643「首」字作 𩠐 3，爲「𩠐」之析離，其下變作「目」形，岩崎本或析離作 𩠐 4，其下變作「日」形。

（2）𩠐

上圖本（影）「共工垂拜稽首」「首」字作 𩠐，爲篆文首 𩠐 之隸古定訛變，其下訛似「旨」字俗體 旨。

【傳鈔古文《尚書》「首」字構形異同表】

首	戰國楚簡	石經	敦煌本	岩崎本	神田本b	九條本	島田本b	內野本	上圖（元）b	觀智院b	天理本	古梓堂b	足利本	上圖本（影）	上圖本（八）	古文尚書晁刻	書古文訓	尚書篇目
禹拜稽首讓于稷契暨皋陶			𩠐 P3315					𩠐					𩠐	𩠐			𩠐	舜典

共工垂拜稽首						𧘇		𧘇	𧘇			𧘇	舜典
益拜稽首讓于朱虎熊羆						𧘇		𧘇	𧘇			𧘇	舜典
伯拜稽首讓于夔龍						𧘇		𧘇	𧘇			𧘇	舜典
禹拜稽首固辭						𧘇		𧘇	𧘇			𧘇	大禹謨
股肱喜哉元首起哉						𧘇		𧘇	𧘇	𧘇		𧘇	益稷
百工熙哉皋陶拜手稽首	𧘇 P3605. P3615					𧘇		𧘇	𧘇			𧘇	益稷
逾于河壺口雷首						𧘇				𧘇		𧘇	禹貢
伊尹拜手稽首曰修厥身允德協于下						𧘇		𧘇	𧘇			𧘇	太甲中
予罔聞于行說拜稽首	𧘇 P2643	𧘇				𧘇						𧘇	說命中
拜手稽首旅王若公誥告庶殷						𧘇		𧘇	𧘇			𧘇	召誥
拜手稽首曰予小臣						𧘇		𧘇	𧘇			𧘇	召誥
周公拜手稽首曰朕復子明辟						𧘇		𧘇	𧘇			𧘇	洛誥
周公若曰拜手稽首						𧘇				𧘇		𧘇	立政
皆再拜稽首王義嗣德荅拜						𧘇				𧘇		𧘇	康王之誥

306、稷

「稷」字在傳鈔古文《尚書》有下列不同字形：

（1）稷 汗 3.36 稷 四 5.27 稷 1 稷 2 稷 3 稷 3

《汗簡》、《古文四聲韻》錄古尚書「稷」字作：稷 汗 3.36 稷 四 5.27，此即《說文》古文「稷」字稷，敦煌本《經典釋文・舜典》P3315「稷」字作稷1，下云「古稷字，官名也」《書古文訓》「稷」字或作稷2，皆稷說文古文稷之隸定，其右形即「鬼」字，「鬼」字本作鬼鬼壺鬼梁伯戈，東周以後其下多加寫㔾作鬼侯馬，「稷」字本作从示从鬼：稷中山王鼎稷子禾子釜稷郭店.尊德7，《書古文訓》「稷」字又作从鬼：稷3，內野本〈太甲上〉「社稷宗廟罔不祇肅」亦作稷3形，與古璽作稷璽彙4442同形。

（2）稷稷1 稷稷2 禝3

內野本、上圖本（影）、上圖本（八）「稷」字或作稷稷1，岩崎本、上圖本（元）、足利本、上圖本（影）或作稷稷2，觀智院本或右下寫似「久」作禝3，皆爲《說文》「稷」字篆文𥞫之隸變俗寫。

（3）禝1 禝禝2

岩崎本、上圖本（元）〈盤庚上〉「越其罔有黍稷」「稷」字从「礻」（示）分別作禝1 禝2，九條本〈酒誥〉「其藝黍稷」亦从「礻」作禝2，「稷」字本作从示从鬼：𥘅中山王鼎 禫子禾子釜 𥘅郭店.尊德7，且寫本中偏旁「礻」（示）、「禾」常寫混。

【傳鈔古文《尚書》「稷」字構形異同表】

傳抄古尚書文字 稷 稷 汗3.36 稷 四5.27	戰國楚簡	石經	敦煌本	岩崎本	神田本b	九條本	島田本b	內野本	上圖（元）	觀智院b	天理本	古梓堂b	足利本	上圖本（影）	上圖本（八）	古文尚書晁刻	書古文訓	尚書篇目
禹拜稽首讓于稷契暨皋陶			稇 P3315					稷					稷	稷	稷		稷	舜典
汝后稷播時百穀								稷					稷	稷	稷		稷	舜典
帝舜申之作大禹皋陶謨益稷								稷					稷	稷			稷	大禹謨
濬畎澮距川暨稷播奏														稷			稷	益稷
社稷宗廟罔不祗肅							稷	稷						稷	稷		稷	太甲上
越其罔有黍稷			禝					稷	禝								稷	盤庚上
其藝黍稷			禝			稷							稷	稷			稷	酒誥
黍稷非馨明德惟馨								稷	禝b				稷	稷	稷		稷	君陳
稷降播種農殖嘉穀			稷					稷					稷				稷	呂刑

307、契

「契」，敦煌本《經典釋文・舜典》P3315作离（离），下云「古文作离，皆古偰（偰）字，息列反，臣名也。」《說文》作「偰」，云：「高辛氏（即嚳）之子，堯司徒，殷之先。」《左傳》舉高辛氏之子八元亦作「偰」，《漢書・古今

人表》舉八元作「离」，《詩・玄鳥箋》「始合祭于契之廟」《釋文》云：「契，本又作偰，又作离，古字也。」《史記・殷本紀》《正義》引《括地志》「商州商洛縣」云：「……古之商國，帝嚳之子离所封地」《撰異》云：「壁中《尚書》正作『偰』也，內部『离』下云『讀與偰同』可知漢人通用『偰』，人所共曉，不知何時遣去人旁，借用書契。……『离』者，『偰』之假借字」。

「契」字在傳鈔古文《尚書》有下列不同字形：

（1）桌汗6.78 离四5.13 离1 离2 离3 高高4 离5 离6

《汗簡》、《古文四聲韻》錄古尚書「契」字作：桌汗6.78 离四5.13，即《說文》內部「离」字篆文桌，敦煌本《經典釋文・舜典》P3315「契」字作离1，爲此形之隸訛；《書古文訓》則隸定作离2；上圖本（影）「离」字變作离3；內野本、足利本、上圖本（八）或作高高4；其下原从「內」隸變作「回」形，亦「厶」變作「口」；〈胤征〉「自契至于成湯八遷」「离」字敦煌本P5557則下形變作「囧」形作离5，九條本訛變作离6，上圖本（影）誤寫作「禹」字：禹，其旁更寫之「离」字作高4形。

（2）揭汗6.78 离四5.13

《汗簡》、《古文四聲韻》錄古尚書「契」字又作：揭汗6.78 离四5.13，即《說文》「离」字古文离。

【傳鈔古文《尚書》「契」字構形異同表】

契 傳抄古尚書文字 桌揭汗6.78 离离四5.13	戰國楚簡	石經	敦煌本	岩崎本b	神田本b 九條本	島田本b	內野本	上圖（元）b	觀智院b	天理本b	古梓堂b	足利本	上圖本（影）	上圖本（八）	古文尚書晁刻	書古文訓	尚書篇目
讓于稷契暨皋陶			离 P3315				高					高	离			离	舜典
契百姓不親五品不遜							高					高				离	舜典
自契至于成湯八遷			离 P5557		离 高							离	禹	高		离	胤征

308、皋（皋陶）、咎（咎繇）

「暨皋陶」，《史記》作「與皋陶」，《說文》釆（𭕄）部「息」字引虞書作「息咎繇」，言部「謨」字引「虞書曰咎繇謨」，《漢書・百官志》引《書》、顏

師古注引《尚書》皆作「咎繇」，敦煌本《經典釋文‧舜典》P3315「𣇪𦅻」，云「𣇪音羔」「𦅻音遙。𣇪𦅻臣名」，敦煌本 S5745、P3605.3615、內野本、足利本、上圖本（影）、《書古文訓》亦作「咎繇」，上圖本（八）則「皋陶」、「咎繇」皆作。《撰異》云：「《釋文》於〈孔序〉曰：『皋，本又作咎。陶，本又作繇。』考自來古文尚書有作『皋陶』者，有作『咎繇』者。是以顏注《漢書》皆作『咎繇』，李注《文選》則皆作『皋陶』。要之，衡以古音，則『皋陶』二字古在尤幽，《說文》引虞書作『咎繇』，則壁中原本也。」是「皋陶」、「咎繇」傳鈔古文《尚書》皆用。

皋（皋陶）、咎（咎繇）字在傳鈔古文《尚書》有下列不同字形：

（1）皋：𦍋汗4.58 𦍋四2.8 𦍋𦍋六101 𦍋漢石經 皋1

《汗簡》、《古文四聲韻》、《訂正六書通》錄古尚書「皋」字作：𦍋汗4.58 𦍋四2.8 𦍋𦍋六101，𦍋汗4.58 與《說文》「皋」字篆文同形，𦍋四2.8 稍變，𦍋𦍋六書通101 則寫誤。漢石經作𦍋，上圖本（八）或作皋1，皆爲篆文「皋」𦍋之隸體。

（2）咎：𣇪咎1 𣇪咎2 咎3 咎4

敦煌本《經典釋文‧舜典》P3315「咎繇」之「咎」字作𣇪咎1，S5745、《書古文訓》亦或作咎1形，其右上「人」形隸變作「卜」形右移成左右形構。敦煌本 P3605.3615「咎繇」之「咎」字作咎2，《書古文訓》或右上「人」形隸作「几」形咎3，上圖本（八）或俗訛作咎4。

【傳鈔古文《尚書》「皋」字構形異同表】

皋 皋汗4.58 皋四2.8 皋六101	傳抄古尚書文字	戰國楚簡	石經	敦煌本	岩崎本b	神田本b	九條本b	島田本b	內野本	上圖本（元）	觀智院b	天理本b	古梓堂b	足利本	上圖本（影）	上圖本（八）	古文尚書晁刻	書古文訓	尚書篇目
禹拜稽首讓于稷契暨皋陶				𣇪P3315					咎					咎	咎	皋		咎	舜典
皋陶蠻夷猾夏寇賊姦宄									咎					咎	咎	皋		咎	舜典
皋陶矢厥謨禹成厥功									咎					咎		皋		咎	大禹謨
帝舜申之作大禹皋陶謨益稷									咎					咎	咎	皋		咎	大禹謨

皋陶邁種德德乃降黎民懷之					咎			咎	笶	咎		咎	大禹謨
皋陶惟茲臣庶罔或干予正	谷 S5745		咎			咎	咎	咎		咎	大禹謨
皋陶曰帝德罔愆臨下以簡	咎 S5745		咎			咎	笶		咎		大禹謨
皋陶曰允迪厥德謨明弼諧						咎	咎	皋	咎		皋陶謨
皋陶曰都在知人在安民			咎			咎	咎	皋	咎		皋陶謨
皋陶曰都亦行有九德			咎			咎	咎	皋	咎		皋陶謨
皋陶曰寬而栗柔而立			咎			咎	咎	皋	咎		皋陶謨
皋陶曰吁如何			咎			咎	咎	皋	咎		益稷
皋陶方祗厥敘	軍 漢		咎			咎	笶	咎	咎		益稷
百工熙哉皋陶拜手稽首	咎 P3605. P3615		咎			咎	咎	咎	咎		益稷

309、陶（皋陶）、繇（咎繇）

陶（皋陶）、繇（咎繇）字在傳鈔古文《尚書》有下列不同字形：

（1）陶：陶

上圖本（八）「皋陶」之「陶」字或作陶，爲「陶」字篆文之隸變。

（2）繇：繇1 繇繇繇繇2 繇繇3 繇繇繇繇4 繇5 繇6

敦煌本《經典釋文·舜典》P3315「繇」字作繇1，其右爲「系」之訛變，敦煌本 S5745、P3605.3615、內野本、上圖本（影）、上圖本（八）、《書古文訓》「繇」字或作繇繇繇繇2，足利本、《書古文訓》或「系」省作「糸」作繇繇3，1、2、3 形左下「缶」皆少左上一筆。《書古文訓》或作繇繇繇繇繇4 等形，從「糸」且左形訛變。上圖本（八）或作繇5，左形訛作「呈」；上圖本（影）或作繇6，左下「缶」訛作「糸」，當是與其右相涉而類化。

【傳鈔古文《尚書》「陶」（皋陶）字構形異同表】

陶	戰國楚簡	石經	敦煌本	岩崎本b／神田本b／九條本	島田本b	內野本	上圖本（元）／觀智院本b／天理本b／古梓堂本b	足利本	上圖本（影）	上圖本（八）	古文尚書晁刻	書古文訓	尚書篇目
讓于稷契暨皋陶			縣 P3315			字形		字形	字形	陶		字形	舜典
皋陶蠻夷猾夏						字形		字形	字形	陶		字形	舜典
皋陶矢厥謨禹成厥功						字形		字形	字形	陶		字形	大禹謨
帝舜申之作大禹皋陶謨益稷						字形		字形	字形	陶		字形	大禹謨
皋陶邁種德德乃降黎民懷之						字形		字形	字形	字形		字形	大禹謨
皋陶惟茲臣庶罔或干予正			縣 S5745			字形		字形	字形	字形		字形	大禹謨
皋陶曰帝德罔愆臨下以簡			縣 S5745			字形		字形				字形	大禹謨
皋陶曰允迪厥德謨明弼諧								字形	字形	陶		字形	皋陶謨
皋陶曰都在知人在安民						字形		字形	字形	✓		字形	皋陶謨
皋陶曰都亦行有九德						字形		字形	字形	陶		字形	皋陶謨
皋陶曰寬而栗柔而立						字形		字形	字形	陶		字形	皋陶謨
皋陶曰吁如何						字形		字形	字形	陶		字形	益稷
皋陶方祇厥敘						字形		字形	字形	字形		字形	益稷
百工熙哉皋陶拜手稽首			縣 P3605.P3615			字形		字形	字形	字形		字形	益稷

310、陶

「陶」字在傳鈔古文《尚書》有下列不同字形：

（1）⬚汗4.50 ⬚四2.9 匋1

《汗簡》、《古文四聲韻》錄古尚書「陶」字作：⬚汗4.50 ⬚四2.9古尚書又樊先生碑，金文作：⬚能匋尊 ⬚麓伯簋 ⬚雔公劍 ⬚邘君壺，《說文》缶部「匋，瓦

器也」，《玉篇》「匋」字：「今作陶」，「匋」爲陶冶之本字。《書古文訓》〈禹貢〉「陶邱」、〈五子之歌〉「陶唐」、「鬱陶」「陶」字皆作**匋**1。

（2）**陶**1**陶**2

日古寫本「陶」字多作**陶**1**陶**2形，爲「陶」字篆文之隸變俗寫。

【傳鈔古文《尚書》「陶」字構形異同表】

傳抄古尚書文字　陶　 匋 汗4.50　匋 四2.9	戰國楚簡	石經	敦煌本	岩崎本	神田本b	九條本b	島田本b	內野本	上圖（元）b	觀智院b	天理本b	古梓堂b	足利本	上圖本（影）	上圖本（八）	古文尚書晁刻	書古文訓	尚書篇目
東出于陶邱北							陶	陶						陶	陶	陶	匋	禹貢
惟彼陶唐有此冀方							陶	陶						陶	陶	陶	匋	五子之歌
鬱陶乎予心							陶	陶							陶		匋	五子之歌

舜典	戰國楚簡	漢石經	魏石經	敦煌本 P3315			岩崎本	神田本	九條本	島田本	內野本	上圖本（元）	觀智院	天理本	古梓堂	足利本	上圖本（影）	上圖本（八）	晁刻古文尚書	書古文訓	唐石經
帝曰俞汝往哉											帝曰俞女往才					帝曰俞汝往指	帝曰俞汝往哉	帝曰俞汝往哉	帝曰俞汝往才	帝曰俞女徃才	帝曰俞汝往哉

帝曰棄黎民阻飢汝后稷播時百穀		帝曰棄…祖…幾…阻…王之舞…銀案					帝曰棄黎民阻飢女后稷耒呰百穀		帝曰棄黎民阻飢汝后稷播時百穀	帝曰棄黎民阻飢汝后稷播時百穀	帝曰弃黎民阻飢女后稷뮈呰百祭	帝曰弃黎民阻飢汝后稷播時百穀			帝曰弃黎民阻飢汝后稷播時百穀

311、棄

「棄」字在傳鈔古文《尚書》有下列不同字形：

（1）弃：弃弃弃$_1$弃$_2$弃$_3$

《撰異》謂「『棄』字唐石經皆作『弃』，因其字中有『世』字，故避諱從古文作『弃』。《說文》「棄」字古文弃，隸定作「弃」，源自戰國作：中山王鼎棄璽彙1485弃包山121弃郭店.老子甲1。敦煌本《經典釋文·舜典》P3315「棄」字作「弃」弃$_1$，下云「古棄字，后稷名也。」尚書敦煌寫本、日古寫本、《書古文訓》「棄」字多作「弃」弃弃$_1$。

上圖本（八）「棄」字或作弃$_2$，又變作弃，爲「棄」字古文「弃」之變，其下變作從「寸」，俗字「廾」有混作「寸」者。

（2）棄：棄$_1$棄$_2$棄$_3$棄$_4$

《書古文訓》「棄」字或作棄$_1$，爲《說文》「棄」字籀文棄之隸古定訛變，其下訛從「禾」。上圖本（八）或訛變作棄$_2$，上圖本（影）或作棄$_3$，敦煌本S799或作棄$_4$形，當爲「棄」字書寫未竟之形。

【傳鈔古文《尚書》「棄」字構形異同表】

棄	戰國楚簡	石經	敦煌本	岩崎本b／神田本b	九條本／島田本b	內野本	上圖（元）／觀智院本b／天理本b／古梓堂本b	足利本	上圖本（影）	上圖本（八）	古文尚書晁刻	書古文訓	尚書篇目
帝曰棄黎民阻飢			弃 P3315									弃	舜典
民棄不保天降之咎			弃 S801		弃			弃	弃	弃		弃	大禹謨
威侮五行怠棄三正			弃 P2533		弃							弃	甘誓
俶擾天紀遐棄厥司			弃 P2533／弃 P5557		弃	弃		弃	弃	弃		弃	胤征
乃斷棄汝不救乃死			弃 P2643／弃 P2516	弃		弃	弃	弃	弃	弃		弃	盤庚中
爾交脩予罔予棄予			弃 P2643／弃 P2516	弃			弃					弃	說命下
故天棄我不有康食			弃 P2643／弃 P2516	弃			弃		棄	棄		弃	西伯戡黎
播棄犁老			弃			弃		弃	弃	弃		弃	泰誓中
放黜師保屏棄典刑			壺 S799／弃			弃		弃	弃	弃		弃	泰誓下
昏棄厥肆祀弗答			弃 S799／弃			弃		弃	弃	弃		桒	牧誓
弗棄基肆						弃		弃	弃			弃	大誥
若有疾惟民其畢棄咎						弃		弃	弃	弃		弃	康誥
汝往哉無荒棄朕命			弃 S6259／弃 S2074		弃	弃						弃	蔡仲之命

312、阻

「黎民阻飢」，《史記》作「黎民始饑」，〈集解〉引徐廣曰「今文尚書作

『祖饑』，祖，始也」，《漢書・食貨志》曰：「舜命后稷以黎民祖飢」「阻」字作「祖」，顏注引鄭玄曰「祖，始也」，馬融《尚書》注亦作「祖」，宋本《毛詩正義》（〈周頌・思文〉）、《書古文訓》「阻」字作「俎」。《撰異》云：「〈周頌・思文〉鄭箋云：『昔堯遭洪水黎民阻飢』……〈正義〉引〈舜典〉『黎民阻飢』……蓋壁中故《書》作『俎』，故鄭云：『阻讀曰俎，阻，厄也』……古『且』與『俎』音同義同。『且』，薦也，『俎』所以薦肉也。孔壁與伏壁當是皆本作『且』。伏讀『且』爲『祖』，訓『始』，孔安國則或通以今本作『俎』，而說之者仍多依今文讀爲『祖』，訓『始』，如馬季長注是也。至鄭乃讀爲『阻』，鄭意以九載績墮，黎民久飢，不得云始飢，故易字作『阻』，厄也。王子雝從之云『難也』，姚方興采王注亦云『難也』……而方興徑用鄭說易《尚書》經文本字作『阻』，不作『俎』」。

「阻」字在傳鈔古文《尚書》有下列不同字形：

（1）俎，俎

敦煌本《經典釋文・舜典》P3315「阻」字作「俎」俎，與《毛詩正義》（〈周頌・思文〉）相合，其下云「本又作『阻』，莊呂反，王云難也，馬本作『祖』云始也」。《書古文訓》「阻」字作俎，與此同。「俎」爲「阻」之假借字。

【傳鈔古文《尚書》「阻」字構形異同表】

阻	戰國楚簡	石經	敦煌本	岩崎本	神田本b	九條本b 島田本b	內野本	上圖（元）觀智院b	天理本 古梓堂b	足利本	上圖本（影）	上圖本（八）	古文尚書晁刻	書古文訓	尚書篇目
黎民阻飢			俎 P3315											俎	舜典

313、飢

「飢」字在傳鈔古文《尚書》有下列不同字形：

（1）饑汗2.26 飢四1.17 餞

《汗簡》錄古尚書「饑」字作：饑汗2.26，《古文四聲韻》則錄作「飢」字：飢四1.17，《尚書》無「饑」字。此形从「幾」字省戈之「𢆶」形（詳見本文「璣」字），《書古文訓》「飢」字隸變作餞，爲此形之隸變。《說文》「穀不熟」爲「饑」，與「飢」訓「餓也」義可相通，音亦相同，二字相通。

（2）𩜌饑汗2.26 𩜌飢四1.17

《汗簡》、《古文四聲韻》錄古尚書「飢」（饑）字又作：𩜌饑汗2.26 𩜌飢四1.17，即《玉篇》「飢」字下「𩜌」字，云「古文（飢）」，《爾雅・釋文》：「饑，本或作飢，又作古𩜌字。」「𩜌」字形構从食从乏，會有「飢，餓也」之義，當爲「飢」字會意之異體。

（3）𩞋

敦煌本《經典釋文・舜典》P3315「飢」字作𩞋，下云「古飢字」，《古文四聲韻》「飢」字錄𩞋四1.17 籀韻，與此類同，當皆訛變自从食从乏之𩜌饑汗2.26 𩜌飢四1.17字。

【傳鈔古文《尚書》「飢」字構形異同表】

傳抄古尚書文字 飢 𩜌𩜌 饑汗2.26 𩜌𩜌 飢四1.17	戰國楚簡	石經	敦煌本	岩崎本	神田本b	九條本	島田本b	內野本	上圖（元）	觀智院b	天理本b	古梓堂b	足利本	上圖本（影）	上圖本（八）	古文尚書晁刻	書古文訓	尚書篇目
黎民阻飢			𩞋 P3315														𩞋	舜典

314、播

「播」字在傳鈔古文《尚書》有下列不同字形：

（1）𢮟汗1.14

《汗簡》錄古尚書「播」字作：𢮟汗1.14，《說文》手部「播」字古文作𢿤，此形左从《說文》「釆」字古文�，爲「𢿤」字偏旁省作从「釆」之形，源自𢿤師旂鼎𢿤師旂鼎等。

（2）𢾭汗1.14

《汗簡》錄古尚書「播」字又作：𢾭汗1.14，與《說文》古文𢿤說文古文播、信陽楚簡𢾭信陽1.24同形，源自散盤作𢿤散盤。

（3）𤲂上博1緇衣15 𤲂1 𤲂2 𤲂𤲂3 𤲂4 𤲂5 𤲂6

戰國楚簡上博1〈緇衣〉15引〈呂刑〉「播刑之迪」作「〈呂型〉員：『𤲂型（刑）之由（迪）。』」「播」字作𤲂上博1緇衣15，此即《說文》「番」字古文𤲂，《說文》「播」字段注云：「〈九歌〉『𤲂芳椒兮』成堂補注『𤲂，古播字』」。漢〈朱龜碑〉「𤲂徽馨」《隸辨》云：「𤲂即播字」魏〈呂君碑〉「將逐𤲂聲

於方表」播字亦作，此皆借「番」（）爲「播」。敦煌本《經典釋文・舜典》P3315「播」字作1，下云「古播字，波佐反，敷也，字又或作敵，亦古播字」，《書古文訓》「播」字多作2，其內隸變與「采」混同。敦煌本 S2074 作3 形，岩崎本、上圖本（元）亦或作3 形，其內訛似「米」。岩崎本、九條本、內野本、足利本、上圖本（影）、上圖本（八）「播」字或作4，其下少一畫；1.2.3.4 形皆說文古文番之隸古定訛變。上圖本（影）或隸古定訛作內从「未」形5，九條本或訛作从「勹」形6。

（4）郭店緇衣 29

〈呂刑〉「播刑之迪」戰國楚簡郭店〈緇衣〉29 引作「〈呂型〉員：『坙（刑）之迪。』」「播」字作「翻」郭店緇衣 29，从番从月。

（5）播

足利本、上圖本（影）、上圖本（八）「播」字多作，爲《說文》篆文之隸定。

（6）譒

《書古文訓》〈盤庚上〉「王播告之脩不匿厥指」「播」字作譒，《說文》言部「譒，敷也」與「播」字音義同，其下引「商書曰王譒告之」，《書古文訓》與此相合。

（7）播

上圖本（影）〈多方〉「爾乃屑播天命」「播」字訛作，其右形「嗇」爲「番」之誤。

【傳鈔古文《尚書》「播」字構形異同表】

播 傳抄古尚書文字 汗 1.14	戰國楚簡	石經	敦煌本	岩崎本	神田本b	九條本	島田本b	內野本	上圖（元）	觀智院b	天理本b	古梓堂b	足利本	上圖本（影）	上圖本（八）	古文尚書晁刻	書古文訓	尚書篇目
汝后稷播時百穀			P3315															舜典
濬畎澮距川暨稷播奏																		益稷
又北播爲九河																		禹貢

經文	上博1 緇衣15／郭店 緇衣29	S2074							篇名
王播告之脩不匿厥指			〔字形〕	〔字形〕 補〔字形〕		〔字形〕	〔字形〕	譖	盤庚上
播棄犁老			〔字形〕	〔字形〕		〔字形〕	〔字形〕	〔字形〕	泰誓中
于伐殷逋播臣爾庶邦君				〔字形〕		〔字形〕	〔字形〕	〔字形〕	大誥
侯甸男邦采衛百工播民和				〔字形〕		〔字形〕	〔字形〕	〔字形〕	康誥
爾乃屑播天命		〔字形〕 S2074	〔字形〕 〔字形〕			〔字形〕	〔字形〕	〔字形〕	多方
稷降播種農殖嘉穀			〔字形〕	〔字形〕		〔字形〕	〔字形〕	〔字形〕	呂刑
播刑之迪〔註211〕	〔字形〕 上博1 緇衣15 〔字形〕 郭店 緇衣29		〔字形〕	〔字形〕		〔字形〕	〔字形〕	〔字形〕	呂刑

315、穀

「穀」字在傳鈔古文《尚書》有下列不同字形：

（1）穀：穀穀（穀）

〈咸有一德〉「亳有祥桑穀共生于朝」上圖本（元）、上圖本（影）「穀」字作穀穀，「禾」上少一短橫，與 〔字形〕璽印集粹 〔字形〕十鐘 〔字形〕漢帛書.老子乙前 **87** 上 〔字形〕孫臏 **131** 〔字形〕曹全碑等同形，為《說文》「穀」字篆文之隸變俗寫。

（2）穀：穀1 穀2 穀3

內野本、足利本、上圖本（影）、上圖本（八）「穀」字多作穀1穀2，岩崎本或筆劃稍變作穀3，皆為「穀」字，其「米」上亦少一短橫，《集韻》入聲1屋韻「穀」字或體「穀」「或從米」，禾、米義類相通，「穀」、「穀」為義符更替。

（3）穀

《書古文訓》「穀」字皆作穀，從殼從米，疑為「穀」字或體「穀」字之訛變，「穀」原從「殼」省聲，「殼」訛變作「殼」，原左右形構變作上下形構。

〔註211〕上博1〈緇衣〉15引作「〈呂型〉員：『〔字形〕型（刑）之由（迪）。』」

郭店〈緇衣〉29引作「〈呂型〉員：『〔字形〕坓（刑）之迪。』」

今本〈緇衣〉引〈甫刑〉曰：「播刑之不迪。」

《尚書隸古定釋文》卷 2.12 謂《風俗通・皇霸篇》「神農悉地力種䅌疏」、《論衡・偶會篇》、高誘注《呂氏春秋》九月紀，均作「䅌」，《齊民要術》第十卷引《山海經》「廣都之野百䅌自生」楊用修謂今本《山海經》誤改作「穀」，《篇海》亦載「䅌」字。按「䅌」字應即「穀」字之訛。

【傳鈔古文《尚書》「穀」字構形異同表】

穀	戰國楚簡	石經	敦煌本	岩崎本b	神田本b	九條本／島田本b	內野本	上圖（元）	觀智院本b	天理本b	古梓堂本b	足利本	上圖本（影）	上圖本（八）	古文尚書晁刻	書古文訓	尚書篇目
汝后稷播時百穀							穀					穀	穀	穀		䅌	舜典
水火金木土穀							穀					穀	穀	穀		䅌	大禹謨
亳有祥桑穀共生于朝							穀	穀				穀	穀	穀		䅌	咸有一德
凡厥正人既富方穀												穀		穀		䅌	洪範
稷降播種農殖嘉穀				穀			穀					穀	穀	穀		䅌	呂刑

舜典	戰國楚簡	漢石經	魏石經	敦煌本 P3315			岩崎本	神田本	九條本	島田本	內野本	上圖本（元）	觀智院	天理本	古梓堂	足利本	上圖本（影）	上圖本（八）	晁刻古文尚書	書古文訓	唐石經
帝曰契百姓不親五品不遜		帝曰契百姓不親		不遜							帝曰高百姓帝親五品不遜						帝曰高百姓帝親五品不遜	帝曰契百姓不親五品不遜	帝曰㝅百姓不親五品不遜	帝曰㝅百姓㝅親五品㝅遜	帝曰契㝅姓不親五品不遜

316、品

「品」字在傳鈔古文《尚書》有下列不同字形：

（1）品

上圖本（影）「品」字作品，其下二「口」共筆。

【傳鈔古文《尚書》「品」字構形異同表】

品	戰國楚簡	石經	敦煌本	岩崎本	神田本b	九條本	島田本b	內野本	上圖（元）	觀智院b	天理本b	古梓堂b	足利本	上圖本（影）	上圖本（八）	古文尚書晁刻	書古文訓	尚書篇目
百姓不親五品不遜														品				舜典

317、遜

「五品不遜」，《史記・五帝本紀》作「五品不馴」，〈索隱〉曰：「《史記》『馴』字徐廣皆讀曰『訓』。訓，順也」《史記・殷本紀》即作「五品不訓」，皮錫瑞《考證》引《尚書大傳》、《漢書》、《後漢書》、漢碑等證今文皆作「訓」。《說文》心部「愻」訓「順也」下引唐書曰「五品不愻」，段注云：「訓順之字作『愻』，古書用字如此，凡愻順字从心，凡遜遁字从辵。今人『遜』專行而『愻』廢矣。」是「遜」為「愻」之假借字。《撰異》則謂「今本古文作『遜』，未審衛包所改，抑衛包前已然。」敦煌本《經典釋文・舜典》P3315 作遜，下云「音遜，順也」。

「遜」字在傳鈔古文《尚書》有下列不同字形：

（1）愻：愻

《說文》心部「愻」字下引「唐書曰『五品不愻』」，「愻」為訓「順也」之本字，《書古文訓》「遜」字多作愻，與《說文》相合，郭店楚簡〈緇衣〉簡26「則民友（有）愻（遜）心」即作「愻」。

〈微子〉「我其發出狂吾家耄遜于荒」「遜」字孔傳釋「遯出」，《書古文訓》則以「順」義之「愻」假借為遯遜字。

（2）遜：遜遜₁遜₂

上圖本（元）、上圖本（八）「遜」字或作遜遜₁，所從「孫」字之「子」旁訛變似「歹」形，上圖本（影）「將遜于位讓于虞舜作堯典」則「遜」字「子」旁訛變作「君」。

（3）孫：孫孫孫

敦煌本 P2643、P2516、P2748、岩崎本、《書古文訓》「遜」字或作「孫」。

敦煌本 P2643、岩崎本〈說命下〉「惟學遜志務時敏」，P2748、《書古文訓》〈多士〉「比事臣我宗多遜」「遜」字作「孫」，二處孔傳皆釋「順」意，是作「孫」為「愻」之假借。敦煌本 P2643、P2516、岩崎本〈微子〉「我其發出狂吾家耄遜于荒」「遜」字作「孫」，「孫」為訓「遁」之「遜」字假借。

【傳鈔古文《尚書》「遜」字構形異同表】

遜	戰國楚簡	石經	敦煌本	岩崎本	神田本b 九條本	島田本b	內野本	上圖（元） 觀智院b	天理本 古梓堂b	足利本	上圖本（影）	上圖本（八）	古文尚書晁刻	書古文訓	尚書篇目
將遜于位讓于虞舜作堯典											遜			孫	堯典
百姓不親五品不遜												遜		愻	舜典
有言遜于汝志														孫	太甲下
惟學遜志務時敏			孫 P2643	孫										愻	說命下
我其發出狂吾家耄遜于荒			孫 P2643 孫 P2516	孫			遜							愻	微子
勿庸以次汝封乃汝盡遜											遜			孫	康誥
比事臣我宗多遜			孫 P2748											孫	多士
攸服奔走臣我多遜														孫	多士

舜典	戰國楚簡	漢石經	魏石經	敦煌本 P3315			岩崎本	神田本	九條本	島田本	內野本	上圖本（元）	觀智院	天理本	古梓堂	足利本	上圖本（影）	上圖本（八）	晁刻古文尚書	書古文訓	唐石經
汝作司徒敬敷五教在寬											女作司徒而敬事五教在寬						汝作司徒而敬敷五教在寬	汝作司徒而敬敷五教在寬	女延司廷敬專五教圣寬	女延司廷敬專五教圣寬	汝作司徒敬敷五教在寬

《史記》〈五帝本紀〉、〈殷本紀〉、〈列女傳〉、蔡邕〈司空文烈侯楊公碑〉、內野本、足利本、上圖本（影）、上圖本（八）多「而」字，作「而敬敷五教」。

318、徒

「徒」字在傳鈔古文《尚書》有下列不同字形：

（1）徒：廷₁徒徒₂

《書古文訓》「徒」字皆作廷₁，爲《說文》「徒」字篆文䢔之隸定，从辵土聲，源自：徒揚簋 徒禹鼎 廷魯元匜 徒虢大子元戈 表元戟 徒南疆鉦 徒鄂君啓車節 徒璽彙0010 徒璽彙0022 表陶彙3.718 等形。敦煌本S799、P2630、岩崎本、九條本、內野本、觀智院本、上圖本（影）、上圖本（八）「徒」字或作徒徒₂，爲「徒」字篆文䢔之隸變，形同徒睡虎地11.2 徒漢帛.老子甲24 徒孫臏200 等。

（2）從

上圖本（影）〈周官〉「司徒掌邦教」「徒」字作從，與「從」字隸書作從漢石經類同，當是形近而誤。

【傳鈔古文《尚書》「徒」字構形異同表】

尚書篇目	書古文訓	古文尚書晁刻	上圖本（八）	上圖本（影）	足利本	古梓堂 b	天理本 b	觀智院 b	上圖本（元）	內野本	島田本 b	九條本	神田本 b	岩崎本	敦煌本	石經	戰國楚簡	徒
舜典	廷		徒	徒						徒								汝作司徒

簡賢附勢寔繁有徒			徒					徒	辻	仲虺之誥
御事司徒司馬司空亞旅									辻	牧誓
前徒倒戈攻于後以北	徒 S799								辻	武成
五日司徒六日司寇									辻	洪範
我有師師司徒司馬司空尹旅									辻	梓材
司徒司馬司空亞旅	徒 P2630		徒						辻	立政
司徒掌邦教						徒b		從	辻	周官
穆王命君牙爲周大司徒作君牙			徒						辻	君牙

319、教

「教」字在傳鈔古文《尚書》有下列不同字形：

（1）效1 效效2 效效3 效效4

內野本、足利本、上圖本（影）、上圖本（八）「教」字或作效1 效效2，即《說文》古文㸒之隸定，源自甲骨文作：㸒甲206 㸒粹1162，及㸒散盤 㸒郭店.唐虞5 等。足利本、上圖本（影）、上圖本（八）或作效效3，偏旁「攴」字與「支」寫混，寫本中常見；內野本或作效效4，左形訛作二又，與《龍龕手鑑》作「效」同形。

（2）㸒魏三體

魏三體石經〈無逸〉、〈君奭〉「教」字古文作㸒，與甲骨文㸒前5.8.1同形，又作㸒甲1597 㸒郾侯簋 㸒王何戈 㸒包山99，即《說文》篆文㸒。

【傳鈔古文《尚書》「教」字構形異同表】

教	戰國楚簡	石經	敦煌本	岩崎本b	神田本b	九條本	島田本b	內野本	上圖（元）	觀智院b	天理本	古梓堂b	足利本	上圖本（影）	上圖本（八）	古文尚書晁刻	書古文訓	尚書篇目
敬敷五教在寬								效					效	效				舜典
夔命汝典樂教胄子								效					效	效				舜典

明于五刑以弼五教					弢		弢 弢		大禹謨
無教逸欲有邦					弢		弢		皋陶謨
西被于流沙朔南暨聲教							弢		禹貢
重民五教惟食喪祭					弢			弢	武成
其爾典聽朕教					弢		弢 弢		酒誥
御事小子尚克用文王教					弢		弢	弢	酒誥
乃不用我教辭					弢		弢 弢		酒誥
乃汝其悉自教工					弢			弢	洛誥
聽朕教汝于棐民彝					弢			弢	洛誥
猶胥訓告胥保惠胥教誨	弢 魏				弢			弢	無逸
茲迪彝教	弢 魏				弢			弢	君奭
天惟式教我用休簡畀殷命					弢			弢	多方
乃敢告教厥后					弢			弢	立政
司徒掌邦教敷五典擾兆民					弢			弢	周官
奠麗陳教則肄肄不違					弢			弢	顧命

320、寬

「寬」字在傳鈔古文《尚書》有下列不同字形：

（1）⿱宀見 **魏品式·皋陶謨**

魏品式三體石經〈皋陶謨〉「寬」字古文作⿱宀見，篆體作⿱宀見與《說文》篆文⿱宀見相近，《汗簡》錄石經作⿱宀見汗**4.54**，則少一畫。

（2）寬：寬寬寬₁寬寬₂寬₃寬寬₄

敦煌本 P2748、內野本、足利本、上圖本（影）、上圖本（八）、《書古文訓》「寬」字作寬寬寬₁，爲⿱宀見說文篆文寬之隸定而少一點。內野本、上圖本（八）或省訛作寬寬₂，觀智院本又省作寬₃，敦煌本 P3767、九條本或訛作寬寬₄，宀下之形訛似「克」字之多一畫。

【傳鈔古文《尚書》「寬」字構形異同表】

寬	戰國楚簡	石經	敦煌本	岩崎本b 神田本b 九條本 島田本b	內野本	上圖本(元) 觀智院b 天理本 古梓堂b	足利本	上圖本(影)	上圖本(八)	古文尚書晁刻	書古文訓	尚書篇目
敬敷五教在寬					寬			寬	寬	寬		舜典
直而溫寬而栗					寬							舜典
御眾以寬		寬 S5745			寬		寬	寬	寬		寬	大禹謨
寬而栗柔而立	寬 魏品				寬		寬	寬			寬	皋陶謨
克寬克仁				寬	寬		寬	寬	寬		寬	仲虺之誥
代虐以寬					寬		寬	寬	寬		寬	伊訓
誕受厥命撫民以寬					寬		寬	寬	寬		寬	微子之命
不永念厥辟不寬綽厥心亂罰無罪		寬 P3767 寬 P2748			寬		寬	寬	寬		寬	無逸
寬而有制從容以和					寬	寬b	寬	寬	寬		寬	君陳

舜典	戰國楚簡	漢石經	魏石經	敦煌本 P3315		岩崎本	神田本	九條本	島田本	內野本	上圖本(元)	觀智院	天理本	古梓堂	足利本	上圖本(影)	上圖本(八)	晁刻古文尚書	書古文訓	唐石經
帝曰皋陶蠻夷猾夏寇賊姦宄				滑 寇 姦宄						帝曰咎繇蠻尸猾夏賊姦宄						帝曰咎繇蠻尸猾夏寇賊姦宄	帝曰皋陶蠻尸猾夏寇賊姦宄	帝曰咎繇蠻尸猾夏寇賊姦宄	帝曰皋陶蠻尸猾夏寇賊姦宄	帝曰咎繇蠻尸滑夏寇賊是宄

321、猾

「猾」字在傳鈔古文《尚書》有下列不同字形：

（1）滑滑

《尚書大傳》、《潛夫論·志氏姓篇》、馬本、敦煌本《經典釋文·舜典》P3315、《書古文訓》「猾」字皆作「滑」滑滑，下云「于八反，乱」，《說文》無「猾」字，吳承仕謂《潛夫論·志氏姓篇》引作「蠻夷滑夏」與寫本同，今本作「猾」，當是衛包所改。

【傳鈔古文《尚書》「猾」字構形異同表】

猾	戰國楚簡	石經	敦煌本	岩崎本	神田本b	九條本	島田本b	內野本	上圖（元）	觀智院b	天理本b	古梓堂b	足利本	上圖本（影）	上圖本（八）	古文尚書晁刻	書古文訓	尚書篇目
蠻夷猾夏寇賊姦宄			滑 P3315														滑	舜典

322、寇

「寇」字在傳鈔古文《尚書》有下列不同字形：

（1）寇1冠2寇寇3冠寇4寇5

《書古文訓》「寇」字皆作寇1，所從「攴」隸變作「攵」形；內野本、足利本、上圖本（影）、上圖本（八）或從「宀」作冠2；敦煌本《經典釋文·舜典》P3315「寇」字作寇3，內野本或作寇3形，其偏旁「攴」俗訛似「文」；足利本、上圖本（八）或訛從「宀」、從「文」作冠寇4；九條本〈立政〉「太史司寇蘇公」或作寇5，其右下「元」形訛作「礻」。

（2）𡨥漢石經寇1寇2寇4

漢石經尚書殘碑〈康誥〉「寇」字作𡨥，所從「攴」隸變作「殳」，如漢代作：寇春秋事語12冠寇祀三公山碑寇孫臏161，九條本〈費誓〉「則有常刑無敢寇攘」「寇」字則從「宀」、從「殳」作寇1，寇春秋事語12已見右下「元」形訛作「礻」之跡，敦煌本P2630、島田本、岩崎本或作「元」形訛作「礻」之形：寇2，「礻」與「禾」常寫混，因此敦煌本P3871、觀智院本作「元」形俗訛作「禾」之形：寇4。

【傳鈔古文《尚書》「寇」字構形異同表】

寇	戰國楚簡	石經	敦煌本	岩崎本b／神田本b	九條本	島田本b	內野本	上圖（元）	觀智院b	天理本	古梓堂b	足利本	上圖本（影）	上圖本（八）	古文尚書晁刻	書古文訓	尚書篇目
蠻夷猾夏寇賊姦宄			寇 P3315				寇					寇	寇	寇		寇	舜典
六日司寇						寇b	寇					寇	寇	寇		寇	洪範
凡民自得罪寇攘姦宄殺越人于貨		寇漢					寇					寇	寇	寇		寇	康誥
太史司寇蘇公			寇 P2630			寇	寇					寇	寇	寇		寇	立政
司寇掌邦禁詰姦慝刑暴亂							寇	寇b				寇	寇	寇		寇	周官
延及于平民罔不寇賊鴟義					寇		寇					寇	寇	寇		寇	呂刑
則有常刑無敢寇攘			寇 P3871			寇	寇					寇	寇	寇		寇	費誓

323、賊

「賊」字在傳鈔古文《尚書》有下列不同字形：

（1）賊

上圖本（影）「賊」字作賊，其右所从「戎」形與「戔」上下合筆之形訛混，訛同「賤」字隸變俗作：賎縱橫家書 45 賎相馬經 7 下。

【傳鈔古文《尚書》「賊」字構形異同表】

賊	戰國楚簡	石經	敦煌本	岩崎本b／神田本b	九條本	島田本b	內野本	上圖（元）	觀智院b	天理本	古梓堂b	足利本	上圖本（影）	上圖本（八）	古文尚書晁刻	書古文訓	尚書篇目
寇賊姦宄													賊				舜典

324、宄

「宄」字在傳鈔古文《尚書》有下列不同字形：

（1）宄汗 6.78 宄.四 4.37 宄 1 宄 2

《汗簡》錄古尚書「宄」字作：宄汗 6.78，《說文》「宄」字古文一作宄，為兮甲盤作宄之省形，《古文四聲韻》上聲宥韻第 49 下錄古尚書「宄」字作宄究.

四4.37，而讀爲「宄」，當是「宄」字誤注作「究」，俗書偏旁「宀」「穴」不分，「宄」字或作「究」。《書古文訓》或作夋1，爲夋說文古文宄之隸古定，或訛變作夊2。

（2）⿱宀宄四4.37 宄汗4.59

《古文四聲韻》上聲宥韻第49下又錄古尚書「究」字作⿱宀宄四4.37，與《說文》「宄」字古文一作⿱宀宄同形，其注「究」字當讀爲「宄」，爲「宄」字之誤，金文「宄」字下或从廾作⿱宀宄召鼎，此形所从心當爲廾之訛變，《汗簡》錄古尚書「究」字作：宄汗4.59，爲⿱宀宄說文古文宄之寫訛，亦當更注爲「宄」字。

（3）宄1宄2穴3宄4

《說文》「宄」字篆文⿱宀九，从宀九聲，敦煌本《經典釋文·舜典》P3315「宄」字作宄1，敦煌本S799、觀智院本、上圖本（元）、上圖本（八）亦或作此形，上圖本（元）或作宄2，《書古文訓》或作穴3，皆訛混於《說文》从宀人在屋下之「宄」字。岩崎本或作宄4，其下訛多一點，俗訛誤作「丸」。

（4）軌：軌漢石經

漢石經尚書殘碑〈康誥〉「寇攘姦宄殺越人于貨」「宄」字作「軌」軌，爲「宄」字之音同假借。

（5）究：究宄

敦煌本 P2643〈盤庚中〉「顚越不恭暫遇姦宄」「宄」字作「究」究，岩崎本〈呂刑〉「姦宄奪攘矯虔」「宄」字作宄，亦寫作「究」，與傳抄著錄《尚書》古文「宄」字或注作「究」（⿱宀宄究.四4.37⿱宀宄究.四4.37宄究.汗4.59）情形類同，當皆爲「宄」字俗書。

【傳鈔古文《尚書》「宄」字構形異同表】

宄 傳抄古尚書文字 ⿱宀宄汗6.78 ⿱宀宄究.四4.37 ⿱宀宄究.四4.37 宄究.汗4.59	戰國楚簡	石經	敦煌本	岩崎本	神田本b	九條本b	島田本b	內野本	上圖（元）	觀智院b	天理本	古梓堂b	足利本	上圖本（影）	上圖本（八）	古文尚書晁刻	書古文訓	尚書篇目
蠻夷猾夏寇賊姦宄			宄 P3315												宄		夋	舜典
乃敗禍姦宄									宄								夊	盤庚上

顛越不恭暫遇姦宄		宄 P2643	宄							宄	盤庚中
殷罔不小大好草竊姦宄			宄			宄				宄	微子
以姦宄于商邑今予發		宄 S799								宄	牧誓
寇攘姦宄殺越人于貨	宄 漢									宄	康誥
肆徂厥敬勞肆往姦宄										宄	梓材
狃于姦宄敗常亂俗						宄 b				宄	君陳
姦宄奪攘矯虔		宄								宄	呂刑

舜典	戰國楚簡	漢石經	魏石經	敦煌本 P3315		岩崎本	神田本	九條本	島田本	內野本	上圖本（元）	觀智院	天理本	古梓堂	足利本	上圖本（影）	上圖本（八）	晁刻古文尚書	書古文訓	唐石經
汝作士五刑有服五服三就										女作士五刑又服五服式就						女作士五刑又服五服式就	汝作士五刑有服五服三就	汝作士五刑有服五服三就	女延士灾刻大舩圣舩式就	女延士灾刻大舩圣舩式就

「汝作士」，《呂氏春秋・君守篇》高誘注、《文選》應紹注引《尚書》並作「汝作士師」，王先謙《參正》以此謂《尚書》今文別本多一「師」字。

325、就

「就」字在傳鈔古文《尚書》有下列不同字形：

（1）就₁就₂

「就」字內野本、上圖本（影）或省作就₁形，其右下「小」形省作一畫，九條本或多一畫作就₂，與漢魏碑「就」字作就孔宙碑就曹全碑類同。

【傳鈔古文《尚書》「就」字構形異同表】

就	戰國楚簡	石經	敦煌本	岩崎本	神田本b	九條本	島田本b	內野本	上圖本（元）	觀智院b	天理本	古梓堂b	足利本	上圖本（影）	上圖本（八）	古文尚書晁刻	書古文訓	尚書篇目
五刑有服五服三就															就			舜典
未就予忌														鈫	就			秦誓

舜典	戰國楚簡	漢石經	魏石經	敦煌本 P3315		岩崎本	神田本	九條本	島田本	內野本	上圖本（元）	觀智院	天理本	古梓堂	足利本	上圖本（影）	上圖本（八）	晁刻古文尚書	書古文訓	唐石經
五流有宅五宅三居惟明克允						五沇有庇五庇弍居惟明克允				五沇有宅五庇弍厓惟明克允					五流有宅五庇弍屋惟明克允	五流有宅五宅三居惟明克允	五流有宅五宅三居惟明克允	丞沇ナ宅丞宅弍居惟朙庐允		

326、居

「居」字在傳鈔古文《尚書》有下列不同字形：

（1）屋 屋 屋

《汗簡》、《古文四聲韻》錄《說文》古文「居」字作：屋汗 **3.43** 說文 屋四 **1.22** 說文，从尸从立，今本《說文》未見，然《尚書》敦煌寫本、日古寫本、《書古文訓》「居」字多作屋 屋 屋，《玉篇》「屋」古文居，金文 屋 師虎簋 屋 揚簋 屋 農卣 屋 長田盉 屋 舀鼎辭例均作「王在□（某地）屋／屋」，吳大澂、高田忠周等謂「屋／屋」古「居」字〔註212〕，郭沫若以爲《汗簡》出「屋」字蓋見於

〔註212〕說見：吳大澂，《說文古籀補》，台北：藝文印書館，1968，頁84；高田忠周，《古籀篇》卷十六，台北：宏業書局，1975，頁38。

《說文》古本，「尸實广之訛」〔註213〕，是《說文》「居」字下應補「屁古文居從立」。

（2）立：立

敦煌本 P2748〈多士〉「今爾惟時宅爾邑繼爾居」「居」字作立，「立」，位也，此以「立」爲「居」，或即「屈」之省作「立」。

【傳鈔古文《尚書》「居」字構形異同表】

居	戰國楚簡	石經	敦煌本	岩崎本b	神田本b	九條本	島田本b	內野本	上圖(元)	觀智院b	天理本b	古梓堂本b	足利本	上圖本（影）	上圖本（八）	古文尚書晁刻	書古文訓	尚書篇目
五流有宅五宅三居								居					居	居			居	舜典
帝釐下土方設居方別生分類													居	居居				舜典
庶艱食鮮食懋遷有無化居								居									居	益稷
彭蠡既豬陽鳥攸居								居					居	居	居		居	禹貢
湯始居亳從先王居作帝告釐沃	屈 P5557					居		居							居	居	居	胤征
咎單作明居								居					居	居	居		居	湯誥
臣罔以寵利居成功邦								居									居	太甲下
河亶甲居相作河亶甲								居						居	居		居	咸有一德
民不適有居								居	居						居		居	盤庚上
各長于厥居			居 P3670 / 居 P2643			居		居	✓				居	居			居	盤庚上
無恥過作非惟厥攸居			居 P2643 / 居 P2516			居		居	居					居	居		居	說命中
惟天陰騭下民相協厥居								居	居						居		居	洪範

〔註213〕說見：郭沫若，《兩周金文辭大系考釋》，台北：師範大學國文系，頁 17～18。

允迪茲生民保厥居			居	居					居	旅獒
越百姓里居罔敢湎于酒				居		居			居	酒誥
居師惇宗將禮稱秩元祀				居			居		居	洛誥
予惟時其遷居西爾		居 P2748		居			居		居	多士
今爾惟時宅爾邑繼爾居		立 P2748		居					居	多士
居寵思危罔不惟畏				居			居		居	周官
出入起居罔有不欽		居	居						居	冏命

舜典	戰國楚簡	漢石經	魏石經	敦煌本 P3315		岩崎本	神田本	九條本	島田本	內野本	上圖本（元）	觀智院	天理本	古梓堂	足利本	上圖本（影）	上圖本（八）	晁刻古文尚書	書古文訓	唐石經
帝曰疇若予工僉曰垂哉										帝曰疇若予工僉曰垂才					帝曰誰若予工僉曰垂才	帝曰誰若予工僉曰垂戈	帝曰疇若予工僉曰垂哉	帝曰疇若予工僉曰垂才	帝曰昌若予工僉曰垂才	帝曰疇若予工僉曰垂哉
帝曰俞咨垂汝共工垂拜稽首	帝曰俞咨垂汝作共工垂拜稽首									帝曰俞咨垂女作共工垂拜乢首					帝曰俞咨垂女作共工垂拜乢首	帝曰俞咨垂汝作共工垂拜乢首	帝曰俞咨垂汝作共工垂拜乢首	帝曰俞咨垂汝共工垂攘暗首	帝曰俞資垂女共工垂攘暗首	帝曰俞咨垂汝共工垂拜稽首

　　「僉曰垂哉」，《史記》作「皆曰垂可」，《說文》「僉，皆也」，《爾雅·釋詁》、《方言》皆同。內野本、足利本「汝共工」多「作」字，作：「汝作共工」。

327、垂

「垂」字在傳鈔古文《尚書》有下列不同字形：

（1）𠂹

《書古文訓》〈微子之命〉「德垂後裔」「垂」字作𠂹，爲《說文》𠂹部「𠂹，艸木華葉𠂹」篆文之隸古定，此用「下垂」義之本字，段注曰：「引申凡下垂之稱。今字『垂』行而『𠂹』廢矣。」

（2）�1 �2 �3

內野本、足利本、上圖本（影）、上圖本（八）、《書古文訓》「垂」字或作�1形，爲《說文》土部「垂，遠邊也」篆文�之隸古定，足利本、上圖本（影）或訛變作�2。觀智院本〈顧命〉「一人冕執瞿立于西垂」「垂」字隸古定訛變作�3，所從「土」訛作「王」且多一畫。

（3）𡎸1 𡎸2 垂垂3 𡎸垂4 垂5 𡎸6 𡎸7

敦煌本《經典釋文·舜典》P3315「𡎸1」字，下云「本又作𡎸2，皆古垂字，如字，臣名也，徐一音睡（睡）」，𡎸1𡎸2皆「垂」字篆文�隸古定訛變，其下偏旁「土」訛似「缶」之下半，敦煌本 S799、岩崎本、觀智院本、足利本、上圖本（影）、上圖本（八）或作垂垂3爲「垂」字篆文之隸定俗訛，其下亦訛似「缶」之下半，上圖本（影）、上圖本（八）或省筆作𡎸垂4，上圖本（影）或「缶」下半相連作垂5，岩崎本〈畢命〉「予小子垂拱仰成」「垂」字作𡎸6，即𡎸1形筆劃稍異，九條本〈蔡仲之命〉「克勤無怠以垂憲乃後」作𡎸7，爲𡎸2形而少一畫。上述諸形皆與漢碑「垂」字作：**垂**鄭固碑 **垂**華山廟碑 **垂垂**孔龢碑等類同，**𡎸**校官碑 **𡎸**夏承碑則作从「缶」之垂，《說文》「缶」部「垂，小口罌也」，𠂹、�（垂）、垂三字不同，漢碑作似从缶之「垂」字或作「垂」字者，當由从土漢碑變作**垂**張遷碑形訛變。

（4）棄

〈顧命〉「一人冕執瞿立于西垂」上圖本（影）「垂」字作棄，爲「垂」字作（3）垂3而訛變與「棄」字形相混。

【傳鈔古文《尚書》「垂」字構形異同表】

垂	戰國楚簡	石經	敦煌本	岩崎本b	神田本b	九條本	島田本b	內野本	上圖(元)	觀智院b	天理本	古梓堂本	足利本	上圖本(影)	上圖本(八)	古文尚書晁刻	書古文訓	尚書篇目
疇若予工僉曰垂哉			〔P3315〕					〔垂〕					〔垂〕	〔垂〕	〔垂〕	〔垂〕	〔垂〕	舜典
俞咨垂汝共工垂拜稽首								〔垂〕					〔垂〕	〔垂〕	〔垂〕	〔垂〕	〔垂〕	舜典
帝曰俞咨垂汝共工垂拜稽首								〔垂〕					〔垂〕	〔垂〕	〔垂〕	〔垂〕		舜典
垂裕後昆								〔垂〕						〔垂〕	〔垂〕	〔垂〕	〔垂〕	仲虺之誥
垂拱而天下治			〔S799〕					〔垂〕					〔垂〕	〔垂〕	〔垂〕	〔垂〕	〔垂〕	武成
德垂後裔			〔垂〕					〔垂〕					〔垂〕	〔垂〕	〔垂〕	〔垂〕	〔垂〕	微子之命
克勤無怠以垂憲乃後								〔垂〕					〔垂〕	〔垂〕	〔垂〕	〔垂〕	〔垂〕	蔡仲之命
垂之竹矢								〔垂〕	〔垂〕b				〔垂〕	〔垂〕	〔垂〕	〔垂〕	〔垂〕	顧命
一人冕執戣立于東垂									〔垂〕b				〔垂〕	〔垂〕	〔垂〕	〔垂〕	〔垂〕	顧命
一人冕執瞿立于西垂								〔垂〕	〔垂〕b				〔垂〕	〔垂〕	〔垂〕	〔垂〕	〔垂〕	顧命
予小子垂拱仰成					〔垂〕			〔垂〕					〔垂〕	〔垂〕	〔垂〕	〔垂〕	〔垂〕	畢命

舜典	戰國楚簡	漢石經	魏石經	敦煌本 P3315			岩崎本	神田本	九條本	島田本	內野本	上圖本(元)	觀智院	天理本	古梓堂	足利本	上圖本(影)	上圖本(八)	晁刻古文尚書	書古文訓	唐石經
讓于殳斨暨伯與		〔印〕	〔斨 七政交叉 斨所旁名 柏與 與古伯〕								讓亐殳斨泉伯與							讓亐殳斨暨伯與	讓于殳斨暨伯與	攘亐殳斨泉柏弄	讓于殳斨暨伯與

328、斨

「斨」字在傳鈔古文《尚書》有下列不同字形：

（1）斨1斨2

「殳斨」，《漢書古今人表》作「朱斨」。敦煌本《經典釋文‧舜典》P3315「斨」字作斨1，下云「七良反，殳斨，臣名」所從「爿」作爿與偏旁「牛」（牛）字相似，漢〈李翊碑〉「牂柯太守」《隸釋》謂以「牂」為「牂」，「爿」當是「爿」之俗寫，上圖本（影）則省變作斨2。

【傳鈔古文《尚書》「斨」字構形異同表】

斨	戰國楚簡	石經	敦煌本	岩崎本	神田本b	九條本	島田本b	內野本	上圖（元）	觀智院b	天理本	古梓堂b	足利本	上圖本（影）	上圖本（八）	古文尚書晁刻	書古文訓	尚書篇目
讓于殳斨暨伯與			斨 P3315					斨						斨斨				舜典

329、與

「伯與」，《漢書古今人表》作「柏譽」，敦煌本《經典釋文‧舜典》P3315作「柏與」。

「與」字在傳鈔古文《尚書》有下列不同字形：

（1）异

《書古文訓》「與」字或作异，為《說文》「與」字古文㒷之隸定，與戰國楚簡兵信陽1.03 郭店.老子甲5等同形。

（2）与：与与1与2与点3

和闐本、敦煌本P5557、P2516、內野本、足利本、上圖本（影）、上圖本（八）、《書古文訓》「與」作与与1，乃借「賜予」義之「与」為「與」，與戰國楚簡与郭店.語叢1.107 与郭店.語叢3.11 等同形，《說文》勺部「与」字訓「賜予也」段注云：「與攩『與』也，从舁義取其共舉，不同『与』也。今俗以『與』代『与』，『與』行『与』廢矣。」

上圖本（元）或作与2，為「与」字其下「一」作波狀，上圖本（八）、《書古文訓》則其下寫作四點作与点3形。

（3）與：與與與1與2與3

　　敦煌本《經典釋文·舜典》P3315「與」字作**與**1，敦煌本 P3670 或作**與**1、上圖本（元）或作**與**1、內野本亦或作此形，上圖本（八）或作**與**，足利本或作**與**3，上述諸形皆「與」字之俗變。

【傳鈔古文《尚書》「與」字構形異同表】

與	戰國楚簡	石經	敦煌本	岩崎本	神田本b	九條本	島田本b	內野本	上圖（元） / 觀智院b	天理本b	古梓堂b	足利本	上圖本（影）	上圖本（八）	古文尚書晁刻	書古文訓	尚書篇目
讓于殳斨暨伯與			與 P3315									与	与	與		弁	舜典
天下莫與汝爭能								与				与	与	與			大禹謨
汝惟不伐天下莫與汝爭功								与				与	与	㸰			大禹謨
啓與有扈戰于甘之野作甘誓												与	与	與		㸰	甘誓
舊染汙俗咸與惟新			与 P5557	与				与				与	与	與			胤征
遂與桀戰于鳴條之野作湯誓								与				与	与	與		㸰	湯誓
與人不求備檢身若不及以至于有萬邦								与				与	于	与		与	伊訓
茲乃不義習與性成			为 和闐本					与	與			与	与	与			太甲上
與治同道罔不興												与	与	㸰			太甲下
終始愼厥與惟明明后												与	与	与		弁	太甲下
爾祖其從與享之			與 P3670						与			與		與		㸰	盤庚上
先后丕降與汝罪疾			与 P2516		与				与			与	与	与		弁	盤庚中
與受戰于牧野作牧誓												与	与			㸰	牧誓
我其以璧與珪歸俟爾命								与				与	与	与			金縢
天惟與我民彝大泯亂								与				与	与				康誥

舜典	戰國楚簡	漢石經	魏石經	敦煌本P3315			岩崎本	神田本	九條本	島田本	内野本	上圖本（元）	觀智院	天理本	古梓堂	足利本	上圖本（影）	上圖本（八）	晁刻古文尚書	書古文訓	唐石經
帝曰俞往哉汝諧											帝曰俞往仕才女諧					帝曰俞往揆汝諧	帝曰俞往戈汝諧	帝曰俞徃哉汝諧	帝曰俞徃才女譜	帝曰俞往哉汝諧	帝曰俞往哉汝諧
帝曰疇若予上下草木鳥獸				艸草木鳥獸							帝曰疇若予上下艸木鳥獸					帝曰疇若予上下艸木鳥獸	帝曰疇若予上下艸木鳥獸	帝曰疇若予上下草木鳥獸	帝曰疇爨予上下艸木鳥獸	帝曰疇若予上下草木鳥獸	帝曰疇若予上下草木鳥獸

330、草

「草」字在傳鈔古文《尚書》有下列不同字形：

（1）艸：艸艸艸

敦煌本《經典釋文・舜典》P3315「草」字作艸，下云「本又作屮，古草字」內野本、足利本、上圖本（影）、《書古文訓》「疇若予上下草木鳥獸」「草」字皆作「艸」，「艸」爲「草」字初文。

（2）屮：屮屮

敦煌本、P3615、P2516、P2643、內野本、觀智院本、上圖本（元）、足利本、上圖本（影）、上圖本（八）、《書古文訓》「草」字多作屮屮，爲「草」字之初文「屮」。

（3）草：草

足利本、上圖本（影）、上圖本（八）「草」字或作草，爲「草」字篆文之隸變俗寫，形如漢代作草相馬經1下草武威簡.士相見16草武威醫簡.88乙。

（4）巾：屮₁巾₂

岩崎本「草」字或作屮₁，觀智院本或作巾₂，乃「屮」字之寫誤作「巾」。

【傳鈔古文《尚書》「草」字構形異同表】

草	戰國楚簡	石經	敦煌本	岩崎本	神田本b	九條本	島田本b	內野本	上圖(元)	觀智院b	天理本	古梓堂b	足利本	上圖本(影)	上圖本(八)	古文尚書晁刻	書古文訓	尚書篇目
疇若予上下草木鳥獸			艸 P3315					艸					艸	艸	草		屮	舜典
厥草惟繇厥木惟條			屮 P3615	屮				屮					屮	屮	屮		屮	禹貢
草木漸包				巾				屮					屮	屮	屮		屮	禹貢
厥草惟夭				巾				✓					屮	屮	屮		屮	禹貢
弗僭賁若草木								屮					屮	屮	屮		屮	湯誥
殷罔不小大好草竊姦宄			十 P2643 屮 P2516	巾				屮	十				屮	屮	屮		屮	微子
庶草蕃廡								屮						草	草		屮	洪範
爾惟風下民惟草								屮	巾b					草	草		屮	君陳

舜典	戰國楚簡	漢石經	魏石經	敦煌本 P3315	岩崎本	神田本	九條本	島田本	內野本	上圖本(元)	觀智院	天理本	古梓堂	足利本	上圖本(影)	上圖本(八)	晁刻古文尚書	書古文訓	唐石經
僉曰益哉帝曰俞咨益汝作朕虞									僉曰蘒才帝曰俞咨蓗女作朕众						僉曰蘒才帝曰俞咨蓗汝作朕众	僉曰鼗帝曰俞咨益汝作朕虞	僉曰益帝曰俞咨益汝作朕虞	僉曰恭才帝曰俞資蓗女莊朕众	僉曰益哉帝曰俞咨益汝作朕众

331、益

「益」字在傳鈔古文《尚書》有下列不同字形：

（1）森汗4.52 森四5.16 魏品式.皋陶謨 蒶1 茲2 蒶3 蒶4 蒶5 蒶6 蒶7

《汗簡》、《古文四聲韻》錄古尚書「益」字作：森汗4.52 森四5.16，即《說文》「嗌」字籀文森，魏品式三體石經〈皋陶謨〉「暨益奏庶鮮食」「益」字古文作森，源自東周作：森侯馬 森璽彙1551 森包山83 森郭店.尊德21 森郭店.老子乙3等形，此假「嗌」為「益」。

敦煌本《經典釋文・舜典》P3315「益」字作蒶1，下云「字又作茲2 古益字，咎繇子名。」敦煌本S801亦作茲2，皆為森說文籀文嗌之隸古定訛變。內野本或作蒶蒶3、足利本、上圖本（影）或作蒶蒶4，《書古文訓》或作蒶5 蒶6，皆森說文籀文嗌之隸古定，《書古文訓》又隸古定訛變作蒶7。

（2）益益

敦煌本S801、島田本、上圖本（影）「益」字或作益益，其下從「血」，為「皿」之隸變俗訛，金文作：益益公鐘 益休盤 益班簋 益永盂等形。

【傳鈔古文《尚書》「益」字構形異同表】

益 傳抄古尚書文字 森汗4.52 森四5.16	戰國楚簡	石經	敦煌本	岩崎本b	神田本b九條本	島田本b	內野本	上圖（元）b觀智院b	天理本古梓堂b	足利本	上圖本（影）	上圖本（八）	古文尚書晁刻	書古文訓	尚書篇目
僉曰益哉			蒶 P3315				蒶			蒶	蒶			蒶	舜典
帝曰俞咨益汝作朕虞							蒶			蒶	蒶			蒶	舜典
益拜稽首讓于朱虎熊羆							蒶			蒶	蒶			蒶	舜典
帝舜申之作大禹皋陶謨益稷							蒶			蒶	蒶			蒶	大禹謨
惟帝時克益曰都帝德廣運							蒶			蒶	蒶			蒶	大禹謨
益曰吁戒哉儆戒無虞							蒶			蒶	蒶			蒶	大禹謨
益贊于禹			茲 S801				蒶			蒶	蒶			蒶	大禹謨
滿招損謙受益			益 S801								益			蒶	大禹謨

暨益奏庶鮮食	[魏品]			[古文]		[古文] [古文]		[古文]	益稷
謂祭無益								[古文]	泰誓中
不作無益害有益				[古文]b [古文]				[古文]	旅獒

舜典	戰國楚簡	漢石經	魏石經	敦煌本 P3315		岩崎本	神田本	九條本	島田本	內野本	上圖本（元）	觀智院	天理本	古梓堂	足利本	上圖本（影）	上圖本（八）	晁刻古文尚書	書古文訓	唐石經
益拜稽首讓于朱虎熊羆				[古文] 字本作稽古益…作羆						益拜亂首讓于朱虎熊羆						益拜亂首讓于朱虎熊羆	益拜稽首讓于朱虎熊羆	益攬暜晉攘于朱爾熊羆	益攬稽首讓于朱虎熊羆	[唐石經拓本]

332、虎

「虎」字在傳鈔古文《尚書》有下列不同字形：

（1）[古文]1[古文]2

《書古文訓》「虎」字或作[古文]1[古文]2，為《說文》「虎」字古文[古文]之隸古定字，部分字形筆畫為摹寫古文形體，源自西周金文「虎」字作[古文]九年衛鼎[古文]師虎簋[古文]毛公鼎等形。

（2）[古文]1[古文]2

《書古文訓》「虎」字又作[古文]3[古文]4，則為《說文》另一古文[古文]之隸古定訛變，亦源自[古文]九年衛鼎[古文]師虎簋[古文]毛公鼎等形。

（3）[古文][古文][古文]魏三體[古文][古文][古文]1[古文][古文][古文]2[古文]3

魏三體石經「虎」字古文作[古文]，篆隸體分別作：[古文][古文]，其下皆從「巾」形，與《說文》「虎」字篆文[古文]下從「人」形不同，從「巾」之形當為虎足形之訛變，由[古文]九年衛鼎[古文]師虎簋[古文]師虎簋[古文]毛公鼎變作[古文]包山木牘[古文]包山271，秦簡又變作[古文]睡虎地29.25形，敦煌本S799、P2630、《書古文訓》或作此形之隸古定：[古文][古文][古文]1，敦煌本S2074、岩崎本、觀智院本或虎形寫作[古文][古文][古文]2，九條本則

變作［圖］3，與「雨」相混。

（4）[圖]虎[圖]虎1[圖][圖]虎2[圖]3

上圖本（八）、《書古文訓》「虎」字或爲篆文之隸定作[圖][圖]虎1，其下「人」形或隸變作「几」，內野本、足利本、上圖本（影）、上圖本（八）或隸變俗作[圖]虎2，上圖本（八）又俗作[圖]3，其「虍」形訛變與「雨」相混。

【傳鈔古文《尚書》「虎」字構形異同表】

虎	戰國楚簡	石經	敦煌本	岩崎本b	神田本b 九條本 島田本b	內野本	上圖本（元）	觀智院b 天理本 古梓堂b	足利本	上圖本（影）	上圖本（八）	古文尚書晁刻	書古文訓	尚書篇目
益拜稽首讓于朱虎熊羆									[圖]虎	[圖]虎			[圖]	舜典
虎賁三百人			[圖]S799						[圖]虎				[圖]	牧誓
如虎如貔			[圖]S799						✓	✓			[圖]	牧誓
綴衣虎賁			[圖]S2074	[圖]					[圖]虎		[圖]虎		虎	立政
虎賁綴衣趣馬小尹左右攜僕		[圖]魏	[圖]S2074 [圖]P2630	[圖]	[圖]				[圖]虎		[圖]虎		[圖]	立政
畢公衛侯毛公師氏虎臣百尹御事					[圖]b				[圖]虎	[圖]虎	[圖]		[圖]	顧命
俾爰齊侯呂伋以二干戈虎賁百人					[圖]b				[圖]虎	[圖]虎	[圖]虎		[圖]	顧命
若蹈虎尾涉于春冰			[圖]						[圖]虎	[圖]虎	[圖]虎		[圖]	君牙

333、羆

「羆」字在傳鈔古文《尚書》有下列不同字形：

（1）[圖]1[圖]2[圖]3[圖]4[圖]5

「羆」字《書古文訓》作[圖]1[圖]2[圖]3[圖]4等形，[圖]1[圖]2[圖]3爲《說文》「羆」字古文[圖]之隸古定訛變，[圖]3贅增「丨」形，[圖]4則當爲《古文四聲韻》錄《說文》古文「羆」[圖]四1.15說文之隸古定。敦煌本《經典釋文・舜典》P3315「羆」字作[圖]，下云「彼皮反。古文作[圖]5」[圖]5亦《說文》「羆」字古文[圖]之隸古定訛變。

【傳鈔古文《尚書》「罷」字構形異同表】

罷	戰國楚簡	石經	敦煌本	岩崎本	神田本b / 九條本	島田本b	內野本	上圖本（元）	觀智院b	天理本	古梓堂b	足利本	上圖本（影）	上圖本（八）	古文尚書晁刻	書古文訓	尚書篇目
讓于朱虎熊羆			〔字形〕P3315													〔字形〕	舜典
熊羆狐狸織皮			〔字形〕P3169			〔字形〕								〔字形〕		〔字形〕	禹貢
如虎如貔如熊如羆													〔字形〕			〔字形〕	牧誓
則亦有熊羆之士								〔字形〕								〔字形〕	康王之誥

舜典	戰國楚簡	漢石經	魏石經	敦煌本 P3315			岩崎本	神田本	九條本	島田本	內野本	上圖本（元）	觀智院	天理本	古梓堂	足利本	上圖本（影）	上圖本（八）	晁刻古文尚書	書古文訓	唐石經
帝曰俞往哉汝諧											〔帝曰俞往才女諧〕					〔帝曰俞往揆汝諧〕	〔帝曰俞往汝諧〕	〔帝曰俞往武汝諧〕	〔帝曰俞往才女齲〕	〔帝曰俞徃才女諧〕	〔帝曰俞往哉汝諧〕
帝曰咨四岳有能典朕三禮		〔圖〕									〔帝曰咨三岳广能典祗弍禮〕					〔帝曰咨三山有能興般弍礼〕	〔帝曰咨三山有能典般弍礼〕	〔帝曰咨四岳有能典朕三礼〕	〔帝曰咨四岳有能典朕三礼〕	〔帝曰咨三岊广耐簨朕弍祀〕	〔帝曰咨四岳有能典朕三禮〕

僉曰伯夷帝曰俞咨伯汝作秩宗		拍尼　本或作女作秩宗　女秩宗　宗作衍字							僉曰伯尼帝曰俞咨伯女作秩宗		僉曰伯庚帝曰俞咨伯汝作秩宗	僉曰伯庚帝曰俞咨伯夷汝作秩宗	僉曰伯庱帝曰俞咨伯汝作秩宗	僉曰柏尼帝曰俞資柏女廷豔宗	

「帝曰俞咨伯汝作秩宗」，《史記》作「舜曰嗟伯夷以汝爲秩宗」，上圖本
（影）、敦煌本《經典釋文·舜典》P3315 作「咨伯夷」；漢石經、內野本、敦
煌本《經典釋文·舜典》P3315 作「女秩宗」，敦煌本下云：「本或作女作秩宗，
作，衍字。」吳士鑑《校語》以《周禮·春官·秩官》注鄭引〈堯典〉「帝曰俞
咨伯汝作秩宗」謂「此無作字者必壁中古本也」。

舜典	戰國楚簡	漢石經	魏石經	敦煌本 P3315			岩崎本	神田本	九條本	島田本	內野本	上圖本（元）	觀智院	天理本	古梓堂	足利本	上圖本（影）	上圖本（八）	晁刻古文尚書	書古文訓	唐石經
夙夜惟寅直哉惟清	夙夜惟寅直哉惟清			夙夜惟寅直哉惟清							夙夜惟寅直才惟清						夙夜惟寅直才惟清	夙夜惟寅直哉惟清	殂夜惟寅直哉惟清	殂夜惟寅臺橐才惟清	夙夜惟寅直哉惟清

334、夙

「夙」字篆文作 ，源自甲金文作 乙433 前6.16.3 盂鼎 效卣 師虎
簋 毛公鼎 秦公鎛等形。《說文》古文作 ，源自甲骨文作 鐵229.4 後
2.2.3 佚538 及金文「宿」作： 宿父尊 窸弔簋所從「」之訛變。商承祚
謂 實「宿」之初文，象人在席旁或在席上止宿，「宿、夙同聲故可以相通
假，《周書》『寤儆戒維宿』，注『宿，古文 』。《左氏傳》季武子名宿，《國

· 603 ·

語》作夙，此其證也。」〔註214〕

「夙」字在傳鈔古文《尙書》有下列不同字形：

（1）㑴汗3.41 㑴四5.5 㑴

《汗簡》、《古文四聲韻》錄古尙書「夙」字作：㑴汗3.41 㑴四5.5，即《說文》「夙」字古文㑴，內野本〈旅獒〉「夙夜罔或不勤不矜細行」「夙」字作㑴，則爲《說文》「夙」字古文又作㑴之隸古定訛變，其右訛作從「丙」。

（2）㩚汗3.35 㩚四5.5 夗1 㲱2 㲱3 㲱4 㳂5

《汗簡》、《古文四聲韻》錄古尙書「夙」字又作：㩚汗3.35 㩚四5.5，此即《說文》「夙」字篆文㩚，二形偏旁「夕」皆寫訛，㩚四5.5則訛誤作從「人」旁。《書古文訓》「夙」字皆作夗1，爲篆文㩚之隸古定。

敦煌本《經典釋文・舜典》P3315「夙」字作㲱2，下云「本又作㲱3，古夙字，早也」內野本亦作此形，爲「夙」字篆文㩚之隸訛，偏旁「夕」字訛作「歹」、「歺」形，右形「丮」訛作「几」，㲱2與㲱 鄭季宣碑同形。島田本或訛作㲱4，上圖本（八）或訛作㳂5，訛近於「殄」字作㲱形。

（3）夙

上圖本（八）「夙」字或少一畫作夙。

【傳鈔古文《尚書》「夙」字構形異同表】

傳抄古尚書文字 夙 㑴汗3.41 㩚汗3.35 㑴㩚四5.5	戰國楚簡	石經	敦煌本	岩崎本	神田本b	九條本	島田本b	內野本	上圖（元）	觀智院b	天理本	古梓堂b	足利本	上圖本（影）	上圖本（八）	古文尚書晁刻	書古文訓	尚書篇目
夙夜惟寅直哉惟清			㲱 P3315														夗	舜典
夙夜出納朕命惟允															夙		夗	舜典
日宣三德夙夜浚明有家																	夗	皋陶謨
予小子夙夜祗懼																	夗	泰誓上
夙夜罔或不勤不矜細行							㲱b	㑴									夗	旅獒

〔註214〕說見：商承祚，《說文中之古文考》，台北：學海出版社，1979，頁66～67。

僉曰伯夷帝曰俞咨伯汝作秩宗		女秩		柏㞷 咨柏 女秩宗							僉曰伯𡰥帝曰俞咨伯女作秩宗					僉曰伯𡰥帝曰俞咨伯汝作秩宗	僉曰伯𡰥帝曰俞咨伯夷汝作秩宗	僉曰伯夷帝曰俞咨伯汝作秩宗		僉曰柏𡰥帝曰俞𧶠柏女𢓊豒宗	僉曰伯夷帝曰俞咨伯汝作秩宗

「帝曰俞咨伯汝作秩宗」，《史記》作「舜曰嗟伯夷以汝爲秩宗」，上圖本（影）、敦煌本《經典釋文・舜典》P3315 作「咨伯夷」；漢石經、內野本、敦煌本《經典釋文・舜典》P3315 作「女秩宗」，敦煌本下云：「本或作女作秩宗，作，衍字。」吳士鑑《校語》以《周禮・春官・秩官》注鄭引〈堯典〉「帝曰俞咨伯汝作秩宗」謂「此無作字者必壁中古本也」。

舜典	戰國楚簡	漢石經	魏石經	敦煌本 P3315			岩崎本	神田本	九條本	島田本	內野本	上圖本（元）	觀智院	天理本	古梓堂	足利本	上圖本（影）	上圖本（八）	晁刻古文尚書	書古文訓	唐石經
夙夜惟寅直哉惟清				𠈇 𠈇 惟寅							𡖍夜惟寅直才惟清					夙夜惟寅直才惟清	𡖍夜惟寅直哉惟清	夙夜惟寅直哉惟清		𡖍夾惟𡗝㮚才惟清	夙夜惟寅直哉惟清

334、夙

「夙」字篆文作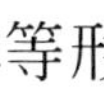，源自甲金文作乙 433 前 6.16.3 孟鼎效卣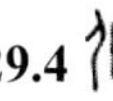師虎簋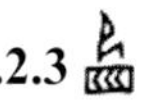毛公鼎秦公鎛等形。《說文》古文作，源自甲骨文作鐵 229.4 後 2.2.3 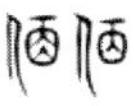佚 538 及金文「宿」作：宿父尊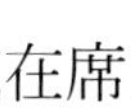窒弔簋所从「」之訛變。商承祚謂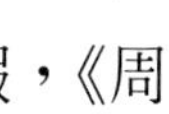實「宿」之初文，象人在席旁或在席上止宿，「宿、夙同聲故可以相通假，《周書》『寤儆戒維宿』，注『宿，古文』。《左氏傳》季武子名宿，《國

語》作夙，此其證也。」〔註214〕

　　「夙」字在傳鈔古文《尚書》有下列不同字形：

　　（1）**［古文］**汗3.41 **［古文］**四5.5 **侚**

　　《汗簡》、《古文四聲韻》錄古尚書「夙」字作：**［古文］**汗3.41 **［古文］**四5.5，即《說文》「夙」字古文**侚**，內野本〈旅獒〉「夙夜罔或不勤不矜細行」「夙」字作**侚**，則爲《說文》「夙」字古文又作**侚**之隸古定訛變，其右訛作从「丙」。

　　（2）**［古文］**汗3.35 **［古文］**四5.5 **夙**1 **夙**2 **夙**3 **夙**4 **夙**5

　　《汗簡》、《古文四聲韻》錄古尚書「夙」字又作：**［古文］**汗3.35 **［古文］**四5.5，此即《說文》「夙」字篆文**［篆文］**，二形偏旁「夕」皆寫訛，**［古文］**四5.5則訛誤作从「人」旁。《書古文訓》「夙」字皆作**夙**1，爲篆文**［篆文］**之隸古定。

　　敦煌本《經典釋文·舜典》P3315「夙」字作**夙**2，下云「本又作**夙**3，古夙字，早也」內野本亦作此形，爲「夙」字篆文**［篆文］**之隸訛，偏旁「夕」字訛作「歹」、「歺」形，右形「丮」訛作「几」，**夙**2與**夙**鄭季宣碑同形。島田本或訛作**夙**4，上圖本（八）或訛作**夙**5，訛近於「殄」字作**殄**形。

　　（3）**夙**

　　上圖本（八）「夙」字或少一畫作**夙**。

【傳鈔古文《尚書》「夙」字構形異同表】

夙	傳抄古尚書文字 ［古文］汗3.41 ［古文］汗3.35 ［古文］四5.5	戰國楚簡	石經	敦煌本	岩崎本	神田本b	九條本	島田本b	內野本	上圖（元）	觀智院b	天理本b	古梓堂b	足利本	上圖本（影）	上圖本（八）	古文尚書晁刻	書古文訓	尚書篇目
	夙夜惟寅直哉惟清			**夙** P3315														**夙**	舜典
	夙夜出納朕命惟允															**夙**		**夙**	舜典
	日宣三德夙夜浚明有家																	**夙**	皋陶謨
	予小子夙夜祗懼																	**夙**	泰誓上
	夙夜罔或不勤不矜細行							**夙**b	**侚**									**夙**	旅獒

〔註214〕說見：商承祚，《說文中之古文考》，台北：學海出版社，1979，頁66～67。

夙夜愍祀											夙[洛誥]	
夙夜不逮				夙					夙	夙		周官

335、夜

「夜」字在傳鈔古文《尚書》有下列不同字形：

（1）**夷**魏品式　夾₁夾₂夾₃炗₄

魏品式三體石經〈皋陶謨〉「夜」字隸體作**夷**，《書古文訓》「夜」字作夾₁，爲《說文》篆文「夜」**夾**之隸古定，源自金文作：**夾**效尊**夾**啓卣**夾**師望鼎**夾**師虎簋**夾**克鼎等，《書古文訓》「夜」字又作隸古定形夾₂，上圖本（八）或變作夾₃炗₄，各與**夾**孔宙碑**枚**平都相蔣君碑類同。

（2）**夙**₁**夙**₂

敦煌本《經典釋文·舜典》P3315「夜」字作**夙**₁，下云「本又作**夙**₂，古夜字」與吳〈禪國山碑〉「夙夜惟寅」「夜」字作**夙**類同，疑**夙**₁**夙**₂其右爲「夕」之隸變俗寫，左形**夾**、**夕**爲**夷**（**夷**魏品式）、**夾**（**夾**說文篆文夜）之訛。或與「夙」字篆文**夙**隸古定訛作**夙夙**P3315**夙**鄭季宣碑上下文相涉而訛混。

【傳鈔古文《尚書》「夜」字構形異同表】

夜	戰國楚簡	石經	敦煌本	岩崎本b	神田本b	九條本	島田本b	內野本	上圖（元）	觀智院b	天理本	古梓堂b	足利本	上圖本（影）	上圖本（八）	古文尚書晁刻	書古文訓	尚書篇目
夙夜惟寅直哉惟清			夙 P3315														夾	舜典
夙夜出納朕命惟允																	夾	舜典
日宣三德夙夜浚明有家		夷 魏品															夾	皋陶謨
傲虐是作罔晝夜頟頟																	夾	益稷
夙夜罔或不勤不矜細行																	夾	旅獒
予沖子夙夜愍祀															炗			洛誥
夙夜不逮															夾		夾	周官

336、直

「直」字在傳鈔古文《尚書》有下列不同字形：

（1）𣈆 𣈆 𣈆 𣈆

《書古文訓》「直」字作𣈆𣈆𣈆𣈆，皆《說文》「直」字古文𣈆之隸古定，侯馬盟書或以「直」為「德」字作 ⬆ 侯馬 3.1 ⬆ 侯馬 3.5，又以「植」為「直」字作 ⬆ 侯馬 79.3，𣈆 說文古文直為「植」字移「木」於下，如「梅」字作 ⬆ 史梅兄簋、「械」字作 ⬆ 散盤。戰國楚簡「直」字作 ⬆ 郭店.唐虞 17 亦作 ⬆ 郭店.緇衣 3「貞（正）──（直）」⬆ 郭店.老子乙 14「大──（直）若屈」，𣈆 說文古文直即源於此。

（2）𥄂 𥄂 隸釋 𥄂 1

《隸釋》錄漢石經尚書〈洪範〉「曲直作酸」「直」字作𥄂1，上圖本（八）或作𥄂1，皆《說文》「直」字篆文𥄂之隸書俗寫。

【傳鈔古文《尚書》「直」字構形異同表】

直	戰國楚簡	石經	敦煌本	岩崎本	神田本b	九條本	島田本b	內野本	上圖（元）	觀智院b	天理本	古梓堂b	足利本	上圖本（影）	上圖本（八）	古文尚書晁刻	書古文訓	尚書篇目
夙夜惟寅直哉惟清																	𣈆	舜典
直而溫寬而栗剛而無虐																	𣈆	舜典
直而溫簡而廉剛而塞																	𣈆	皋陶謨
其弼直惟動丕應徯志以昭受上帝															𥄂		𣈆	益稷
敢有侮聖言逆忠直																	𣈆	伊訓
木曰曲直金曰從革																	𣈆	洪範
曲直作酸		𥄂隸釋															𣈆	洪範

唐石經	書古文訓	晁刻古文尚書	上圖本（八）	上圖本（影）	足利本	古梓堂	天理本	觀智院	上圖本（元）	內野本	島田本	九條本	神田本	岩崎本			敦煌本P3315	魏石經	漢石經	戰國楚簡	舜典
伯拜稽首讓于夒龍帝曰俞往欽哉	柏撵嵇首攘于夒竜帝曰俞徃欽才	伯拜稽首讓于夒龍帝曰俞徃欽哉	伯拜瞀首讓于夒竜帝曰俞徃欽哉	伯夒拜稽首讓亏夒竜帝曰俞徃夒戈	伯拜稽首讓亏夒竜帝曰俞徃欽才					伯拜稽首讓亏夒龍帝曰俞徃欽才							葭　夒龍字匪名			伯拜稽首讓于夒龍帝曰俞往欽哉	

337、夒

「夒」字在傳鈔古文《尚書》有下列不同字形：

（1）葭

敦煌本《經典釋文·舜典》P3315「夒」字作葭，《玉篇》「夒」俗作「夒」，然此形少「頁」上兩筆，應爲「夒」字，作葭P3315爲是。葭形乃省去「己」，「止」下移，並變「頁」之下形與「夊」合書訛作「支」。

（2）夒夒1 夒2 夒3 夒夒4 夒5

內野本、足利本「夒」字或作夒夒1，其「己」形訛作「匕」；上圖本（八）或作夒2 夒3、上圖本（影）或作夒夒4，其「止」、「己」形皆訛作「匕」，「頁」形訛似「日」，夒3形則「夊」訛作「又」，夒夒4「夊」訛似「友」；足利本或作夒5，「夊」亦訛似「友」。

（3）夒1 葭2

敦煌本 S801、P3605.3615「夒」字各作夒1 葭2，與《玉篇》「夒」之俗字「夒」類同，「己」「止」下移，「止」與「夊」合書訛作「支」。「夒」、「夒」二字常相混，《說文》「夒」字訓「神魖也，如龍」，「夒」字則訓「貪獸也，一曰母猴」，漢碑夒劉寬碑夒樊陽令楊君碑皆爲人名，《隸辨》云：「必無以貪獸爲

名者，故知其訛爲『夒』耳。《玉篇》『夒』俗作『夒』，亦即『夒』字」。夒2形其下訛从「政」，皆誤「夒」爲「夒」。

【傳鈔古文《尚書》「夒」字構形異同表】

夒	戰國楚簡	石經	敦煌本	岩崎本	神田本b	九條本	島田本b	內野本	上圖（元）	觀智院b	天理本b	古梓堂b	足利本	上圖本（影）	上圖本（八）	古文尚書晁刻	書古文訓	尚書篇目
伯拜稽首讓于夒龍			夒 P3315					夒					夒	夒	夒			舜典
夒命汝典樂教胄子													夒	夒	夒			舜典
夒曰於予擊石拊石百獸率舞													夒	夒	夒			舜典
祗載見瞽瞍夒夒齋慄			夒 S801											夒	夒			大禹謨
夒曰戛擊鳴球搏拊琴瑟以詠								夒					夒	夒	夒			益稷
夒曰於予擊石拊石百獸率舞			夒 P3605. P3615					夒					夒	夒	夒			益稷

338、龍

「龍」字在傳鈔古文《尚書》有下列不同字形：

（1）龍龍1竜2兖3兖4

敦煌本《經典釋文・舜典》P3315「龍」字作竜1，《書古文訓》亦或作此形竜1，九條本、內野本、足利本、上圖本（影）、上圖本（八）或作竜2，隋〈董美人墓誌銘〉「龍」字即作竜1形，爲《汗簡》「龍」字龍汗5.63之隸古定，《書古文訓》又作兖3兖4，亦龍汗5.63隸古定。「龍」字甲金文作：龍甲2418龍存450龍龍母尊龍龍子觶龍昶仲無龍鬲龍昶仲無龍鬲等形，變作：龍樊夫人龍嬴匜龍邵鐘龍包山138龍邵楚帛書丙4.3，龍汗5.63等形當由此演變。

（2）龍1龍2龍3

《書古文訓》「龍」字或作龍1，九條本〈禹貢〉「浮于積石至于龍門西河」「龍」字作龍2，龍1龍2皆《古文四聲韻》錄《汗簡》「龍」字一作龍四1.12形之隸古定，敦煌本《經典釋文・舜典》P3315「龍（竜）」字下云「本又作龍3」，與《古文四聲韻》「龍」字又錄龍龍四1.12汗簡相類，亦爲龍四1.12汗簡之隸古

定字，皆亦演變自 ⚡樊夫人龍嬴匜 ⚡邵鐘 ⚡包山 138 ⚡邵楚帛書丙 4.3。

（3）龍䮾

足利本、上圖本（影）〈益稷〉「日月星辰山龍華蟲」「龍」字各作龍䮾，其左形作「啻」，與《古文四聲韻》錄「龍」字䘺四 1.12 王存乂切韻漢印「龍」字作䮾漢印徵等左從「帝」相類，是龍䮾為「龍」字之訛，其左（⚡）訛變作「啻」、「帝」形。

【傳鈔古文《尚書》「龍」字構形異同表】

龍	戰國楚簡	石經	敦煌本	岩崎本	神田本b	九條本	島田本b	內野本	上圖（元）	觀智院b	天理本b	古梓堂b	足利本b	上圖本（影）	上圖本（八）	古文尚書晁刻	書古文訓	尚書篇目
伯拜稽首讓于夔龍			竜 P3315										竜		竜	竜	竜	舜典
帝曰龍朕聖讒說殄行															竜		龗	舜典
日月星辰山龍華蟲													龍	䮾			馗	益稷
浮于積石至于龍門西河				龍		竜							竜	竜	竜		龕	禹貢
導河積石至于龍門						龍							竜	竜	竜		龕	禹貢

舜典	戰國楚簡	漢石經	魏石經	敦煌本 P3315		岩崎本	神田本	九條本	島田本	內野本	上圖本（元	觀智院	天理本	古梓堂	足利本	上圖本（影）	上圖本（八）	晁刻古文尚書	書古文訓	唐石經
帝曰夔命汝典樂教冑子				曹學…						帝曰夔命女典樂效冑子						帝曰夔命汝典樂效冑子	帝曰夔命汝典樂效冑子	帝曰夔命女箄樂教育學	帝曰夔命汝典樂教育學	帝曰夔命汝典樂教冑子

339、樂

「樂」字在傳鈔古文《尚書》有下列不同字形：

（1）樂：**楽**1**楽**2

足利本、上圖本（八）「樂」字或俗省作**楽**1**楽**2，與漢代作**樂**日有憙鏡**樂**尚方鏡6同形。

（2）**柔柔**

足利本、上圖本（影）「樂」字或作**柔柔**，疑爲「樂」字省形**柔**三羊鏡3之訛變，或「夕」形爲省略符號。

【傳鈔古文《尚書》「樂」字構形異同表】

樂	戰國楚簡	石經	敦煌本	岩崎本	神田本b	九條本	島田本b	內野本	上圖（元）	觀智院b	天理本b	古梓堂b	足利本	上圖本（影）	上圖本（八）	古文尚書晁刻	書古文訓	尚書篇目
夔命汝典樂教胄子														柔	楽			舜典
罔淫于樂															樂			大禹謨
惟耽樂之從													柔	柔				無逸
今日耽樂乃非民攸訓													樂		樂			無逸

340、胄

「教胄子」，《說文》*去*部「育」字下引「虞書曰教育子」，揚雄《宗正箴》引作「育子」，《書古文訓》「胄」亦作「育」，《史記》作「教稺子」敦煌本《經典釋文・舜典》P3315作「胄子」條**胄学**，下云：「直又反。王云：胄子，國子也。馬云：胄，長也，教長天子之子弟。」《撰異》云：「古文尚書作『胄子』，今文尚書作『育子』。……《史記》多以訓詁字代經字，此『稺子』即經之『育子』。合之揚雄《宗正箴》……子雲著作多用今文尚書，然則今文尚書作『育子』可證也。知古文尚書作『胄子』者……陸用王本爲音義（按今本《釋文》云育音胄，本又作胄，直又反）王本、馬本作『胄』，則鄭本亦作『胄』可知。……考『育』、『胄』二字音義皆通，『育』從肉聲，『胄』從由聲，肉、由同部。……《爾雅・釋詁》：『育，長也。』又曰『育，養也。』……長養義近而『育』『胄』訓同。馬云『教長天下之子弟』則與許君『養之使從善』正合，皆『教胄』連讀。而其他或訓爲『稺子』，或訓爲『國子』，則言其可長可養也，皆『胄子』連讀」。

「胄」字在傳鈔古文《尚書》有下列不同字形：

（1）曹1書2書3

敦煌本《經典釋文·舜典》P3315「胄」字作曹1，內野本、足利本、上圖本（影）、上圖本（八）亦多作此形，其下「月」（肉）形訛作「日」，寫本中常見。上圖本（八）或上多一畫作書2，岩崎本作書3，上多一畫且「月」（肉）形訛作「日」。

（2）育

《書古文訓》此處「胄」字作「育」字，二字音義可通。

【傳鈔古文《尚書》「胄」字構形異同表】

胄	戰國楚簡	石經	敦煌本	岩崎本	神田本b	九條本	島田本b	內野本	上圖（元）	觀智院b	天理本	古梓堂b	足利本	上圖本（影）	上圖本（八）	古文尚書晁刻	書古文訓	尚書篇目
夔命汝典樂教胄子			曹 P3315					曹					曹	曹	曹		育	舜典
惟口起羞惟甲胄起戎				書										曹	曹			說命中
善敹乃甲胄敿乃干無敢不弔								曹						曹	曹	書		費誓

舜典	戰國楚簡	漢石經	魏石經	敦煌本 P3315	岩崎本	神田本	九條本	島田本	內野本	上圖本（元）	觀智院	天理本	古梓堂	足利本	上圖本（影）	上圖本（八）	晁刻古文尚書	書古文訓	唐石經
直而溫寬而栗剛而無虐簡而無傲				直而溫寬而栗剛而亡虐簡而亡傲					直而溫寬而栗但而亡虐簡而正傲					直而溫寬而栗但而亡虐簡而亡傲	直而溫寬而栗但而亡虐簡而亡傲	直而溫寬而栗剛而無虐簡而無傲	棄而溫寬而栗但而亾虐棄而亾傲		直而溫寬而栗剛而無虐簡而無傲

341、栗

《尚書》中「栗」、「慄」二字使用無別，「慄」字見於《爾雅·釋詁》：「懼也」，音「栗」，又〈釋言〉：「戚也」，注云：「戰慄者，憂戚。」「慄」本作「栗」，如《論語》「使民戰栗」、《漢書·趙尹韓張兩王傳》「郡中震栗」、〈敘傳〉「議臣震栗」。

「栗」、「慄」在傳鈔古文《尚書》有下列不同字形：

（1）汗3.30 四5.8 魏品式.皋陶謨 ₁ ₂

《汗簡》、《古文四聲韻》錄古尚書「栗」字作：汗3.30 四5.8，魏品式三體石經〈皋陶謨〉「寬而栗」「栗」字古文作，源自甲骨文作前2.19.3 林1.28.12，上從三卣，變作石鼓文 包山竹簽 璽彙0233，今《說文》「栗」字古文作，上從西（），乃誤作爲說文古文西，再變爲說文篆文西，且《說文》同部「桌」字古文作，蓋不誤也。敦煌本《經典釋文·舜典》P3315「栗」字下云又作₁，爲汗3.30 四5.8 魏品式等形之隸定，《書古文訓》「栗」字或隸古定訛變作₂。

（2）汗3.30 四5.8 ₁ ₂ ₃ ₄ ₅

敦煌本《經典釋文·舜典》P3315「栗」字作₁，下云：「古栗字，又作，戰栗也。」₁爲《說文》「栗」字篆文之隸古定訛變，內野本、足利本或作₂，足利本或作₃，上圖本（影）或作₄，敦煌本S801作₂，亦皆說文篆文栗之隸古定訛變。

（3）

《書古文訓》〈舜典〉「寬而栗」「栗」字、〈湯誥〉「慄慄危懼」、「慄」字皆作，從「栗」字古文四5.8，然爲附合《說文》古文「栗」字而上加西（）字之形。

（4）

《書古文訓》〈大禹謨〉「夔夔齋慄」「慄」字作，爲「栗」字古文汗3.30 四5.8 魏品式等之省形隸古定。

（5）

上圖本（影）〈湯誥〉「慄慄危懼」「慄」字作，其右「栗」訛多一畫變似「票」。

【傳鈔古文《尚書》「栗」字構形異同表】

栗（慄） 汗3.30 四5.8	戰國楚簡	石經	敦煌本	岩崎本	神田本b	九條本b	島田本b	內野本	上圖（元）	觀智院b	天理本	古梓堂b	足利本	上圖本（影）	上圖本（八）	古文尚書晁刻	書古文訓	尚書篇目
直而溫寬而栗			㮚 P3315					桌					㮚	㮚			㮚	舜典
寬而栗		魏品						桌					㮚	㮚			㮚	皋陶謨
夔夔齋慄			㮚 S801					桌					㮚	㮚			㮚	大禹謨
慄慄危懼														慄			㮚	湯誥

342、剛

「剛」字在傳鈔古文《尚書》有下列不同字形：

（1）伻汗3.41 伻四2.17伻伻伻1伻2

《汗簡》、《古文四聲韻》錄古尚書「剛」字作：伻汗3.41 伻四2.17，敦煌本《經典釋文・舜典》P3315「剛」字作伻1，下云「古剛字，古文作伻。」《說文》「剛」字古文作伻。九條本、內野本、足利本、上圖本（影）、《書古文訓》亦或作伻伻1，源自斪禹鼎伻侯馬1.41伻侯馬16.9伻盦志盤伻盦志鼎等形。足利本或訛作伻2，伻汗3.41則少一畫。

（2）佲佲佲

《書古文訓》、內野本「剛」字或作佲佲佲，爲伻說文古文剛之隸定。

（3）剛1剛2

上圖本（影）、上圖本（八）「剛」字或作剛1，偏旁岡字所從「山」訛作「止」形，岩崎本則或訛作剛2。

【傳鈔古文《尚書》「剛」字構形異同表】

剛 伻汗3.41 伻四2.17	戰國楚簡	石經	敦煌本	岩崎本	神田本b	九條本b	島田本b	內野本	上圖（元）	觀智院b	天理本	古梓堂b	足利本	上圖本（影）	上圖本（八）	古文尚書晁刻	書古文訓	尚書篇目
剛而無虐			伻 P3315					伻					伻	伻			伻	舜典

剛而塞						剛	佢	皋陶謨
一曰正直二曰剛克				佢		剛	佶	洪範
彊弗友剛克				佶		剛	佶	洪範
沈潛剛克				佶		剛	佶	洪範
定辟矧汝剛制于酒		佢佢		佢			佢	酒誥
不剛不柔厥德允修		剛				剛剛	佶	畢命

343、無

「無」字在傳鈔古文《尚書》有下列不同字形：

（1）亡：𠅃魏三體𠅃1𠄘亡七2正𠂂上3上4己己𠃉5𡚥6

魏三體石經〈無逸〉、〈君奭〉「無」字三體各作𠅃𣂺無，古文作「亡」字，「亡」、「無」二字古相通用，音近義同，《說文》亡部「無，亡也」。尚書敦煌本各本、日古寫本、《書古文訓》「無」字多作「亡」字，《書古文訓》或作隸古定𠅃1，敦煌本、日古寫本多作𠄘亡2，足利本、上圖本（八）或作七2。敦煌本S799、P2630、P3871、島田本、九條本、內野本、上圖本（元）、觀智院本、足利本、上圖本（八）或作正𠂂上3；足利本、上圖本（影）或變作上4；足利本、上圖本（影）、上圖本（八）又變作己己𠃉5，訛似「已」、「巳」字；上圖本（八）或由亡變作𡚥6形。

（2）无1元2

上圖本（影）、上圖本（八）「無」字或作无1，《說文》「無」之奇字作「无」。觀智院本或作元2，亦為「无」字，寫似「元」。

（3）無：棄1棄2

內野本、足利本、上圖本（影）〈太甲上〉「無越厥命以自覆」、〈太甲中〉「后來無罰王懋乃德」「無」字作棄1，為《說文》林部「橅」字篆文之隸變，上圖本（八）〈太甲中〉此句「無」字則變作棄2。

（4）毋

魏品式三體石經〈皋陶謨〉（今本〈益稷〉）「汝無面從退有後言」「無」字殘存隸體作「毋」，漢石經殘碑〈盤庚中〉、《隸釋》錄漢石經〈盤庚上〉、《書古

文訓》〈洪範〉「無」字作「毋」（詳見下表），「無」、「毋」二字相通，且其文意多有禁止之義，《說文》毋部「毋，止之也」段注謂「古通用『無』，詩書皆用『無』」。

篇	句	無字作「毋」	篇	句	無字作「毋」
益稷	汝無面從退有後言	魏品式（隸）	盤庚上	汝無侮老成人	毋隸釋
洪範	遵王之義無有作好	毋書古文訓	盤庚上	無弱孤有幼各長于厥居	毋隸釋
洪範	遵王之路無偏無黨	毋隸釋.書古文訓	盤庚中	一無起穢以自臭	漢
			無逸	以萬民惟正之供無皇曰	毋隸釋

（5）罔：罔隸釋 宜宜₁宜₂

《隸釋》錄漢石經〈盤庚下〉「無戲怠懋建大命」「無」字作「罔」，二字音義相近而通。上圖本（八）〈召誥〉「無疆」皆作「罔疆」，內野本〈呂刑〉「以亂無辜」，「無辜」作「罔辜」，然文獻未見「罔疆」、「罔辜」之辭例，當是「亡」字作（1）亡₃亡₄形與「罔」字作宜宜₁相混而誤作；上圖本（影）、上圖本（八）〈洛誥〉「咸秩無文」、「無若火始燄燄」「無」字皆作「罔」，其辭例文意可通，或爲一本作「罔」，亦或「亡」字誤作。

（6）忘：忘

岩崎本〈說命中〉「有備無患」「無」字作「忘」忘，爲「亡」字之誤。

（7）母：母

《書古文訓》〈洪範〉「遵王之道無有作惡」「無」字作母，爲「毋」字之誤作「母」，今本〈洪範〉「無」字《書古文訓》多作「毋」。

（8）无：元

足利本〈多士〉「惟爾洪無度我不爾動」、〈無逸〉「殺無辜」「無」字作「无」元，爲奇字無「无」字之誤，同句上圖本（影）皆作「无」字。

【傳鈔古文《尚書》「無」字構形異同表】

無	戰國楚簡	石經	敦煌本	岩崎本/神田本b/九條本/島田本b	內野本	上圖（元）/觀智院b/天理本/古梓堂b	足利本	上圖本（影）/上圖本（八）	古文尚書晁刻	書古文訓	尚書篇目
剛而無虐			亾 P3315		亾		亡 亡			亾	舜典

尚書文句								篇名
簡而無傲		亡 P3315				七 亡		舜典
期于予治刑期于無刑		亡 S5745				上 亡		大禹謨
無稽之言勿聽		亡 S801			上	七		大禹謨
惟德動天無遠弗屆		亡 S801				无		大禹謨
懋遷有無化居	無 漢				亡	上	亡	益稷
汝無面從退有後言	無 魏品				亡	上 上	亡	益稷
先時者殺無赦		亡 P2533 亾 P5557	亾				亡	胤征
凡我造邦無從匪彝				亡		上 上 上	亡	湯誥
無越厥命以自覆				森	森 森 上		亡	太甲上
后來無罰王懋乃德				森	森 森 森		亡	太甲中
重我民無盡劉			云	忘 亾		上		盤庚上
汝無侮老成人	母 隸釋 亡 P3670		云	亡	亡	上	亡	盤庚上
無弱孤有幼	母 隸釋				亡			盤庚上
一無起穢以自臭	無 漢 亡 P2643 亡 P2516			亡	七 亡	上	亡	盤庚中
無戲怠懋建大命	罔 隸釋 亡 P2643 亡 P2516	武		亾 亾	七 亡	上		盤庚下
有備無患	亡 P2643 亡 P2516	忘		亾 亾	七 亡	上	亡	說命中
今爾無指告予顛隮若之何其	亡 P2643 亡 P2516	亡			亾	无 无	亡	微子

例句									出處
罔或無畏寧執非敵		S799		已		七	亡	已	亡	泰誓中
非予武惟朕文考無罪		亡 S799	亡	已		七	亡	已	亡	泰誓下
凡厥庶民無有淫朋人無有比德			亡b	已		七	亡	亡	亡	洪範
遵王之義無有作好			亡b	已			亡	已	毋	洪範
遵王之道無有作惡			亡b	已			亡	已	毋	洪範
遵王之路無偏無黨	毋 隸釋		亡b	已			亡	已	毋	洪範
四夷咸賓無有遠邇			亡b	已		亡	亡	亡	亡	旅獒
無彝酒越庶國飲			亡			亡	亡	亡	亡	酒誥
人無於水監當於民監						亡	亡			酒誥
惟王受命無疆惟休			亡	已		亡	亡	宜	亡	召誥
亦無疆惟恤			亡	已		亡	亡	宜	亡	召誥
今沖子嗣則無遺壽耇			亡	已		亡	亡	宜	亡	召誥
咸秩無文		亡 P2748		已		圓	宜		亡	洛誥
無若火始燄燄		亡 P2748		已		圓	宜		亡	洛誥
無遠用戾		亡 P2748 / 亡 S6017				亡	亡	亡	亡	洛誥
我惟無斁其康事		亡 P2748		✓			已		亡	洛誥
惟爾洪無度我不爾動		亡 P2748		已		无	无	亡	亡	多士
無皇曰	毋 隸釋	亡 P3767 / 亡 P2748		已				亡	亡	無逸
殺無辜	魏	亡 P3767 / 亡 P2748		已		无	无	已	亡	無逸
誕無我責	魏		亡	已		亡	亡	亡	亡	君奭

茲乃三宅無義民	二 S2074 亾 P2630	亾	亾			亡	亠	亡	立政
恭儉惟德無載爾僞			巳	亢b	亡	亡	亡	亡	周官
惟日孜孜無敢逸豫			亾	亾b	亡	亡	士	亡	君陳
爾無忿疾于頑			巳	亾b			上	亡	君陳
以亂無辜		亾	官		亡	亡	亡	亡	呂刑
峙乃糗糧無敢不逮	士 P3871	亾	巳		亡	亾	士	亡	費誓
公曰嗟我士聽無譁	巳 P3871	亾	巳				亡	亡	秦誓

344、虐

「虐」字在傳鈔古文《尚書》有下列不同字形：

（1）虐

《書古文訓》「虐」字多作虐，《說文》虍部「虐，从虍虎足反爪人也」，虐爲篆文虐之隸古定。

（2）虐：虐漢石經虐虐尼1虐虐2虐尼3官4

漢石經「虐」字作虐，爲篆文「虐」字虐之隸省，漢碑即隸省作虐石門頌虐魯峻碑形。敦煌本 P3670、P2643、P2516、神田本、岩崎本、島田本、九條本、上圖本（元）或作虐虐尼1形；敦煌本 S799、S2074、內野本、上圖本（八）或作虐虐2 足利本、上圖本（影）、上圖本（八）或作虐尼3，其下變作「巳」，尼1虐2虐3則「虍」變與「雨」作「雨」（雨）相近。

敦煌本 S799〈武成〉「暴殄天物害虐烝民」「虐」字作官4，其偏旁「虍」字訛誤作「穴」。上述諸形其下形變化皆與「亡」字類同。

（3）虐

《書古文訓》「虐」字或作虐，爲《說文》「虐」字古文作虐之隸古定而「虍」形訛變。

（4）害：害

岩崎本〈盤庚中〉「殷降大虐」「虐」字作害，此爲「害」字，「虐」、「害」爲同義字，〈湯誥〉「罹其凶害弗忍荼毒」內野本、足利本、上圖本（八）「害」

字則作「虐」。岩崎本、島田本、足利本、上圖本（影）、上圖本（八）「害」字亦作害形，敦煌本 S799 作害，《古文四聲韻》錄古孝經「害」字作害四 **4.12**，秦簡「害」字作害睡虎地 **8.1**，即少一畫，漢代或作害漢帛書.老子甲後 **193** 害孫臏 **167** 害淮源廟碑與此類同。

（5）素上博 1 緇衣 14

〈呂刑〉「惟作五虐之刑曰法」楚簡上博〈緇衣〉簡 14 引之「虐」字作素，從虍從示，《說文》所無。

（6）瘮郭店緇衣 27

〈呂刑〉「惟作五虐之刑曰法」楚簡郭店〈緇衣〉簡 27 引之「虐」字作瘮，從广從虐說文古文虐，當爲「瘧」字，假借爲「虐」。

【傳鈔古文《尚書》「虐」字構形異同表】

虐	戰國楚簡	石經	敦煌本	岩崎本	神田本b 九條本	島田本b	內野本	上圖（元） 觀智院b 天理本b	古梓堂b 足利本	上圖本（影）	上圖本（八）	古文尚書晁刻 書古文訓	尚書篇目
剛而無虐							虐		虐	虐	虐	虐	舜典
不虐無告不廢困窮							虐		虐	虐	虐	虐	大禹謨
傲虐是作罔晝夜頟頟									虐	虐	虐	虐	益稷
以敷虐于爾萬方百姓									虐	虐	虐	虐	湯誥
代虐以寬兆民允懷									虐	虐	虐	恭	伊訓
慢神虐民							虐	虐	虐	虐	虐	虐	咸有一德
殷降大虐			虐 P3670 害漢 虐 P2643				虐	虐	虐	虐	虐	虐	盤庚中
曷虐朕民			虐 P2643 虐 P2516				虐	虐	虐	虐	虐	虐	盤庚中
沈湎冒色敢行暴虐							虐		虐	虐	虐	虐	泰誓上

昵比罪人淫酗肆虐			虐	虐	虐 虐 虐	虐	泰誓中
俾暴虐于百姓于商郊	虐 S799	虐b	虐	虐 虐 虐	虐		牧誓
暴殄天物害虐烝民	寉 S799	虐b	虐	虐 虐 虐	虐		武成
極無虐煢獨而畏高明		虐b	✓	虐 虐 虐	虐		洪範
惟逸天非虐		虐	虐	虐 虐 虐	虐		酒誥
乃胥惟虐于民至于百為	虐 S2074	虐	虐	虐 虐 虐	虐		多方
惟作五虐之刑曰法	素 上博1 緇衣14 睿 郭店 緇衣27	虐	虐	虐 虐 虐	虐		呂刑
虐威庶戮方		虐	雲	虐 虐 虐	虐		呂刑

345、簡

「簡」字在傳鈔古文《尚書》有下列不同字形：

（1）蕳 **隸釋** 蕳1蕳2

《隸釋》錄漢石經尚書〈盤庚下〉「予其懋簡相爾」「簡」字从「艹」作蕳，內野本〈仲虺之誥〉「簡賢附勢」、敦煌本 P2748〈多士〉「夏迪簡在王庭」「簡」字亦皆从「艹」作蕳1，偏旁「竹」字隸變俗寫常與「艹」相混，如「簡」字漢代隸變俗作簡 孫臏161 蕳 鄭固碑 蕳 孔宙碑等形。敦煌本 P2630〈多方〉「迪簡在王庭」「簡」字作蕳2，其上亦从「艹」，其下所从「日」訛作「月」。

（2）柬 **魏三體** 柬1柬柬 柬2柬柬柬3柬柬柬4柬5

魏三體石經〈文侯之命〉「簡恤爾都」「簡」字古文作柬，此爲「柬」字，《書古文訓》「簡」字皆作柬1，簡、柬二字古相通用，《荀子·修身篇》「柬理也」楊倞注：「柬與簡同」。

敦煌本《經典釋文·舜典》P3315「簡」字作柬2，下云「古蕳（簡）字」，敦煌本 S5745、P2516、九條本亦或作柬柬2 形，當爲《汗簡》錄「簡亦柬字」作柬 汗3.30 義雲章之隸訛俗字，唐〈張軫墓誌〉即作柬1形。敦煌本 P2643 或作柬3、S2074 或作柬3、岩崎本、九條本、內野本、足利本、上圖本（八）

或作**柬**3形，與唐〈張玄弼墓誌〉作**柬**3形類同，中間皆多一橫畫〔註215〕。敦煌本 S2074 或作**柬**4、足利本或作**柬**4、上圖本（八）或作**柬**4，其上寫似雨、兩形，亦即其下「木」之直筆上貫；上圖本（八）或作**柬**5，形構訛作从兩从木。凡此皆「柬」字之訛俗字。

（3）闻

上圖本（影）〈多方〉「簡代夏作民主」「簡」字省訛作**闻**。

【傳鈔古文《尚書》「簡」字構形異同表】

簡	戰國楚簡	石經	敦煌本	岩崎本b 神田本b	九條本 島田本b	內野本	上圖本（元） 觀智院本b 天理本 古梓堂本b	足利本	上圖本（影）	上圖本（八）	古文尚書晁刻	書古文訓	尚書篇目
簡而無傲			柬 P3315						簡			柬	舜典
臨下以簡			柬 S5745			柬		柬	柬	簡		柬	大禹謨
直而溫簡而廉									簡	簡		柬	皋陶謨
簡賢附勢						柬	簡	簡	簡	簡		柬	仲虺之誥
惟簡在上帝之心						柬			柬	柬		柬	湯誥
予其懋簡相爾		蕳 隸釋	柬 P2643 柬 P2516	柬		柬 柬			簡	簡		柬	盤庚下
夏迪簡在王庭			簡 P2748			柬			簡	簡	柬	柬	多士
簡代夏作民主			柬 S2074	柬	柬				簡	闻	柬	柬	多方
用休簡畀殷命			柬 S2074	柬	柬				簡	簡	柬	柬	多方
迪簡在王庭			蕳 P2630 柬 S2074	柬	柬				簡	簡	柬	柬	多方

〔註215〕參見《廣碑》頁 152，轉引自徐在國，《隸定古文疏證》，「簡」字條，頁 101（合肥：安徽大學出版社，2002）。

								君陳
簡厥修亦簡其或不修			柬		簡	簡	粟	柬
愼簡乃僚		柬		柬	簡	簡	柬	柬 (冏命)
五辭簡孚正于五刑			柬		柬	簡	簡	柬 (呂刑)
簡恤爾都	柬(魏)			柬	柬	簡	粟	柬 (文侯之命)

舜典	戰國楚簡	漢石經	魏石經	敦煌本P3315		岩崎本	神田本	九條本	島田本	內野本	上圖本(元)	觀智院	天理本	古梓堂	足利本	上圖本(影)	上圖本(八)	晁刻古文尚書	書古文訓	唐石經
詩言志歌永言聲依永律和聲				誌字 古詩字 言志字 古歌字 永言						詩言志哥永言依詠律咏聲					託言志歌永言竝依詠律和竝	詩言志歌永言竝依詠律和竝	詩言志歌永言竝依詠律和竝	誌言哥竝竝聲衣竝律咏聲	詩言志歌永言聲依永律和聲

《史記》作「詩言意歌長言」,《漢書‧藝文志》引作「詩言志**哥詠言**」,《論衡‧謝短篇》引「永」字亦作「**詠**」。《漢書‧禮樂志》作「歌咏言,聲依咏」,內野本、足利本、上圖本(影)、上圖本(八)作「聲依**詠**」,「咏」爲「詠」字或體,《說文》言部「詠,歌也。从言永聲。咏,詠或从口」。

346、詩

「詩」字在傳鈔古文《尚書》有下列不同字形:

(1) 誌誌誌

敦煌本《經典釋文‧舜典》P3315「詩」字作誌,下云「古詩字」,《書古文訓》「詩」字作誌誌,从言从之,皆爲《說文》古文作[古文字形]隸古定。

(2) 託

足利本「詩」字作託,亦爲[古文字形]說文古文詩之隸定,从「之」之隸變。

詩	戰國楚簡	石經	敦煌本	岩崎本	神田本b	九條本	島田本b	內野本	上圖（元）	觀智院b	天理本	古梓堂b	足利本	上圖本（影）	上圖本（八）	古文尚書晁刻	書古文訓	尚書篇目
詩言志歌永言			訨 P3315										訳				訨	舜典
于後公乃爲詩以貽																	訨	金縢

347、志

「志」字在傳鈔古文《尚書》有下列不同字形：

（1）㞢 㞢 㞢 㞢

敦煌本《經典釋文・舜典》P3315「志」字作㞢，下云「古志字」，《書古文訓》「志」字或作㞢㞢，內野本或作㞢形，皆爲《說文》「志」字篆文㞢之隸古定。

（2）志

《書古文訓》「志」字或作志，其上爲偏旁「之」字隸變俗寫作「土」。

【傳鈔古文《尚書》「志」字構形異同表】

志	戰國楚簡	石經	敦煌本	岩崎本	神田本b	九條本	島田本b	內野本	上圖（元）	觀智院b	天理本	古梓堂b	足利本	上圖本（影）	上圖本（八）	古文尚書晁刻	書古文訓	尚書篇目
詩言志歌永言			㞢 P3315														㞢	舜典
百志惟熙																	志	大禹謨
帝曰禹官占惟先蔽志																	㞢	大禹謨
朕志先定詢謀僉同																	㞢	大禹謨
德日新萬邦惟懷志自滿九族乃離																	志	仲虺之誥
亦惟汝故以丕從厥志																	㞢	盤庚中
予小子其承厥志																	㞢	武成
志以道寧言以道接								㞢									㞢	旅獒

348、歌

「歌」字在傳鈔古文《尚書》有下列不同字形：

（1）哥：哥哥哥₁哥₂

敦煌本《經典釋文‧舜典》P3315「歌」字作哥，下云「古歌字」，《說文》可部「哥，聲也，从二可，古文以爲『謌』（按《說文》「謌」爲「歌」之或體）。」「哥」、「歌」古爲一字，《漢書‧藝文志》即引用「哥永言」。敦煌本 S5745、P3605.3615、P2533、P5543、《書古文訓》「歌」字皆作哥，九條本、內野本、足利本、上圖本（影）、上圖本（八）亦或作哥。足利本〈舜典〉「詩言志歌永言」、〈大禹謨〉「大禹謨勸之以九歌俾勿壞」二處雖寫作「歌」，然就其書寫行例觀之，當原作「哥」字（見下表*處），與「敷」原作「尃」另加偏旁攵相類。上圖本（八）「歌」字或作哥₂，其「哥」字之口形省變作二點。

（2）歌：歌

足利本「歌」字或作歌，左上之「可」形訛變，與（1）哥₂相類。

【傳鈔古文《尚書》「歌」字構形異同表】

歌	戰國楚簡	石經	敦煌本	岩崎本	神田本b	九條本	島田本b	內野本	上圖（元）	觀智院b	天理本b	古梓堂b	足利本	上圖本（影）	上圖本（八）	古文尚書晁刻	書古文訓	尚書篇目
詩言志歌永言			哥 P3315					哥					哥詩言志歌				哥	舜典
惟和九功惟敘九敘惟歌																	哥	大禹謨
勸之以九歌俾勿壞			哥 S5745					哥					哥之以九歌俾勿壞				哥	大禹謨
庶尹允諧帝庸作歌			哥 P3605.P3615										歌				哥	益稷
又歌曰元首叢脞哉														歌			哥	益稷
須于洛汭作五子之歌			哥 P2533 哥 P5543					哥						歌			哥	五子之歌

| 五子咸怨述大禹之戒以作歌 | | | | | 哥 | 哥 | | | 訧 | 哥 | | 哥 | 五子之歌 |
| 酣歌于室時謂巫風 | | | | | | 哥 | | | 哥 | 哥 哥 | | 哥 | 伊訓 |

349、聲

「聲」字在傳鈔古文《尚書》有下列不同字形：

（1）聲：㲉1㲉2聲3

內野本「聲」字作㲉1，或少一畫作㲉2，與〈趙寬碑〉作㲉同形，為《說文》「聲」字篆文磬之隸定，偏旁「耳」字移於左下。上圖本（八）或作聲3，右上「殳」形形近「攵」。

（2）声：声1㠯2

上圖本（八）「聲」字或省形作声1，足利本、上圖本（影）、上圖本（八）或變作㠯2，下形撇筆方向改變而混作「巴」。

【傳鈔古文《尚書》「聲」字構形異同表】

聲	戰國楚簡	石經	敦煌本	岩崎本	神田本b	九條本	島田本b	內野本	上圖（元）	觀智院b	天理本	古梓堂b	足利本	上圖本（影）	上圖本（八）	古文尚書晁刻	書古文訓	尚書篇目
聲依永								㲉					㠯	㠯	㠯			舜典
律和聲								㲉					㠯	㠯	声			舜典
西被于流沙朔南暨聲教								㲉										禹貢
惟王不邇聲色								㲉					㠯	㠯	声			仲虺之誥
彰善癉惡樹之風聲													㠯	㠯	聲			畢命

350、依

「依」字在傳鈔古文《尚書》有下列不同字形：

（1）衣1仌2

《書古文訓》「依」字皆作「衣」，作衣1仌2形，仌2為《說文》「衣」字篆形，「衣」、「依」音同古相通用。

【傳鈔古文《尚書》「依」字構形異同表】

依	戰國楚簡	石經	敦煌本	岩崎本b	神田本b	九條本	島田本b	內野本	上圖（元）	觀智院本b	天理本b	古梓堂本b	足利本	上圖本（影）	上圖本（八）	古文尚書晁刻	書古文訓	尚書篇目
聲依永律和聲			𧘇 P3315														衣	舜典
鬼神其依龜筮協從																	衣	大禹謨
萬姓仇予予將疇依																	𠆢	五子之歌
我先王亦永有依歸																	𠆢	金縢
則知小人之依相小人																	𠆢	無逸
作其即位爰知小人之依																	𠆢	無逸
無依勢作威無倚法以削																	𠆢	君陳

舜典	戰國楚簡	漢石經	魏石經	敦煌本 P3315		岩崎本	神田本	九條本	島田本	內野本	上圖本（元）	觀智院	天理本	古梓堂	足利本	上圖本（影）	上圖本（八）	晁刻古文尚書	書古文訓	唐石經
八音克諧無相奪倫神人以和		〔殘〕	奪倫神人	奪倫 克咊							八音克諧亡相奪倫神人呂咊					八音克諧亡相奪倫神人呂咊	八音克諧無相奪倫神人以和	八音克諧無相奪倫神人呂咊	八音克諧無相奪倫神人以和	八音亯龢凶昧慫倫神人呂咊	八音克諧無相奪倫神人以和

351、相

「相」字在傳鈔古文《尚書》有下列不同字形：

（1）相：眛

《書古文訓》「相」字則多作眛，偏旁「木」、「目」左右易位，與《汗簡》錄「相」字作古孝經眛汗 **2.15** 類同，眛汗 **2.15** 左爲「目」之訛。

（2）昧

《書古文訓》「無相奪倫」「相」字作昧，爲眛之訛誤。

【傳鈔古文《尚書》「相」字構形異同表】

相	戰國楚簡	石經	敦煌本	岩崎本	神田本b	九條本	島田本b	內野本	上圖（元）	觀智院b	天理本	古梓堂b	足利本	上圖本（影）	上圖本（八）	古文尚書晁刻	書古文訓	尚書篇目
無相奪倫																	昧	舜典
官師相規工執藝事以諫																	眛	胤征
伊尹相湯伐桀升自陑																	眛	湯誓
自周有終相亦惟終																	眛	太甲上
汝悔身何及相時憸民																	眛	盤庚上
惟其克相上帝																	眛	泰誓上
相協厥居																	眛	洪範
今天其相民																	眛	大誥
予乃胤保大相東土																	眛	洛誥
則知小人之依相小人																	眛	無逸

352、奪

《說文》攴部「敓」字，「彊取也，周書曰敓攘矯虔」，今本《尚書》作「奪」字，「敓」爲「爭敓」之本字，《說文》「奪，手持隹失之也」，段注云：「引伸爲凡失去之物之稱，凡手中遺落物當作此字，今乃用『脫』爲之，而用『奪』爲『爭敓』字」。「奪」徒活切，爲「敓」之假借字。

「奪」字在傳鈔古文《尚書》有下列不同字形：

（1）奪：**奪**1**簒**2

敦煌本《經典釋文·舜典》P3315「奪」字作**奪**1，下云「如字，或作古**敓**字。」**奪**1其上「大」形訛多二畫。上圖本（八）「奪」字作**簒**2，其下所從「寸」（篆文本從又變作從寸）訛作「木」。

（2）㪯：𢼊𢼊𢼊**1**𢼊**2**

《書古文訓》「奪」字皆作「㪯」𢼊𢼊**1**𢼊**2**，岩崎本、內野本〈呂刑〉「姦宄奪攘矯虔」、「惟時庶威奪貨」「奪」字亦作𢼊**1**。

【傳鈔古文《尚書》「奪」字構形異同表】

奪	戰國楚簡	石經	敦煌本	岩崎本b	神田本b 九條本 島田本b	內野本	上圖（元） 觀智院b	天理本b 古梓堂b	足利本	上圖本（影）	上圖本（八）	古文尚書晁刻	書古文訓	尚書篇目
無相奪倫			奪 P3315								㪯		𢼊	舜典
姦宄奪攘矯虔			㪯	𢼊									𢼊	呂刑
惟時庶威奪貨			㪯	𢼊									𢼊	呂刑

舜典	戰國楚簡	漢石經	魏石經	敦煌本 P3315		岩崎本	神田本	九條本	島田本	內野本	上圖本（元）	觀智院	天理本	古梓堂	足利本	上圖本（影）	上圖本（八）	晁刻古文尚書	書古文訓	唐石經
夔曰於予擊石拊石百獸率舞																				

353、擊

「擊」字在傳鈔古文《尚書》有下列不同字形：

（1）𢷍

上圖本（八）「擊」字皆作𢷍，左上俗寫从「車」，與〈城壩碑〉作𢷍同形，《隸辨》云：「按《說文》擊從𣪠，𣪠從𣪊，碑變從車」。

（2）𢷍**1**𢷍**2**

足利本「擊」字或變作𢷍**1**，上圖本（影）或作𢷍**2**，其上左半省作リ。

【傳鈔古文《尚書》「擊」字構形異同表】

擊	戰國楚簡	石經	敦煌本	岩崎本	神田本b	九條本	島田本b	內野本	上圖（元）	觀智院b	天理本	古梓堂b	足利本	上圖本（影）	上圖本（八）	古文尚書晁刻	書古文訓	尚書篇目
於予擊石拊石			擊 P3315												擊			舜典
戛擊鳴球														擊	擊			益稷
於予擊石拊石														㪬	紮	擊		益稷

354、石

「石」字在傳鈔古文《尚書》有下列不同字形：

（1）后后1石后2

「石」字，《晁刻古文尚書》、《書古文訓》並作后后1，《說文》石部「磬」字下「厤古文从巠」，是辰為古文「石」字，《汗簡》錄「石」字作辰汗4.52，當源於戰國作：后包山80 后包山203 后包山150 后郭店.性自5 后隨縣177 等形。《書古文訓》或少一畫作石2，同於敦煌本《經典釋文·舜典》P3315「石」字下云「古作后2磬」之古「石」字后2。

【傳鈔古文《尚書》「石」字構形異同表】

石	戰國楚簡	石經	敦煌本	岩崎本	神田本b	九條本	島田本b	內野本	上圖（元）	觀智院b	天理本	古梓堂b	足利本	上圖本（影）	上圖本（八）	古文尚書晁刻	書古文訓	尚書篇目
於予擊石拊石			后 P3315														后	舜典
於予擊石拊石																	后	舜典
於予擊石拊石																	石	益稷
岱畎絲枲鈆松怪石																	后	禹貢
浮于積石至于龍門西河																	后	禹貢
貽厥子孫關石和鈞																	后	五子之歌
玉石俱焚																	后	胤征

355、拊

「拊」字在傳鈔古文《尚書》有下列不同字形：

（1）𣂔汗5.66 扸₁ 扸₂

《汗簡》錄古尚書「拊」字作𣂔汗5.66，上圖本（八）「拊」字或作扸₁，右偏旁「付」字訛變似「斤」形加一點，上圖本（八）又或訛作扸，原偏旁「付」字訛變似「斤」形，與「折」字混同。

（2）柎

上圖本（影）「拊」字或作「柎」柎，乃偏旁「扌」字與「木」俗混。

（3）攺

《書古文訓》「拊」字皆作攺，以「攺」（撫）爲「拊」字。《汗簡》、《古文四聲韻》錄古尚書「撫」字作：攺汗1.14 攸四3.10，《說文》攴部「攺，撫也，从攴亡聲，讀與撫同」，《玉篇》云「攺」或作「撫」，魏品式三體石經〈皋陶謨〉「撫於五辰」「撫」字古文作♈，與攺汗1.14同形，攸四3.10則寫誤。戰國包山楚簡「撫」字从攴作𢾭包山164，與「攺」字从攴同，無、亡古本相通。《說文》「撫」字「安也，一曰循也（按段注本改作揗）」，「拊」字，揗也」，段注曰：「揗者，摩也，古作『拊揗』，今作『撫循』，古今字也。」《漢書·西域傳下》作「子拊離代立」顏師古注「拊，讀與撫同」，《爾雅·釋訓》「辟，拊心也」，《釋文》「拊本亦作撫」。

【傳鈔古文《尚書》「拊」字構形異同表】

拊 傳抄古尚書文字 𣂔汗5.66	戰國楚簡	石經	敦煌本	岩崎本	神田本b	九條本 島田本b	內野本	上圖（元）	觀智院b	天理本	古梓堂b	足利本	上圖本（影）	上圖本（八）	古文尚書晁刻	書古文訓	尚書篇目
於予擊石拊石			拊 P3315													攺	舜典
搏拊琴瑟以詠													柎	扸			益稷
於予擊石拊石			撫 P3605. P3615											扸		攺	益稷

356、舞

「舞」字在傳鈔古文《尚書》有下列不同字形：

（1）🔣汗 2.17 🔣四 3.10 🔣六 186 🔣🔣1 🔣🔣2 🔣🔣3 🔣🔣4

《汗簡》、《古文四聲韻》、《訂正六書通》錄古尚書「舞」字作：🔣汗 2.17 🔣四 3.10 🔣六 186，《說文》「舞」字古文作🔣，🔣六書通 186 筆畫稍異。敦煌本《經典釋文・舜典》P3315「舞」字作🔣1，下云「古舞字」《書古文訓》亦或作隸古定🔣1；敦煌本 S801、《書古文訓》或作🔣🔣2；P3605.3615、內野本、上圖本（八）或俗寫作🔣🔣3；內野本、足利本、上圖本（影）、上圖本（八）或少一畫作🔣🔣4，所從「亡」訛似「七」、「上」形。

（2）🔣

內野本、足利本、上圖本（影）〈舜典〉「百獸率舞」「舞」字作🔣，當是🔣說文古文舞俗寫作（1）🔣🔣3 形之訛，所從「亡」🔣形訛誤作「言」。

【傳鈔古文《尚書》「舞」字構形異同表】

傳抄古尚書文字 舞 🔣汗 2.17 🔣四 3.10 🔣六 186	戰國楚簡	石經	敦煌本	岩崎本	神田本b	九條本b	島田本b	內野本	上圖本（元）觀智院b	天理本 古梓堂b	足利本	上圖本（影）	上圖本（八）	古文尚書晁刻	書古文訓	尚書篇目
百獸率舞			🔣 P3315					🔣			🔣	🔣			🔣	舜典
舞干羽于兩階			🔣 S801												🔣	大禹謨
百獸率舞	🔣 漢		🔣 P3605. P3615												🔣	益稷
敢有恆舞于宮								🔣			🔣	🔣	🔣		🔣	伊訓
在東序胤之舞衣大貝鼖鼓								🔣					🔣		🔣	顧命

舜典	戰國楚簡	漢石經	魏石經	敦煌本 P3315			岩崎本	神田本	九條本	島田本	內野本	上圖本（元）	觀智院	天理本	古梓堂	足利本	上圖本（影）	上圖本（八）	晁刻古文尚書	書古文訓	唐石經
帝曰龍朕聖讒說殄行				晏……讒說……行							帝曰龍皰聖讒說殄行						帝曰龍皰煋聖讒說殄行	帝曰龍朕聖讒說殄行	帝曰竜朕聖讒說殄行	帝曰竜候聖讒說殄行	帝曰龍朕聖讒說殄行

357、聖

「聖」字在傳鈔古文《尚書》有下列不同字形：

（1） 晏₁ 聖₂ 聖₃

「帝曰龍朕聖讒說殄行」，《史記·五帝本紀》作「舜曰龍朕畏忌讒說殄偽」，《說文》土部「坙」字下「聖，古文坙，从土即。虞書曰『龍朕聖讒說殄行』，聖，疾惡也。」段注云：「此釋經以說叚借，謂『聖』即『疾』之叚借。」敦煌本《經典釋文·舜典》P3315「聖」字作晏₁，下云「徐音在力（按少"反"字），疾也。《說文》才尸反，云古文字，疾惡」。上圖本（八）作聖₂，偏旁土作「圡」，《書古文訓》作聖₃。

【傳鈔古文《尚書》「聖」字構形異同表】

聖	戰國楚簡	石經	敦煌本	岩崎本 神田本b	九條本 島田本b	內野本	上圖（元） 觀智院b	天理本 古梓堂b	足利本	上圖本（影）	上圖本（八）	古文尚書晁刻	書古文訓	尚書篇目
龍朕聖讒說殄行			晏 P3315								聖		聖	舜典

358、讒

「讒」字在傳鈔古文《尚書》有下列不同字形：

（1） 讒說₁ 讒₂

敦煌本《經典釋文・舜典》P3315「讒」字作讒₁，上圖本（元）作譭₁，原右偏旁「毚」从毚从兔，此形作从二「兔」，乃偏旁「毚」上下相涉而類化，而「兔」字少一畫，內野本或作讒₂同。

（2）說譭₁說誽₂

足利本、上圖本（影）、上圖本（八）「讒」字或作說譭₁，左從「兔」（按少一畫而形似"免"），左下「=」為重文符號，偏旁「毚」上下相涉而類化，變作二兔之省。上圖本（影）、上圖本（八）或作說誽₂，則未加重文符號「=」。

【傳鈔古文《尚書》「讒」字構形異同表】

讒	戰國楚簡	石經	敦煌本	岩崎本b	神田本b	九條本b	島田本b	內野本	上圖本（元）	觀智院b	天理本b	古梓堂b	足利本	上圖本（影）	上圖本（八）	古文尚書晁刻	書古文訓	尚書篇目
龍朕聖讒說殄行			讒 P3315					讒						譭	說	譭			舜典
庶頑讒說								讒						譭	說	譭			益稷
協比讒言			讒 P2643 讒 P2516										讒	譭	說	譭			盤庚下

359、說

「說」字在傳鈔古文《尚書》有下列不同字形：

（1）說：說₁說₂說₃

敦煌本《經典釋文・舜典》P3315「說」字作說₁，尚書敦煌本、日古寫本多作說₁說₂形，《書古文訓》或作說₃，皆為《說文》篆文說之隸定。

（2）兌：兌

《書古文訓》〈說命〉上中下篇「說」字皆作兌，為「兌」字之隸變，「口」變作「厶」。兌、說、悅古本一字，《說文》儿部「兌，說也」段注云：「『說』者，今之『悅』字」。《禮記》引〈說命〉皆作〈兌命〉，鄭注云：「『兌』當為『說』。」《呂氏春秋・四月紀》：「凡說者兌之也」。

（3）悅：悅

〈書序‧君奭〉「召公不說周公作君奭」《書古文訓》「說」字作「悅」悅，《說文》言部「說，釋也，从言兌聲，一曰談說。」段注云：「『說釋』即『悅懌』，說、悅、釋、懌皆古今字，許書無『悅懌』二字也」。

【傳鈔古文《尚書》「說」字構形異同表】

說	戰國楚簡	石經	敦煌本	岩崎本 神田本 九條本 島田本b	內野本	上圖（元） 觀智院b 天理本 古梓堂b	足利本	上圖本（影）	上圖本（八）	古文尚書晁刻	書古文訓	尚書篇目
龍朕聖讒說殄行			說 P3315		說						說	舜典
欽四鄰庶頑讒說							說				說	益稷
高宗夢得說使百工營求諸野			說 P2643 說 P2516		說	說		說	說	說	說	說命上
說築傳巖之野惟肖爰立作相			說 P2643		✓			✓	✓	✓	兌	說命上
惟說命總百官乃進于王			說 P2643	說	說	說		說	說	說	兌	說命中
王曰來汝說台小子			說 P2643 說 P2516								兌	說命下
說曰王人求多聞時惟建事			說 P2643								兌	說命下
乃得周公所自以爲功代武王之說											說	金縢
王曰封予惟不可不監告汝德之說于罰之行					說			說	說	說	說	康誥
召公不說周公作君奭			說 P2748		說			說	說	說	悅	君奭

360、殄

「殄」字在傳鈔古文《尚書》有下列不同字形：

（1）𠬹汗6.82 𠬹1 𠬹2

《汗簡》錄古尚書「殄」字作：𠬹汗6.82，即《說文》「殄」字古文 𠬹，《書古文訓》多作𠬹1 𠬹2，作其古文字形。

（2）**弥弥**₁**殄**₂**珍珍**₃**殄**₄**弥**₅**弥**₆**殄**₇

敦煌本《經典釋文·舜典》P3315「殄」字作**弥**₁，下云「古文作尸」，S799、S2074、P2516、岩崎本、九條本亦作**弥**₁形，S799、P2643、內野本或作**殄**₂，**弥弥**₁**殄**₂形右偏旁「㐱」俗寫與「尔」、「介」（寫本多用作"爾"字）混同。足利本、上圖本（影）或作**珍珍**₃，偏旁「㐱」其下三畫寫似「久」形；上圖本（影）〈召誥〉「亦敢殄戮用乂民」「殄」字原誤作「形」字其旁更正作**殄**₄（**形殄**），偏旁「歹」訛作「子」；岩崎本或作**弥**₅**弥**₆，偏旁「歹」各訛作「子」、「弓」；上圖本（元）或作**殄**₇，偏旁「歹」訛似「方」。

（3）**絕**

〈盤庚中〉「我乃劓殄滅之」上圖本（八）「殄」字作「絕」，孔傳云：「當割絕滅之」，〈武成〉「暴殄天物」足利本、上圖本（八）「殄」字亦作「絕」，孔傳：「暴絕天物」，《說文》「殄，盡也」，「殄」、「絕」二字義相通而換。

（4）**珍**

上圖本（影）〈畢命〉「餘風未殄」「殄」字誤作「珍」字。

【傳鈔古文《尚書》「殄」字構形異同表】

傳抄古尚書文字 殄 𠂔 汗6.82	戰國楚簡	石經	敦煌本	岩崎本 神田本b	九條本	島田本b	內野本	上圖（元）	觀智院b	天理本	古梓堂b	足利本	上圖本（影）	上圖本（八）	古文尚書晁刻	書古文訓	尚書篇目
龍朕聖讒說殄行			**弥** P3315											**殄**		𠂔	舜典
朋淫于家用殄厥世													**殄**	**珍**		𠂔	益稷
我乃劓殄滅之			**弥** P2643 **弥** P2516	**弥**				**殄**				**殄**	**絕**			𠂔	盤庚中
誕以爾眾士殄殲乃讎			**弥** S799	**弥**												𠂔	泰誓下
暴殄天物			**殄** S799	**弥**								**絕**		**絕**		𠂔	武成
不汝瑕殄																𠂔	康誥
亦敢殄戮用乂民				**弥**								**珍**	**形殄**			𠂔	召誥

刑殄有夏惟天不畀純		弥 S2074		弥	殄			珍	珍			殄	殄	多方
要囚殄戮多罪亦克用勸				弥				珍	珍			殄	殄	多方
餘風未殄		弥		弥				珍	珍			殄	殄	畢命
殄資澤于下民				弥	殄			珍	殄			殄	殄	文侯之命

舜典	戰國楚簡	漢石經	魏石經	敦煌本 P3315		岩崎本	神田本	九條本	島田本	內野本	上圖本（元）	觀智院	天理本	古梓堂	足利本	上圖本（影）	上圖本（八）	晁刻古文尚書	書古文訓	唐石經
震驚朕師命汝作納言				內言 下同		震驚皈師命女作內言				震驚皈師命女作內言					震驚皈師命金汝作納言	震驚皈師金汝作納言	震驚皈師命汝作納言	震驚朕師命汝作納言	震驚朕帝命女征內	震驚朕師命汝作納言

361、震

「震驚朕師」，《史記・五帝本紀》作「振驚朕眾」，「震」、「振」音義皆同相通用。

「震」字在傳鈔古文《尚書》有下列不同字形：

（1）桭 **隸釋** 振1

《隸釋》〈盤庚下〉「爾謂朕曷震動萬民以遷」「震」字作桭，為「振」字之隸變俗書，《書古文訓》〈禹貢〉「震澤底定」「震」字作振，「震」、「振」音義皆同相通用。

（2）震震震1 震2

敦煌本 P2643、S799、岩崎本、內野本、足利本、上圖本（影）、上圖本（八）「震」字或作震震1，下從「辰」之隸變俗寫，敦煌本 P2516、岩崎本或作震2。

【傳鈔古文《尚書》「震」字構形異同表】

震	戰國楚簡	石經	敦煌本	岩崎本／神田本b	內野本	島田本b／九條本	上圖（元）／觀智院b	天理本／古梓堂b	足利本	上圖本（影）	上圖本（八）	古文尚書晁刻	書古文訓	尚書篇目
震驚朕師									震	震				舜典
震澤底定			震		震				震	震	震		振	禹貢
萬民以遷	椔（隸釋）		震 P2643／震 P2516	震（神田本b）	震		震							盤庚下
天休震動			震 S799											武成

舜典	戰國楚簡	漢石經	魏石經	敦煌本 P3315	岩崎本	神田本	九條本	島田本	內野本	上圖本（元）	觀智院	天理本	古梓堂	足利本	上圖本（影）	上圖本（八）	晁刻古文尚書	書古文訓	唐石經
夙夜出納朕命惟允			（魏石經古文）	（敦煌本）					夙夜出内躬命惟允					夙夜出内躬命惟允	夙夜出内躬命惟允	夙夜出納朕命惟允	夙夜出内納命惟允	夙尕出内躬命惟允	夙夜出納朕命惟允
帝曰咨汝二十有二人欽哉惟時亮天功		二十有二人	（魏石經古文）						帝曰咨女二十有二人欽才惟旹亮天功					帝曰咨汝二十有二人欽才惟旹亮天功	帝曰咨汝二十有二人欽才惟旹亮天功	帝曰咨汝二十有二人欽哉惟時亮天功	帝曰資女弌十有弍人欽才惟旹亮天功	帝曰資女弍十有弍人欽才惟旹亮六珍	帝曰咨汝二十有二人欽哉惟時亮天功

362、分

「分」字在傳鈔古文《尚書》有下列不同字形：

（1）𠔻𠔻₁𠔻₂

敦煌本《經典釋文・舜典》P3315、P2643、P2516 、S799「分」字作𠔻₁
形，岩崎本、上圖本（元）、上圖本（八）或作𠔻₁形，上圖本（八）又作𠔻₂，
偏旁「刀」字筆劃析離，皆爲「分」字之隸變俗寫，與**分**漢帛書.老子乙前 **26** 下
分汝陰侯墓竹簡類同。

（2）𠔁

〈書序〉〈君陳〉、〈畢命〉內野本、觀智院本、足利本「分」字作𠔁，𠔁
爲分別字𠈌之隸定，甲骨文作：𠔁甲 **346** 𠔁前 **2.45.1**，《說文》八部「兆」字篆文
𠈌「兆（𠔁），分也，从重八。八，別也，亦聲。」又丫部「乖（𥝦），戾也，
从丫而𠈌，𠈌古文別。」段注本刪「𠈌古文別」謂乃淺人妄增，然《玉篇》八
部「𠔁，分也，古文別」，《古文四聲韻》錄古孝經「別」字亦作此形𠈌四 **5.14**
古孝經。

（3）比隸釋

《隸釋》錄漢石經〈盤庚中〉「汝分猷念以相從」「分」字作「比」字，孔
傳釋云：「臣當分明相與謀念和以相從」，疑「比」字爲「分」字隸變俗寫如**分**
漢帛書.老子乙前 **26** 下之訛誤。

【傳鈔古文《尚書》「分」字構形異同表】

分	戰國楚簡	石經	敦煌本	岩崎本	神田本b	九條本	島田本b	內野本	上圖本（元）	觀智院b	天理本b	古梓堂b	足利本	上圖本（影）	上圖本（八）	古文尚書晁刻	書古文訓	尚書篇目
分北三苗			𠔻 P3315															舜典
帝釐下土方設居方別生分類			𠔻 P3315															舜典
汝分猷念以相從		比 隸釋	𠔻 P2643 𠔻 P2516	𠔻					𠔻						𠔻			盤庚中
列爵惟五分土惟三			分 S799												分			武成

【傳鈔古文《尚書》「震」字構形異同表】

震	戰國楚簡	石經	敦煌本	岩崎本	神田本b	九條本	島田本b	內野本	上圖（元）	觀智院b	天理本	古梓堂本b	足利本	上圖本（影）	上圖本（八）	古文尚書晁刻	書古文訓	尚書篇目
震驚朕師												震		震				舜典
震澤厎定		震						震				震		震	震		振	禹貢
萬民以遷		桎 隸釋	震 P2643 震 P2516					震										盤庚下
天休震動			震 S799															武成

舜典	戰國楚簡	漢石經	魏石經	敦煌本 P3315		岩崎本	神田本	九條本	島田本	內野本	上圖本（元）	觀智院	天理本	古梓堂	足利本	上圖本（影）	上圖本（八）	晁刻古文尚書	書古文訓	唐石經
夙夜出納朕命惟允		夙								夙夜出內朕命惟允					夙夜出內朕命惟允	夙夜出納朕命惟允	夙夜出納朕命惟允	夙夷出內朕命惟允	夙夷出內朕命惟允	夙夜出納朕命惟允
帝曰咨汝二十有二人欽哉惟時亮天功		人工	西	二十又二人						帝曰咨女二十又二人欽才惟旹亮天功	帝曰咨汝二十有二人欽才惟旹亮天功				帝曰咨汝二十有二人欽戈惟旹亮兲功	帝曰咨汝二十有二人欽才惟旹亮天功	帝曰咨汝二十有二人欽戈惟旹亮兲功	帝曰資女弍十又弍人欽才惟旹亮兲珍	帝曰咨汝有二人欽哉惟時亮天功	

362、分

「分」字在傳鈔古文《尚書》有下列不同字形：

（1）[古文字形]1[古文字形]2

敦煌本《經典釋文·舜典》P3315、P2643、P2516、S799「分」字作[古文字形]1形，岩崎本、上圖本（元）、上圖本（八）或作[古文字形]1形，上圖本（八）又作[古文字形]2，偏旁「刀」字筆劃析離，皆爲「分」字之隸變俗寫，與[古文字形]漢帛書.老子乙前26下[古文字形]汝陰侯墓竹簡類同。

（2）[古文字形]

〈書序〉〈君陳〉、〈畢命〉內野本、觀智院本、足利本「分」字作[古文字形]，[古文字形]爲分別字[古文字形]之隸定，甲骨文作：[古文字形]甲346[古文字形]前2.45.1，《說文》八部「兆」字篆文[古文字形]「兆（[古文字形]），分也，从重八。八，別也，亦聲。」又[古文字形]部「乖（[古文字形]），戾也，从[古文字形]而[古文字形]，[古文字形]古文別。」段注本刪「[古文字形]古文別」謂乃淺人妄增，然《玉篇》八部「[古文字形]，分也，古文別」，《古文四聲韻》錄古孝經「別」字亦作此形[古文字形]四5.14古孝經。

（3）[古文字形]隸釋

《隸釋》錄漢石經〈盤庚中〉「汝分猷念以相從」「分」字作「比」字，孔傳釋云：「臣當分明相與謀念和以相從」，疑「比」字爲「分」字隸變俗寫如[古文字形]漢帛書.老子乙前26下之訛誤。

【傳鈔古文《尚書》「分」字構形異同表】

分	戰國楚簡	石經	敦煌本	岩崎本	神田本b	九條本b	島田本b	內野本	上圖（元）	觀智院b	天理堂b	古梓堂b	足利本	上圖本（影）	上圖本（八）	古文尚書晁刻	書古文訓	尚書篇目
分北三苗			[字形]P3315															舜典
帝釐下土方設居方別生分類			[字形]P3315															舜典
汝分猷念以相從		[字形]比隸釋	[字形]P2643 [字形]P2516	[字形]					[字形]						[字形]			盤庚中
列爵惟五分土惟三			[字形]S799												[字形]			武成

				洪範
諸侯班宗彝作分器		分 分		洪範
分寶玉于伯叔之國	彡	分 分		旅獒
周公既沒命君陳分正東郊成周作君陳		父b 父		君陳
康王命作冊畢分居里成周郊作畢命	父			畢命

舜典	戰國楚簡	漢石經	魏石經	敦煌本P3315		岩崎本	神田本	九條本	島田本	內野本	上圖本(元)	觀智院	天理本	古梓堂	足利本	上圖本(影)	上圖本(八)	晁刻古文尚書	書古文訓	唐石經
三載考績三考黜陟幽明			黜							弎載考績弎考黜陟幽明	弎載考績弎考黜陟幽明					弎載考績三考黜陟幽明	三載考績三考黜陟幽明	弎載丂績弎丂黜償幽明	弎載丂績弎丂黜償幽明	三載考績三考黜陟幽明
庶績咸熙分北三苗		庶	庶							庶績咸熙分北弎苗	庶績咸熙分北弎苗					庶績咸熙分北弎苗	庶績咸熙分北三苗	歷績咸熙分北弎苗	歷績咸熙分北弎苗	庶績咸熙分北三苗
舜生三十徵庸		徵	徵							舜生弎十徵庸						舜生弎十徵庸	舜生三十徵庸	舜生弎十敳庸	舜生弎十敳庸	舜生三十徵庸

363、徵

「徵」字在傳鈔古文《尚書》有下列不同字形：

（1）[古文]徵.汗1.14 [古文]徵.四1.21 [古文]1

《汗簡》、《古文四聲韻》錄古尚書「微」字作：[古文]汗1.14 [古文]四1.21，《箋正》

云：「注文『微』與下『徵』當互易，此『徵』之古文[古文]寫訛。薛本『徵庸』

等文見之」裘錫圭釋甲骨文 【乙4658】【乙4335】反（《甲編》頁794）爲「徵」字〔註216〕，戰國「徵」字作【隨縣石磬】【隨縣石磬】【隨縣鐘架】【曾侯乙鐘】【曾侯乙鐘】【璽彙3530】等形，【汗1.14】【四1.21】說文古文徵之左形當源於此，或不从口，後增偏旁「攵」字。敦煌本《經典釋文・舜典》P3315「徵」字云「古文作【攴1】」，【攴1】爲【汗1.14】【四1.21】形之訛。

（2）【汗1.14】

《汗簡》錄古尚書「徵」字作【汗1.14】，此當爲「微」（散）字，《古文四聲韻》錄古尚書「微」字作【四1.21】，《說文》微、散字篆文分別作【微】、【散】，【汗1.14】形之右下寫訛似「几」。

（3）【攴】

《書古文訓》「舜生三十徵庸」「徵」字作【攴】，爲《說文》古文【攴】隸定。

（4）【攴1】【攴2】

《書古文訓》「徵」字或作【攴1】，爲《說文》「徵」字篆文【徵】省「彳」形之隸定，或缺筆作【攴2】。

（5）【嶽】【嵌】

敦煌本《經典釋文・舜典》P3315、P3752、島田本、九條本、上圖本（八）「徵」字作【嶽】【嵌】，移「山」形於上。

（6）【政】

〈洪範〉「八庶徵」《書古文訓》「徵」字作【政】，《尚書隸古定釋文》卷6.5云「『政』與『徵』通。《周禮・地官》『均人掌均地政』注『政讀爲征，地政謂地守地職之稅也』『征』又與『徵』同，〈地官〉『閭師以時徵其賦』……古俱通用。」「徵」、「政」音近而借，「政」字又與「徵」字省「彳」之形（3）【攴1】形近。

〔註216〕說見：裘錫圭，《古文字論集》，北京：中華書局，1992，頁400～402。

【傳鈔古文《尚書》「徵」字構形異同表】

傳抄古尚書文字 徵	戰國楚簡	石經	敦煌本	岩崎本 神田本b	九條本 島田本b	內野本	上圖（元） 上圖	觀智院b 天理本	古梓堂b 足利本	上圖本（影） 上圖本（八）	古文尚書晁刻	書古文訓	尚書篇目
舜生三十徵庸			嶽 P3315			徵				徵　徵　徵		嶽	舜典
聖有謨訓明徵定保			後 P2533 嶽 P3752		嶽	嶽				徵　徵　徵		徵	胤征
次八日念用庶徵										徵　徵　嶽		豺	洪範
八庶徵					嶽b	徵				徵　徵　嶽		政	洪範
一極備凶一極無凶曰休徵					嶽b	徵				徵　徵　嶽		徵	洪範
日聖時風若曰咎徵曰狂恆雨若					嶽b	徵				徵　徵　嶽		嶽	洪範

舜典	戰國楚簡	漢石經	魏石經	敦煌本 P3315		岩崎本	神田本	九條本	島田本	內野本	上圖本（元）	觀智院	天理本	古梓堂	足利本	上圖本（影）	上圖本（八）	晁刻古文尚書	書古文訓	唐石經
三十在位五十載陟方乃死										式十在位五十載陟方乃死					式十在位五十載陟方乃死	式十在位五十載陟方乃死	三十在位五十載陟方乃死		式十圣位五十凱佢亡専死	式十圣位五十凱佢亡専死

													居方別生分類
帝釐下土方設居方別生分類			帝釐下土方設別生 夫隋					帝釐下土方設居方八生分類			帝釐下土方設居方八生分類 帝釐下土方設讎方生，分類 帝釐下土方設居方別生分類	帝釐下土匚設居匚八生分臂	帝釐下土匚設居匚八生分臂
作汩作九共九篇亹飲			作汩 九共 九篇亹 羲					作汩作 九共九篇亹飲			作汩作 九共九篇亹飲 作汩作九共九篇亹飲 作汩作九共九篇亹飲	延汩 延九 共九篇亹飲	作汩作九共九篇亹飲